DAS VERLORENE SCHLOSS AM MEER

ELLA WÜNSCHE

Bibliografische Information der Deutschen Nationalbibliothek: Die Deutsche Nationalbibliothek verzeichnet diese Publikation in der Deutschen Nationalbibliografie; detaillierte bibliografische Daten sind im Internet über dnb.dnb.de abrufbar.

© Ella Wünsche 2024

Herstellung und Verlag: BoD – Books on Demand, Norderstedt

ISBN: 9783758323867

1. Auflage, März 2024 / Kontakt: autorin@ella-wuensche.de

Lektorat: Christiane Kathmann / www.lektorat-kathmann.de, Korrektorat: Alexandra Gentara / www.lektorat-gentara.de

Titelfotos: depositphotos.com / GPimages, Martina_L, MennoSchaefer, belchonock, aila28, Zakharova - sowie Midjourney - Covergestaltung: Daniel Morawek

PROLOG

April 1926

*E*in buntes Feuerwerk erhellte den klaren Nachthimmel. Auf den ersten Blick war nicht ersichtlich, wo es herkam. Hier östlich des Dorfes gab es lediglich einen dichten Buchenwald, durch den eine schmale, unbefestigte Straße führte, auf der es Richtung Husum ging. Außerhalb von Süderwiek lebte niemand. Zumindest hatte hier bisher niemand gelebt.

Doch jetzt war das anders. Wenn man in der Mitte des Waldes auf einen unscheinbaren Pfad abbog, fand man sich unvermittelt auf einer großen Lichtung wieder, die vor zwei Jahren noch nicht existierte. Die Villa in der Mitte war erst vor wenigen Tagen fertiggestellt worden, trotzdem leuchtete es hinter jedem einzelnen Fenster hell. Auf dem Schotterweg zur Eingangstür waren Fackeln aufgestellt und man hatte das Gefühl, auf dem Ball eines Königs zu Gast zu sein.

Die große, schwere Eingangstür stand offen und viele Menschen standen davor, alle Köpfe gen Himmel gerichtet. Mit geöffneten Mündern bewunderten sie das Feuerwerk, das den Himmel über der Villa in bunte Farben tauchte. Einige klatschten Beifall, andere jauchzten fasziniert. Die meisten waren Bauern und Bewohner des Dorfes, für die so ein Feuerwerk ein einmaliges Erlebnis war. Wohlhabende Familien aus den umliegenden Dörfern und aus Husum und ein paar Gäste aus der Hansestadt bildeten die Ausnahme.

Das Gebäude war im englischen Stil des vergangenen Jahrhunderts erbaut worden. Zwei Türme umrahmten es. Die hohen Fenster verliehen der Villa die Erhabenheit einer Kathedrale. Mit der weißen Fassade und den viereckigen Ornamenten um die Fenster und das Dach herum wirkte das Gebäude wie ein Schloss. Solch ein Stil war hier im Norden kaum verbreitet. Gebaut wurde normalerweise mit Backsteinen, und gestrichen wurden diese selten.

Direkt an der Eingangstür stand der stolze Besitzer des schmucken Hauses. Ein junger Mann Ende zwanzig, in einem teuren Anzug, den er wohl nicht sonderlich bequem fand. Immer wieder zupfte er an seinem Kragen und richtete seine Schultern auf. Doch er sah blendend aus, mit der glänzenden Pomade im dunkelblonden Haar und der Zigarette im Mundwinkel.

Jan war sichtlich stolz auf das, was er geschaffen hatte. Selbstsicher blickte er in die Menge, deren Star er war. Neidische und bewundernde Blicke wurden ihm zugeworfen. Immer wieder tippte ihm jemand auf die Schulter und gratulierte zum Erfolg.

Plötzlich fuhr ein schwarzer Mercedes vor. Ein Paar um die fünfzig und eine junge Frau stiegen aus. Jan warf die Zigarette auf den Boden, trat sie aus und vergaß alles um sich herum. Von seiner Selbstsicherheit war nichts mehr zu spüren. Er wirkte nervös, während er der Familie entgegeneilte. Den Vater und die Mutter begrüßte er freundlich, doch in Wahrheit interessierte ihn nur deren Tochter. Sie war eine Schönheit, mit großen braunen Augen, dunklen Haaren und vollen Lippen. Von ihrem Vater hatte sie ihr Aussehen sicher nicht geerbt. Er war ein wenig attraktiver, untersetzter Mann mit Halbglatze und kleinen, wachen Augen.

Der Unternehmer musterte Jan und sagte mit einem breiten Lächeln: »Was für einen Palast du da hingestellt hast, mein Jung! Respekt, vom Fischerjungen zum Schlossbesitzer!«

Alle außer Jan schienen den spottenden Unterton zu hören. Seine Aufmerksamkeit galt Katharina. Sie trug ein rosafarbenes Kleid und hellbraune Glitzerschuhe, die wunderbar harmonierten. Ihre Haare hatte sie zu Wellen frisiert. Jan konnte sich nicht an ihr sattsehen.

»Willkommen in meinem Zuhause!«, sagte er fast schüchtern. Dann drehte er sich zu ihr und flüsterte ihr ins Ohr: »Vielleicht auch unserem Zuhause!«

Katharina genoss die Aufmerksamkeit offensichtlich. Sie kicherte und sah ihn bewundernd an.

Ihrer Mutter gefiel das ganz und gar nicht. Sie zog die dünnen Augenbrauen hoch, sodass die Falten auf ihrer Stirn stärker wurden. Sie wünschte sich wohl, dass ihre Tochter in der Öffentlichkeit schicklicher auftrat.

Den Vater schien es dagegen nicht zu stören. Im Gegenteil, es wirkte fast so, als würde es ihm gefallen, dass seine Tochter die ganze Aufmerksamkeit dieses Mannes bekam. Jan war erstaunt, als er dies bemerkte. Hatte er es endlich geschafft, Katharinas Vater davon zu überzeugen, dass er eine gute Partie für seine Tochter war?

Etwas angespannt reichte er Katharina seinen Arm und führte sie wie eine Braut zum Haus.

»Ihr habt das Feuerwerk verpasst«, sagte er bedauernd.

»Mutter hat ewig gebraucht, bis sie fertig war, aber wir haben es aus dem Automobil gesehen«, erwiderte sie strahlend.

»Das war nur für dich. Doch nachdem wir zwei Stunden gewartet hatten, haben wir es schließlich angezündet.«

»Jetzt bin ich ja da.«

Er nickte und lud sie mit einer Geste ein, einzutreten. Neben der Tür wartete ein Diener mit Champagnerkelchen, daneben war ein Büfett mit Häppchen aufgebaut.

Die junge Frau lächelte und sagte bewundernd: »Es ist sehr schön, doch wo sind die Möbel?«

»Die wird später die Hausherrin aussuchen.«

Katharina kicherte und drehte sich im Kreis, um das Ganze besser zu erfassen. Vor ihr erstreckte sich eine große Eingangshalle mit einem strahlenden Boden im Schachbrettmuster. Alles roch noch nach Farbe und frisch geöltem Holz.

»Ich stelle mir schon die Möbel vor«, sagte Katharina verträumt.

Jan nahm sie an der Hand und nickte ihr lächelnd zu. Während er sie durchs Haus führte, folgten ihnen ihre Eltern und die anderen Gäste.

»Hier ist der Salon«, erklärte er, als er die Tür zu einem großen Saal öffnete, in dem eine fünfköpfige Tanzkapelle bereitstand. »Hier werden wir gleich miteinander tanzen.«

Katharina konnte ihre Freude nicht mehr für sich behalten. Sie stieß einen Jauchzer aus und machte eine anmutige Tanzbewegung. Jan war überglücklich. Das perfekte Glück war zum Greifen nah, dennoch versuchte er, den Besonnenen und Kühlen darzustellen.

»Du bist die Prinzessin des Abends«, flüsterte er ihr zu.

Der Raum war ungefähr hundert Quadratmeter groß, mit geöltem Holzboden, einem großen Leuchter an der Decke und ein paar Stühlen an der Wand. Schnell füllte sich der Raum mit

Menschen. Jan sah zur Kapelle, nickte den Männern zu und diese nickten zurück als Zeichen, dass es Zeit war zu spielen.

Der Schlagzeuger zählte ein und sogleich begannen sie mit dem Charleston. Die Musik war schnell und laut, nichts für die älteren Herrschaften, aber die jungen Leute fingen sofort an zu tanzen. Jan nahm Katharina bei der Hand und bat um den Tanz. Sie sah kurz zu ihren Eltern. Ihr Vater hielt ein Champagnerglas und hob es in ihre Richtung. Damit gab er ihr die Erlaubnis. Erleichtert verschwand Katharina mit Jan in der Menschenmenge.

»Diese neumodischen Tänze sind schrecklich«, murmelte ihre Mutter.

»Dafür ist der Champagner exzellent. Das muss ich sagen.«

»Wie kannst du zulassen, dass deine Tochter mit diesem Jungen tanzt! Er riecht immer noch nach Fisch, trotz seiner edlen Kleidung!«

»Beruhige dich. Alles wird gut, sehr gut sogar. Ich habe einen Plan, vertrau mir. Es ist bereits alles in die Wege geleitet.«

1

Gegenwart

E s war einer dieser typischen verregneten Sonntage, an denen man am besten zu Hause blieb. An solchen Tagen verbrachten Kira und ihre Mitbewohnerin Marion oft den ganzen Tag im Pyjama. Sie frühstückten, badeten, trugen sich selbst gemachte Masken auf und sahen fern oder lasen ein Buch.

»Marion, komm, bald fängt der Tatort an!«, rief Kira gerade.

Für die junge Amerikanerin war es ein großes Glück gewesen, das Zimmer als Untermieterin bei Marion zu finden, als sie vor einem Jahr nach Deutschland gezogen war, um ihren Masterabschluss zu machen. Marion war zwar einige Jahre jünger als sie, aber sie hatten sich von Anfang an prächtig verstanden und sie hatte Kira Hamburg und die deutsche Kultur gezeigt. Kira brauchte nicht viele Menschen um sich.

Sie genoss es, sich mit ihren Geschichtsbüchern zu Hause oder in Archiven zu vergraben. Aber natürlich war es gut, eine Verbündete zu haben, mit der sie sich austauschen konnte. Bücher, eine gute Freundin und ein Ort, an dem man am Wasser spazieren gehen konnte. Viel mehr benötigte sie nicht, um glücklich zu sein.

»Ich komme gleich, bringe nur noch das Popcorn. Außerdem sind es noch ein paar Minuten.«

Kira setzte sich auf die Couch und sah auf ihr Handy. Marion hatte recht, es war noch nicht einmal zwanzig Uhr. Der Tisch stand voll mit Knabberzeug und Schokolade. Sie schaltete schon mal den Fernseher an, der noch auf das dritte Programm eingestellt war. Es lief gerade das Regionalmagazin für den Norden. Kira mochte die Sendung, da sie dadurch mehr über die Gegend lernte, aus der ihre Vorfahren väterlicherseits stammten. Sie schaltete daher noch nicht weiter, denn auf die Nachrichten hatte sie keine Lust.

Marion kam in ihrem rosafarbenen Teddy-Pyjama mit einer großen Schüssel mit frischem Popcorn herein. Sie stellte sie auf den Couchtisch und der Geruch verbreitete sich im ganzen Wohnzimmer.

»Kann es sein, dass wir den ganzen Tag nicht draußen waren?«, fragte sie.

Kira dachte nach. »Nein, ich war draußen, hab kurz den Müll weggebracht.«

»Das zählt nicht.« Marion lachte. »Was für ein schöner Ausklang des Wochenendes.«

»Stimmt, du hast mich süchtig gemacht nach Tatort, dabei mag ich die Folgen eigentlich gar nicht so sonderlich.«

»Es geht um die Stimmung, Baby«, korrigierte ihre Freundin.

»Stimmt.«

»Und dein Deutsch ist viel besser geworden.«

»Willst du sagen, es war vorher nicht gut?«

»Nicht so gut wie jetzt.«

Kira wusste nicht recht, ob sie sich über diesen Kommentar freuen oder ärgern sollte, aber Marion wechselte schon das Thema und erkundigte sich: »Sag mal, merkt man schon die Wirkung der Gurken-Joghurt-Maske?«

Kira sah sich ihre Mitbewohnerin genauer an und sagte aufmunternd: »Ja, die Pickelchen gehen schon zurück.«

»Echt?«, fragte Marion misstrauisch.

»Na ja, ein bisschen vielleicht, jedenfalls strahlt deine Haut.«

Marion seufzte enttäuscht.

»Ich verstehe das nicht, ich bin doch schon erwachsen, warum habe ich immer noch Pickel?«

Kira zuckte mit den Schultern. »Das wird schon. Du bist trotzdem eine schöne Frau.«

Marion grummelte: »Es ist gemein, ich hab diese ganzen Pickel und du hast so eine Babyhaut.«

»Dafür hab ich riesige Segelohren.«

Kira strich ihr schwarzes Haar nach hinten und offenbarte ihre abstehenden Ohren.

»Die kannst du unterm Haar verstecken, aber wie verstecke ich diese Pickel?«

»Ach komm, so schlimm ist es doch nicht.«

Aus Frust griff Marion nach dem Popcorn und murmelte mit vollem Mund: »Ich verstecke sie einfach hinter Popcorn.«

Kira lächelte und nahm ihr Glas mit dem Cocktail, den sie gemischt hatte. Maracujasaft mit Blue-Curacao-Sirup und einem kleinen Schuss Gin – einfach himmlisch.

Im Fernsehen ging gerade ein Beitrag über den Nord-Ostsee-Kanal zu Ende und die Moderatorin kündigte den nächsten Einspieler an: »Und jetzt das Neueste aus dem kleinen Ort Süderwiek. Hier haben sich die Einwohner entschieden, alleine gegen den regionalen Immobilienmogul standzuhalten. Sie wollen ihr marodes Schlösschen, wie es liebevoll genannt wird, selbst restaurieren und renovieren, damit es nicht in die Hände von professionellen Immobilienentwicklern fällt. Unser Reporter meldet sich live aus dem Tausend-Einwohner-Örtchen.«

Der Reporter stand vor einer Villa, die mitten im Wald zu liegen schien. Das Gebäude war so groß und imposant, dass es tatsächlich etwas von einem Schlösschen hatte. Kira konnte nicht sagen, wie alt es sein mochte. Der Baustil war gänzlich untypisch für die Region, die Villa hatte etwas von einem britischen Prunkbau aus dem 19. Jahrhundert. Allerdings war es wohl in den 1960er- oder 1970er-Jahren renoviert worden, die Fenster schienen nicht zum Rest zu passen. Aber da war etwas anderes an diesem Schlösschen, das sie sofort innehalten ließ. Sie kannte dieses Gebäude!

»Ist das ein bekanntes Schloss?«, fragte sie Marion.

Ihre Mitbewohnerin sah sie irritiert an. »Das Ding im Fernsehen? Nö, noch nie gesehen. Hab auch noch nie von diesem Kaff gehört.«

»Mir kommt das Schlösschen irgendwie bekannt vor.«

Marion stellte das Glas weg und drehte den Ton lauter. Ein paar Menschen standen vor dem heruntergekommenen Gebäude, das früher bestimmt einmal sehr hübsch gewesen war. Die hellgelbe Farbe passte sehr gut zu dem Schlösschen, aber die modernen Fenster nahmen ihm etwas von dem romantischen Flair und das Dach musste vermutlich komplett neu gemacht werden.

Der Reporter interviewte gerade einen Mann.

»Wie wollen Sie den Verkauf dieses Gebäudes stoppen?«

»Wir wollen die Inhaberfamilie überzeugen, das Schlösschen nicht irgendeinem Investor zu geben, sondern uns, den Süderwiekern!«

»Sind Sie denn in der Lage, es zu kaufen?«

»Leider nicht, aber wir können es renovieren und somit Kosten sparen. Hauptsache nicht diesen Immobilienhaien.«

»Und was haben Sie vor?«

»Wenn wir es selbst renovieren, dann muss die Familie nicht verkaufen und wir könnten ihnen eine Art Miete zahlen. Wissen Sie, ich habe hier geheiratet und ich wünsche mir, dass auch meine Tochter hier drin heiraten darf.«

»Na, das ist doch ein schöner Schlusssatz. Wir wünschen den Einwohnerinnen und Einwohnern von Süderwiek viel Erfolg.«

Kira hörte gar nicht richtig zu, ihre Gedanken ratterten, während sie wie gebannt auf das Gebäude starrte. Sie merkte, wie ihr Hals trocken wurde. Jetzt wusste sie, woher sie das Schlösschen kannte!

Marion sah sie irritiert an und fragte: »Ist alles klar bei dir?«

Kira sprang auf und rannte in ihr Zimmer. Nur wenige Augenblicke später kam sie mit einem eingerahmten Bild zurück.

»Schau mal, sieht das nicht genauso aus?«, rief sie.

Sie zeigte auf eine Kohlezeichnung, die ein kleines Schloss zeigte.

»Krass, das sieht dem wirklich ähnlich«, meinte Marion.

»Das hat meine Urgroßmutter gemalt. In den Zwanzigerjahren. Ich habe es von meiner Großmutter geerbt.«

Marion setzte sich auf und fragte: »Denkst du, das ist es?«

»Das werde ich herausfinden«, erklärte Kira und drückte das Bild an ihre Brust.

An diesem Abend konnte sie sich nicht auf den Krimi konzentrieren. Stattdessen nahm sie ihr Smartphone und begann zu recherchieren. Süderwiek war tatsächlich eine ganz kleine Gemeinde an der Nordsee und schien nur wenige touristische Attraktionen zu haben. Oder die Smartphone-Generation hatte es noch nicht entdeckt, denn im Netz fanden sich nicht allzu viele Fotos. Es gab allerdings viele Ferienwohnungen in dem Ort. Wahrscheinlich war es ein gutes Reiseziel, wenn man ein paar entspannte Tage an der See verbringen wollte, fernab von allem Trubel. In der Nähe befand sich Husum, davon hatte Kira schon gehört. Sie wusste, dass ihre Urgroßmutter von der Nordsee stammte, aber nicht, wie die Orte ihrer Kindheit und Jugend hießen. Ihre Großmutter war bereits in den USA geboren worden, kurz nach der Einreise ihrer Eltern.

Leider fand Kira nirgendwo im Netz ein Bild von dem Schlösschen. Sie sah sich noch einmal den Beitrag in der Mediathek des NDR an. Der Name der Villa wurde nicht genannt, und »Schlösschen« war wohl nur der örtliche Spitzname. Sie drückte auf Pause, als das Haus gut im Bild zu sehen war. Nun verglich sie in Ruhe die Zeichnung mit dem TV-Bild. Die Ähnlichkeit war wirklich nicht zu leugnen. Konnte es dasselbe Gebäude sein? Oder doch nur ein Haus im selben Stil, vielleicht vom selben Architekten?

Ihr Vater hatte immer bezweifelt, dass es das Haus wirklich gab. Kira hingegen brachten die Geschichten ihrer Oma als Kind zum Träumen. Als sie älter wurde, glaubte sie jedoch selbst nicht mehr recht daran. Zu abenteuerlich klangen die Erzählungen von einem geraubten Schloss aus Erwachsenensicht. Dennoch dachte sie immer noch gerne daran zurück, wie sie bei Oma Frida im Wohnzimmer gesessen und den Geschichten von Tanzbällen, Prinzessinnen in Abendroben und bösen Menschen gelauscht hatte, die ein ganzes Schloss stehlen konnten. Darum hatte sie die Kohlezeichnung auch mit nach Deutschland genommen, für sie war es eine schöne Erinnerung an die Geschichtenzeiten bei ihrer Oma. Ihr Vater hatte ihr die Zeichnung aus dem Nachlass seiner Mutter überlassen, ohne zu zögern: »Darling, wenn es für dich eine schöne Erinnerung ist, kannst du sie gerne haben.«

Als sie nun den Beitrag weiterlaufen ließ und die Bilder des kleinen Örtchens an der Nordseeküste den Bildschirm ausfüllten, kamen Kira unwillkürlich die Geschichten ihrer Großmutter wieder in den Sinn.

Das kann doch kein Zufall sein!, dachte sie.

Obwohl sie als Historikerin eigentlich nicht an Schicksal glaubte, schien es genau das zu sein.

2

1999

Kira saß auf dem Schoß ihrer Oma Frida. Ihr dunkles Haar war zu einem kurzen Bob geschnitten. Auch Frida hatte kurze Haare. Die attraktive Frau Anfang siebzig wohnte in einem kleinen Apartment im Zentrum von Boston. Wie so oft, wenn ihre Enkelin bei ihr zu Besuch war, zeigte sie ihr das Familienalbum mit den vergilbten Schwarzweiß-Aufnahmen.

»Das ist deine Urgroßmutter. Sie war eine sehr kluge Frau. Und wie sie zeichnen konnte! Sie hat uns alle gemalt.«

»Und wer ist das?«

Kira deutete auf einen jungen Mann.

Ihre Großmutter lächelte und antwortete: »Das ist mein Vater, dein Urgroßvater.«

»Er sieht lustig aus.«

»Wieso lustig?«

»Schau mal, seine Haare sind so wellig.«

Die Großmutter antwortete: »Er hatte schöne Haare, aber dann wurden sie immer dünner.«

»Ist er gestorben?«

Frida strich ihrer Enkelin liebevoll über die kurzen Haare.

»Ja, leider viel zu früh.«

»Warum?«

Sie zuckte mit den Schultern.

»Damals gab es noch nicht so gute Medizin wie heute, er ist krank geworden und dann gestorben.«

»Schade.«

»Ja.«

Sie blätterten weiter. Auf der nächsten Seite war ein Foto eingeklebt, das sehr unscharf war und nicht gut zu erkennen. Es sah aus wie ein Schloss.

»Was ist das?«

»Das ist ein Schlösschen. Guck mal.« Oma Frida deutete an die Wand, wo in einem weißen Holzrahmen eine Zeichnung hing. »Das ist dasselbe Haus. Meine Mutter hat die Zeichnung aus ihrer Erinnerung angefertigt, weil das Foto so schlecht ist. Findest du es schön?«

»Ja, es ist schön. Wohnt da eine Prinzessin?«

Ihre Großmutter lachte.

»Dieses Haus hat dein Urgroßvater bauen lassen. Aber böse Menschen haben es ihm gestohlen.«

»Das ist aber gemein. War Urgroßvater ein König?«

»Nein, das war er nicht, nur für deine Uroma war er ein König.«

»Gibt es das Schloss wirklich?«

Ihre Großmutter nickte. »Aber sicher doch. Es steht in Deutschland.«

»In Deutschland? Da wohnen doch Oma Susanne und Opa Matthias!«, rief Kira begeistert.

Ihre Mutter stammte aus Deutschland und war als junge Frau nach Boston gekommen, wo sie ihren Vater an der Universität kennengelernt hatte. Er war einer der Dozenten und sie Studentin. Es hatte eine Weile gedauert, aber schließlich hatten die beiden sich verliebt und geheiratet, trotz des Altersunterschieds.

Ihre Mutter redete oft Deutsch mit Kira, wenn sie allein zu Hause war. Dadurch konnte Kira viel verstehen, wenn sich ihre Mutter mit Oma Frida auf Deutsch unterhielt, worauf sie stolz war.

»Genau. Aber nicht in Süddeutschland, wo deine anderen Großeltern wohnen, sondern im Norden, an der Nordsee.«

»Können wir da mal hinfahren?«

»Ich weiß gar nicht genau, wo das ist. Ich wollte auch immer mal hin, aber ich habe es nicht geschafft, und jetzt bin ich zu alt für so eine lange Reise.«

»Oma, du bist doch nicht alt.«

Gerührt von ihren Worten gab Oma Frida ihrer Enkelin einen Kuss.

»Vielleicht fliegst du eines Tages dorthin und besuchst unser Schloss, und erinnerst dich, dass es dein Uropa gebaut hat!«, sagte sie.

Die kleine Kira schaute sich das Schloss an und träumte davon, als Prinzessin mit einer Krone in dem großen Gebäude zu leben. Abends im Bett dachte sie noch lange an das, was Oma Frida erzählt hatte, und malte sich aus, wie ihre Eltern als König und Königin über ein kleines Reich regierten, in dem sie die Prinzessin war. Natürlich gehörte zu dem Schlösschen auch ein Pferdestall und eine Kutsche und Oma Frida wohnte im Zimmer gleich neben ihrem.

3

Gegenwart

Kira hatte schon einige Ausflüge in die Umgebung von Hamburg gemacht, war auch in Berlin und Süddeutschland gewesen, aber diese endlose Landschaft, die nur von unzähligen Windrädern unterbrochen wurde, war etwas ganz Neues für sie. Etwa hundert Kilometer nördlich von Hamburg forderte das Navi in ihrem Handy sie auf, von der Autobahn abzufahren. Weiter ging's auf einer gut ausgebauten Bundesstraße. Ab und zu kam sie an Dörfern und Bauernhöfen vorbei. Sonst gab es nichts als grüne Weite, auf der hin und wieder ein paar Kühe oder Schafe grasten.

Ihr Handy lotste sie von der Bundesstraße auf die Landstraße, mitten durch Felder und grüne Wiesen. Das sollte wohl eine Abkürzung sein, doch die Fahrt zog sich in die Länge, weil immer wieder Traktoren mit gefühlter Schrittgeschwindigkeit vor ihr herfuhren. Der schönste Farbtupfer waren die gelben Rapsfelder, die in der Sonne leuchteten.

Kira hatte sich für den Tagesausflug nicht viele Nahrungsmittel eingepackt, nur etwas Obst und reichlich Wasser. Fürs Mittagessen hoffte sie auf ein nettes Café, und am Nachmittag wollte sie wieder zurückfahren.

Endlich, nach über zwei Stunden, kam sie in Süderwiek an. Da sie nicht genau wusste, wo sich das Schlösschen befand, parkte sie am Ortsrand und beschloss, das Dorf zu Fuß zu erkunden. Auf den ersten Blick fand sie es nicht besonders schön. Sie hatte es sich viel malerischer vorgestellt. Die Straßen waren leer, vermutlich typisch für einen Montag. Kira ging an Einfamilienhäusern vorbei, die sich alle sehr ähnelten. In einer Art Neubaugebiet standen drei Wohnblocks. Wahrscheinlich die einzigen. Das kleine Rathaus und die Kirche bildeten den Mittelpunkt des Ortes. Auf dem Platz davor stand ein alter Brunnen.

Kira war klar, dass das Schlösschen in einem großen Park oder einem Wald lag, aber auf ihrer Fahrt hatte sie nirgendwo einen Wald bemerkt. Sie hätte gerne jemanden gefragt, aber die Straßen waren völlig ausgestorben. Daher lief sie weiter, bis sie einen Weg entdeckte, der aus dem Ort hinausführte, vorbei an einem Deich. In der Entfernung entdeckte sie tatsächlich einige Bäume. Neugierig schlenderte sie weiter. Bald darauf stieß sie auf einen Fischimbiss. Wo der wohl seine Kunden herbekam, so mitten im Nirgendwo?

Der Verkäufer war gerade dabei, die Stühle nach draußen zu stellen, vielleicht erwartete er zum Mittag seine Stammgäste. Er war etwa vierzig Jahre alt, trug eine Beanie-Mütze und hatte kräftige Arme. Er bemerkte Kira erst, als sie schon einige Zeit an der Theke stand. Mit ernster Miene und ohne große Regung unterbrach er seine Arbeit und kam auf sie zu.

»Moin.«

»Moin«, entgegnete sie.

Er sah sie auf eine seltsame Weise an, als ob er sie kennen würde und nur darauf wartete, dass sie anfing, mit ihm zu plaudern. Aber vielleicht wartete er auch nur auf ihre Bestellung. Kira fragte freundlich: »Was empfehlen Sie mir?«

Ein Lächeln umspielte seine Lippen, während er sie gleichzeitig durchdringend ansah und antwortete: »Ich empfehle Ihnen das Krabbenbrötchen und die hausgemachte Limonade mit Holunder.«

Kira überlegte einen Moment. Es war erst kurz nach elf, aber die Fahrt hatte sie tatsächlich hungrig gemacht. Daher nickte sie. »Okay, dann nehme ich das.«

Der Mann drehte sich um und begann mit der Arbeit.

»Machen Sie hier Urlaub?«, fragte er kurz darauf und reichte ihr ein Tablett mit einem Brötchen und einem Glas Limonade.

»Warum fragen Sie?«

»Weil der Ort so klein ist, dass man fast jeden kennt, und ich glaube, Sie kommen aus den USA.«

Kira ärgerte sich, dass ihr Akzent so deutlich zu hören war.

»Dabei ist meine Mutter Deutsche und die Vorfahren meines Vaters auch.«

»Und Sie wollen das Land Ihrer Vorväter erkunden?«

Sie nickte.

»Und dann haben Sie sich in unser schönes Örtchen verirrt«, sinnierte er. »Oder kamen Ihre Vorfahren aus der Gegend?«

Sie zuckte mit den Schultern.

»Ich mag kleine Orte. Was können Sie mir als touristisches Ziel hier in der Gegend empfehlen?«

»Der Leuchtturm ist schön, der Strand ... Meine Imbissbude«, antwortete er, ohne die Mundwinkel zu verziehen.

»Es gibt auch ein Schloss«, sagte sie.

»Schloss ist etwas übertrieben, ein Schlösschen«, korrigierte er grinsend.

»Wo befindet es sich denn?«

»Auf der anderen Seite vom Dorf.«

Er erklärte ihr den Weg und fragte: »Woher wissen Sie denn davon?«

»Kam im Fernsehen.«

Er nickte wissend.

»Ich kapier den ganzen Rummel um das Schlösschen nicht. Aber hier hängen die Menschen halt an alten Dingen.«

»Das verstehe ich.«

Sie setzte sich an einen der Tische und biss genüsslich in das Brötchen. Die hausgemachte Remoulade und die frischen Krabben schmeckten köstlich. Diese Adresse musste sie sich merken.

Sie beobachtete den Verkäufer, während sie ihr frühes Mittagessen genoss. Das musste sein Laden sein. Die Art, wie er die Stühle hinstellte und die kleinen, liebevoll dekorierten Windlichter auf den Tischen verteilte, alles deutete darauf hin.

Als sie fertig war, brachte sie ihm das Tablett zurück und bedankte sich noch einmal. Gestärkt machte sie sich auf den Weg zurück in den Ort. In der Ortsmitte bog sie ab und überquerte die Landstraße, auf der sie gekommen war. Auf der anderen Seite befanden sich Felder, die wohl noch zum Ortsgebiet gehörten, und tatsächlich, dahinter lag ein kleines Wäldchen. Sie erreichte es etwa fünf Minuten später. Allerdings war links und rechts des Weges nirgendwo ein Anzeichen, dass es hier ein Anwesen gab.

Sie wollte schon aufgeben, als sie einen schmalen Pfad entdeckte, der vom großen Weg nach links tiefer in den Wald führte. Der Weg war dicht bewachsen. Sollte es hier wirklich ein Schlösschen geben, dann wurde die Zufahrt schon lange nicht mehr verwendet. Dennoch ging sie weiter. Und dann, ganz plötzlich, war die Straße zu Ende. Ein paar Bäume versperrten ihr die Sicht. Langsam ging sie an den Bäumen vorbei – und da war es.

Fünfhundert Meter vor ihr stand das Schlösschen, bezaubernd, wie auf Urgroßmutters Zeichnung. Ihr Herz schlug ihr bis zum Hals. Sie fühlte sich, als hätte sie auf dem Dachboden eine Truhe voll Gold gefunden.

Sie versuchte, sich noch einmal an die Geschichte zu erinnern. Warum waren sie damals fortgegangen? Warum konnte der Urgroßvater das Schlösschen nicht in seinem Besitz behalten? Großmutter hatte ihr immer erzählt, dass sie es an eine böse Hexe verloren hatten. Erst als sie älter war, verstand sie, dass es keine Hexe gewesen war, sondern eine hinterhältige Frau.

In ihrer Erinnerung waren diese Geschichten schon fast verblasst gewesen. Bis sie den Fernsehbeitrag gesehen hatte.

Es war ein unbeschreiblich aufregendes Gefühl. Großmutters Gutenachtgeschichten waren ganz offensichtlich doch nicht ihrer Fantasie entsprungen!

Als Historikerin hatte Kira gelernt, erst die Fakten und Quellen zu suchen und zu prüfen. Daher blieb sie stehen und zog ihr Handy aus der Tasche. Sie hatte das Bild ihrer Urgroßmutter abfotografiert und verglich es mit dem Gebäude.

»Die Übereinstimmung ist wirklich verblüffend«, dachte sie.

Gerade als sie die Kamera-App öffnete, um das Schlösschen abzufotografieren und das Foto ihrem Vater zu schicken, ertönte plötzlich eine Fahrradklingel. Jemand raste so hastig mit dem Rad an ihr vorbei, dass sie erschrocken zur Seite sprang und ihr Telefon auf den Boden fiel.

Der Radfahrer drehte sich nicht einmal um.

»Das gibt's doch nicht, du Idiot!«, rief sie wütend und murmelte. »Warte, du wirst was erleben!«

Schimpfend hob sie ihr Handy auf. Zum Glück war es nicht zerbrochen. Sie rannte auf das Schlösschen zu, um diesen rücksichtslosen Radler zu erwischen und mit ihm über seinen Fahrstil zu diskutieren.

Als sie dort ankam, musste sie erst einmal Luft holen, bevor sie den Kerl zur Schnecke machen konnte, so schnell war sie gerannt.

Er hingegen nahm sie immer noch nicht wahr. Seelenruhig schloss er sein Fahrrad ab. Er nahm die beiden Fahrradtaschen und zog sich die Stöpsel aus den Ohren.

»Dem werde ich was erzählen«, dachte sie und musterte ihn. Er trug diese typischen engen Leggings mit weiten Sportshorts darüber, Helm und Fahrradsonnenbrille und eine dünne Jacke, wie sie ambitionierte Radfahrer lieben.

»Hey, Sie!«, rief sie laut und mit einem leicht aggressiven Unterton.

Der Mann zuckte zusammen, als hätte ihn jemand aus dem Hinterhalt angegriffen.

»Scheiße, haben Sie mich erschreckt.«

Jetzt nahm er seine Brille ab und sah sie fragend an, als wollte er wissen, was sie ihm zu sagen hatte. Der Mann war ungefähr in ihrem Alter, mit dunklen Augen und einem Dreitagebart.

»Das haben Sie gerade getan!«, entgegnete sie unwirsch.

Erstaunt sah er sie an. »Ich?«

»Sie können nicht gleichzeitig Fahrrad fahren und Musik hören. Sie hätten mich fast umgefahren.«

Er lächelte verstehend und verteidigte sich: »Ich habe doch geklingelt und bin mit mindestens einem Meter Abstand vorbeigefahren.«

»Vorbeigefahren? Vorbeigesaust, ich wäre fast im Graben gelandet.«

Sein Gesichtsausdruck veränderte sich, als er antwortete:

»Das wollte ich natürlich nicht, aber für mich gibt es nichts Besseres als Fahrtwind und gute Musik.« Er lächelte so verzückt, als würde er von seiner großen Liebe erzählen.

Kira sah ihn erstaunt an. Sie war eine schlechte Radfahrerin und konnte seine Begeisterung nur schwer nachvollziehen.

»Für Sie ist es vielleicht schön, aber für andere ist es lebensgefährlich.«

»Na ja, lebensgefährlich ist vielleicht etwas übertrieben. Aber wenn Sie den Eindruck hatten, es sei so schlimm, dann entschuldige ich mich hiermit und verspreche, in Zukunft vorsichtiger zu fahren.«

In seiner Stimme lag ein Nachdruck, der seinen Worten Ironie verlieh. Kira fragte sich, ob er die Situation überhaupt ernst nahm.

»Vielleicht in Zukunft klassische Musik hören!«, rief sie.

Er hatte den Kopf ein wenig gesenkt und wirkte, als sei er hin und her gerissen, ob er sie sympathisch oder zickig finden sollte.

»Ich werde es ausprobieren.«

Es ärgerte Kira, dass er sie so herablassend ansah und dazu dieses schelmische Grinsen aufsetzte.

»Reicht meine Entschuldigung oder soll ich noch etwas tun?«

»Was für ein arroganter Wichtigtuer«, dachte sie. Sie zuckte mit den Schultern und fragte schnippisch: »Was möchten Sie denn noch tun?«

Jetzt nahm er seinen Helm ab, wobei ihm einige Strähnen seines dunklen, gewellten Haars ins Gesicht fielen. Er musterte sie und sagte lächelnd: »Ich lade Sie zum Essen ein, als Zeichen der Versöhnung. Aber dann sind wir quitt!«

Kira fragte sich, ob er das ernst meinte, und erwiderte

verblüfft: »Ich wollte eigentlich heute Nachmittag weiterreisen.«

»Das klingt nicht ganz entschlossen«, befand er.

»Doch, eigentlich schon. Ich habe in Hamburg noch einiges an Arbeit zu erledigen.«

»Wer denkt denn an Arbeit, wenn er in unserem bezaubernden Süderwiek ist? Wir haben einen sehr guten Griechen im Ort, der macht aber erst heute Abend auf. Das wäre mein Angebot, da die Entschuldigung nicht ausgereicht hat.«

»Wir kennen uns doch gar nicht«, stammelte sie etwas verunsichert.

Er lächelte selbstbewusst und streckte ihr seine Hand entgegen. Sein Spiel schien ihm Spaß zu machen.

»Noah.«

Unsicher, was sie von diesem Kerl halten sollte, nahm sie den Handschlag an und stellte sich vor: »Kira.«

»Wow, was für ein schöner Name.«

Unwillkürlich musste sie lächeln. Das Kompliment fühlte sich so ehrlich an. Hatte sie ihn doch falsch eingeschätzt?

»Danke«, sagte sie.

»Ich schreibe dir die Adresse des Restaurants auf. Vielleicht bleibst du ja doch bis zum Abendessen.«

Er nahm einen Zettel aus seinem Rucksack und notierte etwas darauf.

»Danke«, sagte sie. »Aber das ist keine Zusage.«

»Das Restaurant macht um 18 Uhr auf, es muss also gar nicht so spät werden.«

Kira nickte. »Mal sehen«, antwortete sie trocken.

»Ich werde um achtzehn Uhr am Restaurant warten«, erklärte er und lächelte wieder. Dann erkundigte er sich: »Was machst du eigentlich hier? Nur für einen Nachmittag. Und mitten im Wald.«

Sie zuckte mit den Schultern.

»Ich wollte mir das Schlösschen ansehen.«

»Ich kann es dir gerne zeigen. Ich sortiere mit ein paar anderen den Keller aus, aber die kommen erst in einer Stunde.«

Einen Moment zögerte Kira. Konnte sie ihm trauen? Aber er wirkte überhaupt nicht gefährlich – wenn er nicht gerade Rad fuhr.

»Das wäre toll«, antwortete sie. Es war mehr, als sie zu finden gehofft hatte. Trotzdem holte sie ihr Handy raus und schrieb Marion kurz, wo sie war und was sie vorhatte. In der Zwischenzeit hängte Noah den Helm an sein Fahrrad und schloss das Eingangsportal auf.

»Das Schlösschen ist echt schön«, sagte Kira bewundernd.

Noah nickte und sah fast wehmütig zu den zwei kleinen Türmen hoch.

»Das ist es in der Tat. Nicht sonderlich groß, aber schön, obwohl es an allen Ecken und Enden bröckelt.«

Schon im Fernsehbeitrag war Kira aufgefallen, dass die schönen Fenster von der Kohlezeichnung ersetzt worden waren – aus der Nähe erkannte sie, dass es sich um dunkle Holzfenster handelte. Auch das Eingangsportal wirkte wie ein Ersatz aus den Sechzigerjahren und passte nicht zum Rest, trotzdem ließ sich die ehemalige Schönheit erahnen. Vor allem die beiden Türme verliehen dem Gebäude Größe und Glanz.

»Komm, ich gebe ich dir eine kleine Führung, bevor ich an die Arbeit gehe.«

Fast ehrfürchtig trat Kira ein. In der riesigen Eingangshalle gab es in der Mitte zwei Treppenaufgänge, die links und rechts ins Obergeschoss führten. Dazwischen befand sich eine breite Flügeltür. Die Eingangshalle war leer. Der Boden war mit einem hässlichen grau-blauen Teppich bedeckt, der so viele Flecken aufwies, dass man kaum sagen konnte, ob es sich um ein Muster handelte oder erst im Laufe der Jahre entstanden war. Der architektonische Stil erinnerte auch im Inneren an das England des 19. Jahrhunderts, es sah genauso aus wie in Filmen über das viktorianische Zeitalter, der Erbauer musste von diesem Stil inspiriert worden sein.

»Unter dem Teppich befindet sich ein wunderschöner Boden im Schachbrettmuster«, erzählte Noah.

»Wer ist nur auf die Idee gekommen, einen schönen Boden mit so einem Teppich zu verschandeln?«

»Er ist billig und in den meisten Büros der Achtziger- und Neunzigerjahre zu finden. Er ist sogar heute noch sehr beliebt.«

Kira schüttelte den Kopf.

»Und woher weißt du das mit dem Schachbrett?«, fragte sie.

Noah zeigte auf eine Ecke. »Ich habe den Teppich rausgepult.«

Gemeinsam gingen sie dorthin. Kira betrachtete den Boden. Dort, wo Noah den grässlichen Teppich entfernt hatte, waren zwei schwarze und zwei weiße Steinplatten erkennbar.

»Das war in den Zwanzigern so etwas wie der Betonlook von heute. Art déco«, erklärte Kira und kniete sich auf den Boden. »Eine interessante Mischung, wenn man bedenkt, dass der Rest eher ans neunzehnte Jahrhundert erinnert.«

»Ich sehe, du kennst dich aus.« Er warf ihr einen anerkennenden Blick zu und fragte: »Bist du von der Presse?«

»Unsinn, ich bin Historikerin mit einer Vorliebe für alte Gebäude.«

»Alte Gebäude mag ich auch. Und Geschichte«, antwortete er. »Aber ich muss mal aus den Fahrradklamotten raus, wartest du hier?«

Sie nickte und sah sich weiter staunend in der Halle um. Dann zückte sie ihr Handy, um ein paar Fotos zu machen.

Keine fünf Minuten später kam Noah zurück. Sie erkannte

ihn kaum wieder. Mit seinem hellblauen T-Shirt und in Jeans wirkte er ganz anders, richtig attraktiv. Und er roch frisch geduscht, nach Jasmin und Minze.

»Bist du noch der Typ von vorhin?«, fragte sie und musterte ihn von Kopf bis Fuß. Noah wirkte südländisch, er passte irgendwie nicht in ein norddeutsches Dorf. Seine Haut hatte diesen typischen olivfarbenen Stich, den man bei Menschen aus dem Mittelmeerraum findet.

Noah lachte selbstbewusst. »Ja, ich weiß, meine Mutter findet die Radklamotten auch unmöglich, aber sie sind praktisch.«

»Das verstehe ich, manche Sonntage verbringe ich im Schlafanzug.«

Hatte sie das gerade wirklich gesagt? Was musste er wohl von ihr denken, dass sie die Tussi in der rosafarbenen Jogginghose war? Am liebsten hätte sie sich auf die Zunge gebissen.

»Historikerin bist du also. Machst du hier Urlaub?«, fragte er.

»Sozusagen, aber ich wohne in Hamburg.«

»Eine Tagesausflüglerin. Du bist aber nicht in Deutschland aufgewachsen.«

»Das ist nicht zu verbergen!« Sie seufzte.

»Das musst du dir ständig anhören, verstehe.«

»Und was machst du hier?«, fragte sie. »Bist du Bauleiter oder Restaurator?«

»Ein bisschen von beidem«, erklärte er und in seinem Blick lag dieses gewisse Etwas. Konnte es sein, dass sie ihm auch gefiel? Kira spürte förmlich, wie sich etwas zwischen ihnen aufbaute, als ob jemand in diesem Moment Zauberstaub über sie verstreut hätte. Das Schloss war plötzlich nicht mehr wichtig, viel spannender fand sie es, sich mit Noah zu unterhalten.

»Komm, ich zeig dir den Rest«, wechselte er das Thema. »Jetzt kommt der schönste Raum.« Er öffnete die Flügeltür zwischen den Treppenaufgängen. »Das war früher der Ballsaal, später ein Großraumbüro.«

Obwohl sich auch hier ein Meer von graublauem Teppichboden erstreckte und vereinzelt alte Tische und Stühle an der Wand gestapelt waren, konnte sich Kira gut vorstellen, wie prachtvoll dieser Raum einst ausgesehen haben musste.

»Ich sehe vor meinem inneren Auge, wie sich hier die feine Gesellschaft zum Tanzen getroffen hat«, sagte sie. Dabei schwebte sie durch den Raum. »Wobei die jungen Leute wohl weniger geschwebt sind. Die haben bestimmt Charleston getanzt.«

Sie lachte und machte ein paar der schnellen Bewegungen, die sie aus alten Filmen kannte. Noah nahm sein Telefon und tippte etwas ein. Tatsächlich ertönten die altbekannten Klänge.

»Du meinst so etwas?«

Kira nickte und gemeinsam versuchten sie ein paar Bewegungen, aber Noah gab kurz darauf lachend auf.

»Das ist nicht so meine Richtung, vielleicht eher etwas Ruhigeres.« Kaum hatte er es ausgesprochen, war das Lied zu Ende und stattdessen ertönte ein ruhigerer Zwanzigerjahre-Song.

Noah verbeugte sich galant.

»Darf ich um diesen Tanz bitten?«

Unsicher sah sie ihn an.

»Ich bin eine miserable Tänzerin.«

»Macht nichts.«

Er nahm ihre Hände und übernahm die Führung. Kira war es anfangs unangenehm und sie war damit beschäftigt, auf ihre Füße zu schauen. Doch er war so sicher in seinen Bewegungen, dass sie sich bald von ihm leiten ließ und sich traute, ihm in die Augen zu sehen.

»Wo hast du das so gut gelernt?«, fragte sie.

»Es zahlt sich endlich aus, dass meine Großmutter mich zu diesen unzähligen Kursen geschleppt hat«, witzelte er.

Kira lachte. Sie war ihm so nah, dass sie seine Augen genau sehen konnte. Sie waren braun und von dichten Wimpern umrahmt. Noch nie war sie einem Fremden so nah gewesen. Sein Arm auf ihrer Schulter und dieser Zauberstaub um sie herum ...

Lag es vielleicht an der romantischen Umgebung? Oder an der Euphorie, dass sie das geheimnisvolle Schloss ihrer Großmutter wirklich entdeckt hatte? Sie würde doch sonst niemals mit einem Fremden tanzen, vor allem nicht mit einem, der sie fast überfahren hätte. Doch sie musste sich eingestehen, dass ihr diese Spontaneität Spaß machte. Viel zu schnell war das Lied zu Ende. Kurz standen sie da und sahen sich in die Augen. Ein neues, schnelleres Lied begann zu spielen, doch Noah drückte die Stopptaste.

»Vielen Dank für den Tanz«, sagte Kira.

»So ging es also dem Schlossbesitzer bei seinen Partys«, sagte Noah und ihr war nicht ganz klar, was genau er damit meinte.

Kira räusperte sich und wechselte rasch das Thema. »Und was machst du hier genau?«

»Ich räume das Schloss mit einigen Leuten aus dem Ort aus. Wir möchten es renovieren.«

»Wem gehört es denn?«

»Ein paar Jahrzehnte war es an die Gemeinde verpachtet, die hatte hier das Standesamt eingerichtet und die Neujahrsempfänge und Ähnliches abgehalten. Das findet aber mittlerweile alles im Rathaus-Neubau statt. Aus der Zeit stammt auch der hässliche Teppich. Irgendwer fand den wohl damals todschick. In den letzten Jahren ist dann alles runtergekommen, und mittlerweile ist der Pachtvertrag ausgelaufen und es ist wieder an die eigentliche Eigentümerfamilie zurückgegangen, die aber auch nichts damit gemacht hat.«

»Und wie heißt die Familie?«

»Jenssen.«

»Hier im Norden heißen alle Jenssen, Jakobsen, Petersen ...«, zog sie ihn auf.

»So ist es.«

Eine Familie Jenssen also, das war nicht der Mädchenname ihrer Großmutter. Der war tatsächlich Jakobsen.

»Was sind das für Leute, diese Jenssens?«, fragte Kira.

Noah zögerte einen Moment, als schien er sich die Antwort gut zu überlegen. Schließlich sagte er: »Eine alteingesessene Unternehmerfamilie. Betreiben seit Generationen ein Kaufhaus, Lagerhäuser und Speditionen.«

»Aha. Reiche also.«

Er runzelte die Stirn. »Was meinst du damit?«

»Meine Großmutter hat immer gesagt, man dürfe den Reichen nie trauen. Unsere Familie hat sich mit ehrlicher Arbeit in den USA ein neues Leben aufgebaut. Das war allen in der Familie immer sehr wichtig.«

»Und Wohlhabende können keine ehrliche Arbeit leisten?«, fragte Noah. »Immerhin tragen sie dazu bei, Arbeitsplätze in der Region zu schaffen.«

»Ach, das ist doch so eine Kapitalisten-Argumentation. Kennst du nicht die Enthüllungen über die Steuervermeidungstricks der Reichen? Arbeitsplätze oder nicht. Am Ende denken die Reichen immer nur an sich.«

»Hat deine Großmutter immer gesagt?«

»Hat sie denn nicht recht?«, fragte Kira.

Er schien nicht zu wissen, was er antworten sollte. Hatte sie ihn sprachlos gemacht? Ihr lag schon auf der Zunge, ihm Oma Fridas Geschichte zu erzählen. Von den Verbrechern, die ihrem Vater das Haus gestohlen hatten. Das waren auch Reiche gewesen, hatte Oma ihr erzählt. Aber sie hielt sich zurück. Sie wollte ihre Geschichte nicht gleich herausposaunen, bevor sie mehr über Noah wusste.

»Und jetzt bist du also zum Renovieren hier?«, lenkte sie das Gespräch wieder in eine andere Richtung.

»Ich bin bei der Interessengemeinschaft Altes Schlösschen.«

»Ah, die aus dem Fernsehbeitrag.«

»Genau. Wir wollen verhindern, dass das Gebäude an einen Immobilieninvestor geht, der es zu Luxuswohnungen umbaut.«

»Siehst du, da sind wir wieder bei den Reichen«, sagte sie und musste lachen.

Nun stimmte er mit ein. »Stimmt. Es muss nicht alles Luxus sein, da hast du recht. Wir wollen, dass das Schlösschen wieder ein Ort für die Öffentlichkeit wird. Es ist neben dem alten Leuchtturm das wichtigste historische Gebäude hier im Ort. Manche der Älteren in der Initiative haben sogar hier geheiratet, da hängen also jede Menge Erinnerungen dran.«

»Und da könnt ihr das jetzt schon auf eigene Faust renovieren? Das verstehe ich nicht ganz. Ich dachte, eure Initiative hat noch nichts erreicht. Was sagen die Eigentümer dazu?«

Er überlegte einen Moment, bevor er zugab: »Renovieren ist vielleicht etwas zu viel gesagt. Wir wollen es einfach etwas herrichten, um zu zeigen, welches Potenzial das Gebäude auch ohne einen Großumbau hätte. Und es stört die Eigentümer auch nicht, wenn wir hier ein bisschen aufräumen.«

Kira nickte zwar, aber ganz verstand sie nicht, welchen Sinn das alles hatte.

»Was sollte denn deiner Meinung nach aus dem Schloss werden?«

»Mein Traum wäre ein Café, eine Buchhandlung, Räume für Veranstaltungen, ein Zentrum für Kultur und Genüsse.

Und natürlich ein Ort mit Geschichte. Ich liebe es, in die Vergangenheit einzutauchen. Als Kind habe ich viel über Rungholt gelesen und mir vorgestellt, wie das Leben hier früher ausgesehen hat. Ist ein Hobby von mir.«

»Soso.« Kira lächelte. »Hoffentlich wird dein Traum wahr.«

»Möchtest du den Rest ansehen?«, fragte Noah.

Sie nickte und gemeinsam schritten sie durch die anderen Räume, die nicht mehr so viel vom Flair der Goldenen Zwanziger besaßen.

»Was machst du beruflich? Du bist bestimmt Projektmanager oder Ähnliches?«, erkundigte sich Kira, während sie alles betrachtete.

Noah lachte. »Hm, ich bin so eine Art Mädchen für alles im Familienunternehmen. Ich halte gerne den Betrieb am Laufen. Meine Arbeit macht mir Spaß, aber Projekte wie dieses Schlösschen sind ein schöner Ausgleich dazu, immer nur im Büro zu sitzen.«

»Cool«, fand sie.

»Und du?«

»Ich schreibe meine Masterarbeit über deutsche Migranten, die in den 1920er-Jahren nach Amerika ausgewandert sind, und deutsche Migranten heute.«

»Interessant.«

»Es ist nichts Außergewöhnliches«, widersprach sie, »aber ich finde es unglaublich spannend, vor allem, weil meine Urgroßeltern und meine Mutter ausgewandert sind. Es ist also ein sehr persönliches Themengebiet.«

»Migration ist ein sehr aktuelles Thema. Ich nehme an, sie kamen aus Deutschland?«

Kira nickte.

»Meine Mutter kommt aus Süddeutschland und die Vorfahren meines Vaters aus Norddeutschland.«

»Meine Vorfahren sind schon seit vielen Generationen hier, zumindest die väterlicherseits. Meine Mutter stammt auch aus dem Süden.«

»Warum wurde das Schloss überhaupt verpachtet? Das wäre doch ein wunderbarer Familiensitz gewesen.«

»Für eine kurze Zeit war es das auch. Doch am Ende des Zweiten Weltkriegs hatte kaum jemand etwas, auch die ehemals Reichen nicht. So ein Gebäude zu unterhalten, kostet ja eine Menge Geld, und statt es zu finanzieren, bekamen sie sogar einen kleinen Pachtbetrag von der Gemeinde. – So, jetzt gehen wir in den Keller«, erklärte Noah und blieb vor einer schmalen Tür stehen. »Dort bin ich zurzeit am Werkeln.«

»Ich bin sehr gespannt.«

Sobald er die Tür öffnete, schlug ihnen ein modriger Geruch entgegen. Gemeinsam stiegen sie eine schmale Treppe hinunter.

»Hier entlang.«

Sie gingen durch einen großen Raum, der mit alten Möbeln und Aktenregalen vollgestellt war.

»Das wird alles entsorgt«, erzählte Noah. »Die Gemeinde hat ihre Akten schon aussortiert. Das sind Geschäftsunterlagen der Besitzerfamilie, die nicht mehr benötigt werden. Alles noch von vor dem Zweiten Weltkrieg.«

»Und was machst du hier unten?«

»Das zeige ich dir gleich.«

Sie kamen zu einer anderen Tür, die verschlossen war.

»Hier sind die alten Akten aus der Zeit vor dem Krieg, die wir noch nicht durchgesehen haben. Wir wollen nichts zerstören, was vielleicht noch von Wert sein könnte.«

Noah öffnete die Tür. Er schaltete das Licht ein und räumte den Tisch ein wenig frei. Alte Akten, Kisten und sogar Koffer standen darauf. Dahinter befanden sich weitere uralte Kisten.

»Und, hast du schon etwas Wertvolles gefunden?«

Er schüttelte den Kopf.

»Leider nicht. Hauptsächlich alte Gehaltsabrechnungen aus den Zwanziger- und Dreißigerjahren. Das hat natürlich heute keinen Wert mehr, nicht mal einen nostalgischen.«

»Aber vielleicht gibt es ja noch eine Geheimkammer.«

»Wie kommst du denn darauf?«

»Keine Ahnung. Für mich hat dieses ganze Schlösschen etwas Sagenumwobenes an sich«, sagte sie mit verschwörerischem Blick. »Und ich habe das Gefühl, dass noch nicht alle seine Geheimnisse gelüftet sind.«

Noah runzelte die Stirn. Dann lachte er. »Ich mag, wie du denkst. Aber bisher habe ich nichts gefunden, was darauf hindeutet. Vielleicht hast du als Historikerin ja eine Idee.«

»Du verwechselst mich mit einer Detektivin, aber wenn ich so ein Haus bauen würde, müsste es auf jeden Fall eine geheime Kammer geben.«

»Zu welchem Zweck?«, fragte er mit hochgezogener Augenbraue.

»Um dort wertvolle Gegenstände zu verstecken. Das war früher so üblich.«

»Klingt logisch.«

Sie lachte. Nachdenklich fuhr sie mit ihren Fingern über die uralten Sachen. Hatte etwas davon ihrem Uropa gehört?

Sie wurde von einem Rufen aus ihren Gedanken gerissen: »Hey, Noah, bist du dort unten?«

»Da sind die anderen. Komm, ich stell sie dir vor.«

Insgesamt waren drei Männer und zwei Frauen gekommen, um Noah beim Aufräumen zu helfen. Kira wollte nicht länger stören und verabschiedete sich.

Draußen rief sie ihre Mitbewohnerin an.

»Hey, Marion, ich wollte nur sagen, dass ich über Nacht hierbleibe.«

»Warum, brauchst du noch mehr Zeit für deine Nachforschungen?«

»Das auch.«

»Und deswegen bleibst du über Nacht?«

»Ein Mann hat mich zum Essen eingeladen.«

Kira holte den Zettel hervor, den ihr Noah gegeben hatte. Sie sah, dass er auf die Rückseite auch noch die Adresse der »besten Pension weit und breit« notiert hatte.

»Was?«, schrie Marion ins Telefon. »Wer ist er? Erzähl mir alles. Ich glaub es nicht. Seit wann hast du Dates?«

»Es ist kein Date«, betonte Kira. Doch sie merkte, wie sie lächelte. Sie erzählte Marion von ihrem Tag und dem Treffen mit Noah, während sie wieder Richtung Dorf ging.

»Das ist ja cool. Warum passiert mir das nicht?«

»Tja, vielleicht musst du auch friesische Dörfer unsicher machen?«, zog Kira sie auf. »Aber ich muss jetzt Schluss machen, Noah hat mir die Adresse einer netten Pension gegeben und ich will mich noch etwas frisch machen, bevor ich in dem Restaurant aufkreuze.«

4

*B*ei der Pension angekommen, stellte Kira fest, dass der Ort mehr zu bieten hatte, als sie vermutet hatte. Die Pension Meerblick lag malerisch direkt am Deich auf einer Anhöhe, sodass man von den hinteren Zimmern sicher eine wunderbare Sicht auf den Strand und das Meer hatte. Hinter dem reetgedeckten, zweigeschossigen Haupthaus erstreckte sich ein weitläufiger Garten, in dem es in allen Ecken bunt blühte. Den wollte sich Kira später unbedingt genauer ansehen.

»Hallo«, begrüßte eine sympathische Frau mit einem bunten Blumenkleid sie freundlich. »Ich bin die Wirtin, Helene.«

Helene war eine hübsche Frau Anfang vierzig. Ihr Haar hatte sie kunstvoll hochgesteckt, und irgendwie fand Kira, dass sie etwas Feenhaftes an sich hatte.

»Hallo, wir haben vorhin telefoniert. Kira Jakobsen.«

»Genau, herzlich willkommen! Willst du für eine Nacht bleiben?«

Kira nickte.

»Ich muss dich warnen, die meisten Leute verlängern oder kommen wieder. Unsere Pension hat Suchtpotenzial.«

Kira lachte. »Das hört sich gut an. Aber ich muss wirklich wieder zurück nach Hamburg.«

»Wohnst du dort?«

»Ja, ich mache dort meinen Master. Eigentlich komme ich aus Boston.«

»Interessant. Ich bin auch nicht von hier, also ursprünglich komme ich aus Süddeutschland. Aus der Nähe von Mannheim.«

»Meine Mutter kommt aus Speyer, ist das nicht in derselben Gegend?«, fragte Kira.

»Speyer! Ja, das ist meine Region. Wie lustig. Sprichst du deshalb so gut deutsch?«

»Meine Mutter hat früher oft mit mir deutsch gesprochen.«

»Wie schön, dann sind wir also zwei Fremde im hohen Norden.«

Kira mochte die Wirtin. Ihre freundliche Art tat ihr gut, in Norddeutschland kam das im Vergleich zu ihrer Heimat nicht so oft vor. Daher sprach sie einfach weiter: »Die Vorfahren meines Vaters kamen aus dieser Gegend, aber sie sind vor fast hundert Jahren ausgewandert.«

»In die Vereinigten Staaten?«

Sie nickte.

»Das Leben war damals auch nicht einfach, viele haben ihr Glück auf dem neuen Kontinent gesucht«, antwortete Helene. »Aber schön, dass du zurückgekommen bist, um deine Wurzeln zu finden.«

Kira lächelte, so hatte sie das noch gar nicht gesehen. Nachdem sie die Anmeldung ausgefüllt hatte, gab Helene ihr den Schlüssel.

»Komm. Ich zeige dir dein Zimmer mit Meerblick.«

Als Kira eintrat, war sie begeistert von der Aussicht.

»Jetzt verstehe ich, was du vorhin gemeint hast«, sagte sie.

Helene lächelte stolz und sagte mit verschwörerischer Miene: »Warte, bis du das Frühstück probiert hast.«

Dann verabschiedete sie sich und ließ Kira allein.

Das Zimmer war bezaubernd. Hübsch eingerichtet mit hellem Holz, Pastelltönen und schwarzem Metall. Der frisch gepflückte Flieder auf dem Schreibtisch war ein aufmerksamer Akzent. Das Badezimmer war sauber und modern. Was wollte man mehr? Es war viel schöner als ihr WG-Zimmer. Wenn Kira das Fenster öffnete, hörte sie das Meer rauschen. Am liebsten hätte sie gleich eine ganze Woche gebucht.

Zum Glück hatte sie Ersatzkleidung dabei, nur für den Fall, man wusste ja nicht, wie das Wetter wurde. Und so ein Schloss im Wald hatte durchaus das Potenzial, dass man sich schmutzige Hosen holte. Sie schmunzelte, als sie an einen Tipp von Oma Frida dachte: »Nimm immer eine Zahnbürste, Kleidung zum Wechseln und eine Packung Kekse mit.« Das hatte sie getan.

Kira lehnte sich aus dem Fenster und beobachtete die schäumenden Wellen, die an den Strand schlugen. Am Horizont kreisten ein paar Möwen. Sie fragte sich, ob ihre Urgroßeltern wirklich aus dieser Gegend stammten. Sie versuchte, sich an all die Geschichten zu erinnern, die ihre Großmutter erzählt hatte. Hatte sie jemals gesagt, wie der Ort hieß, aus dem ihre Eltern kamen? Kira konnte sich nicht daran erinnern, und der Name Süderwiek erschien ihr nicht vertraut.

Sie würde ihren Vater bitten, die alten Bilder von Oma abzufotografieren, die auf dem Speicher lagerten. Ihre Uroma hatte einige Landschaftsbilder gemalt. Viele zeigten Gegenden aus den USA, aber ein paar waren anhand von Fotos oder Postkarten aus ihrer Kindheit entstanden. Kira glaubte sich zu erinnern, dass auf einem der Bilder das Meer und ein Leuchtturm zu sehen waren. Und hatte der nette Mann am Fischimbiss nicht einen Leuchtturm erwähnt?

5

April 1923

an saß an dem kleinen Anleger auf dem Rand seines Fischerboots und flickte ein Loch in einem Netz, während er auf die Flut wartete, um hinauszufahren. Es war der erste warme Frühlingstag des Jahres und jetzt am Nachmittag glitzerte die Sonne über dem Meer, das sich noch gut zweihundert Meter entfernt befand. Am frühen Abend würde es seinen Höchststand erreichen, dann konnte er in der Abenddämmerung hinausfahren und hoffentlich reiche Beute machen. Nachts gingen einfach mehr Fische ins Netz. Er hatte sein Boot absichtlich in diesem meist menschenleeren Strandabschnitt angelegt, außerhalb vom Dorf, um mit niemandem reden zu müssen. Gespräche mit anderen Menschen empfand er als lästig.

Jan trug nur die Hose, das Hemd hatte er zum Trocknen ausgezogen. Sein breiter Rücken und seine muskulösen Arme, die harte Arbeit kannten, waren um diese Jahreszeit noch bleich. Jan hatte viel Kraft, war Anfang zwanzig und nichts fiel ihm schwer. Er liebte das Meer, den Strand und tüftelte ständig an neuen Ideen, um die Netze und sein Boot zu verbessern.

Als er sich umdrehte und in Richtung des alten Leuchtturms blickte, sah er sie. Sie stand direkt an seinem Boot, nur wenige Schritte von ihm entfernt, und blickte zu ihm. Sie stand einfach da und lächelte ihn an in diesem wunderschönen hellblauen Kleid. Den Rock hatte sie hochgerafft, damit der Saum nicht schmutzig wurde, ihre Füße waren barfuß. Das dunkle Haar hatte sie kunstvoll hochgesteckt.

Sie war so anders als die Mädchen im Dorf, so erhaben wie eine Königin – zumindest so, wie er sich eine Königin vorstellte. Alles an ihr war fein und sie duftete nach Rosen. Keiner von beiden sagte etwas. Jan war überwältigt und er fühlte sich wie betrunken, so überrascht war er von diesem Mädchen.

In einiger Entfernung sah er eine zweite Frau am Strand sitzen. Das musste das Dienstmädchen sein, mit weißer Haube und einem weißen Kragen über dem schlichten schwarzen Kleid. In diesem Moment sah das Mädchen auf und blickte in ihre Richtung.

»Katharina, kommen Sie bitte zurück!«, rief das Dienstmädchen und unterbrach den Moment. Doch Katharina kümmerte sich wenig um ihre Rufe. Sie betrachtete den jungen Mann und hätte ihn am liebsten berührt.

Der Fischer schaute in Richtung des Mädchens und fragte: »Sind Sie Katharina?«

Sie nickte und sagte: »Ich lasse sie rufen, das ist ihre Aufgabe.«

Katharina kicherte schelmisch. Sie hatte gerade ihren neunzehnten Geburtstag gefeiert und fühlte sich längst wie eine Erwachsene, auch wenn es noch zwei Jahre dauern würde, bis sie die Volljährigkeit erreicht hatte. Umso mehr nervte es sie, dass ihr Vater ihr immer noch Anna zur Seite stellte, wenn sie nur einen kleinen Spaziergang unternehmen wollte. Sie war doch kein Kind mehr und das Dienstmädchen war nur wenig älter als sie und selbst noch nicht volljährig. Wäre Anna nicht gewesen, hätte sie noch einen Schritt auf den gut aussehenden jungen Mann zugemacht. Aber sie konnte es nicht riskieren, dass das Dienstmädchen sie bei ihren Eltern verpetzte.

Ihr kam ein sonderbarer Gedanke. Am liebsten hätte sie ihn geküsst. Sie verspürte ein Verlangen, das sie bisher bei keinem der jungen Männer verspürt hatte, die sie bei verschiedenen gesellschaftlichen Anlässen kennengelernt hatte. War das die Wollust, von der ihre Mutter immer so abfällig gesprochen hatte? So schlimm kam es ihr gar nicht vor, im Gegenteil, es war ein wunderbares Gefühl.

Da Katharina sie nicht beachtete, kam Anna zu ihnen.

»Katharina, was machen Sie da?«, fragte das Dienstmädchen.

»Ich schaue dem Fischer zu«, antwortete sie möglichst unschuldig.

Der Fischer sah zu Anna hinüber und grüßte sie. Jetzt, wo sie näher getreten war, kam sie ihm bekannt vor. Auch in ihrem Blick blitzte Erkennen auf. Sie sah ihn prüfend an und nickte zur Begrüßung. Ihr tadelnder Gesichtsausdruck gefiel Katharina nicht. Hatte Anna die Blicke zwischen ihr und dem jungen Mann bemerkt?

»Ich bin kein Kind mehr, du kannst ruhig weiter das Meer anstarren«, versuchte Katharina, sie zu beruhigen.

Anna lachte. »Sehr komisch.«

»Sie dürfen ruhig zuschauen. Das stört mich nicht«, warf der Fischer ein und sah Katharina so durchdringend an, dass sie wieder dieses unbekannte Kribbeln spürte. Sie genoss seine Blicke, lächelte zufrieden und zwirbelte sich die Haare.

»Ich denke, wir gehen besser«, sagte Anna bestimmt.

»Du kannst vorgehen, ich will noch ein bisschen zuschauen.«

»Ich glaube, Ihre Eltern wären dagegen, lassen Sie uns gehen.«

»Ich schaue nur zu, warum sollten sie etwas dagegen haben?«

Anna seufzte genervt. Doch dann gab sie sich geschlagen und setzte sich ein paar Schritte entfernt in den Sand.

Katharina drehte sich ein wenig, damit Anna ihr Gesicht nicht mehr sehen konnte, und fragte leise: »Bist du immer hier?«

»Ich werde morgen um die gleiche Zeit hier sein.«

Er sah sie wieder an, mit diesem Blick, der ihr Herz zum Rasen brachte. Sie lächelte schüchtern und er lächelte siegreich zurück.

Katharina drehte sich abrupt um und sagte zu Anna: »Wir können gehen.« Erhobenen Hauptes schritt sie davon und sah sich nicht noch einmal um.

»Und, hat Ihnen der gut aussehende Fischer schöne Augen gemacht?«, fragte Anna, nachdem sie sich ein wenig entfernt hatten. Sie lächelte verschwörerisch, als wären sie beste Freundinnen.

»Das hat er, aber er ist meiner nicht würdig«, antwortete Katharina stolz.

Anna nickte erleichtert. Das hätte Katharinas Vater sicher genauso gesehen.

Am nächsten Tag wollte Katharina wieder an den Strand gehen, allerdings ohne die lästige Begleitung. Ihr Vater war wie immer den ganzen Tag über in Husum in der Firma und würde erst am späten Abend nach Hause kommen. Anna war damit beschäftigt, Katharinas Mutter für einen Besuch herzurichten, den sie erwartete. Wenn Katharina sich beeilte, würde niemand merken, dass sie überhaupt weg war. Und falls doch? Dann musste sie sich etwas ausdenken, sie musste ja nicht zugeben, dass sie den Fischer besucht hatte.

Kurz entschlossen trat sie vors Haus. Die kleine Villa lag etwas abseits des Ortskerns, hier gab es keine anderen Häuser oder lästige Nachbarn. Katharina mochte den Ort nicht sonderlich, das hatte sie mit Vater gemein. Sie war doch kein Dorfmädchen. Aber in Husum hatte es ihr auch nicht gefallen. Es war eine Kleinstadt, in der ihr Vater ein Kaufhaus und mehrere Lagerhäuser betrieb und die hauptsächlich für ihren Viehmarkt bekannt war.

Erst vor ein paar Tagen waren sie nach Süderwiek gezogen, Katharinas Mutter zuliebe, die von einem großen Anwesen träumte. Am liebsten einem richtigen Landsitz, was in Husum nicht möglich war. In Süderwiek war Hugo Jenssen fündig geworden. Das Haus am Ortsrand war zwar etwas altmodisch, wie Katharina fand, es war irgendwann Ende des letzten Jahrhunderts erbaut worden. Aber es bot genug Platz für die Familie und die Dienstboten. Und es gab einen alten Pferdestall, den ihr Vater in eine Garage für sein Automobil hatte umbauen lassen. Aber bis das Haus einem echten Prachtbau mit üppigen Gartenanlagen entsprach, wie es ihrer Mutter vorschwebte, würde es noch einiges an Arbeit bedürfen.

Katharina lief schnellen Schrittes direkt zum Strand. Nachdem sie den Damm überquert hatte, zog sie wieder ihre Schuhe aus und ging barfuß durch den Sand. Sie sah das Fischerboot schon von Weitem. Zielstrebig ging sie auf den Fischer zu.

Überrascht blickte er auf, als sie näher kam. Anscheinend hatte er sich nicht träumen lassen, dass sie ihn wieder besuchen würde.

Katharina begrüßte ihn. »Moin, der Herr! Willst du mir zeigen, was du heute machst?«

»Ich bin fertig, ich werfe nur noch die Netze ins Boot.«

Das tat er, und sie genoss es, seinen angespannten Körper zu betrachten. Katharina fühlte sich frei und unbeobachtet. Es war ihr egal, was angemessen war, sie wollte das tun, worauf sie Lust hatte. Sie ging auf ihn zu und berührte seinen Oberarm. Er sah sie so überrascht an. Ihre Hand glitt über seinen Oberarm und dann über seine Brust. Die Berührung fühlte sich an wie elektrisiert.

Ihm schien es ähnlich zu gehen. »Was?«, stotterte er, und bevor er reagieren konnte, küsste sie ihn.

Er umfasste ihre Taille mit seinen starken Armen und erwiderte den Kuss. Seine Zunge berührte ihre Lippen. Sie war völlig unerfahren und überrascht, und doch gefiel es ihr so sehr, dass sie ihn nicht mehr loslassen wollte. Ihre Vernunft hatte ausgesetzt.

Er war es, der sich beherrschte und von ihr abließ.

»Das würde deinem Kindermädchen missfallen«, murmelte er mit belegter Stimme.

»Sie ist nicht mein Kindermädchen. Anna ist bei uns für den Haushalt zuständig. Außerdem ist mir egal, was sie denkt. Mir gefällt es. Es ist das Beste, was es gibt.«

Er lachte.

»Kannst du mich noch einmal küssen?«, fragte sie.

Natürlich konnte er nicht widerstehen, diesmal war er es, der sie nicht mehr losließ. Es machte Spaß, diese Wollust war fantastisch. Warum ihre Mutter so abfällig darüber sprach, verstand sie nicht. Aber dieser Fischer war auch anders als die anderen Herren, die ihr bisher den Hof gemacht hatten. Er war rau wie das Meer selbst.

»Das war gut.« Sie seufzte kichernd, als er von ihr abließ.

»Und jetzt?«

Sie zuckte mit den Schultern. »Wir genießen es.«

»Kommst du wieder?«, fragte er hoffnungsvoll.

»Vielleicht, aber selbst, wenn ich komme: Bild dir bloß nichts darauf ein. Du brauchst mir nicht den Hof zu machen.«

»Warum nicht?«

»Du bist ein Fischer, ich bin eine Dame. Mein Vater würde nie zustimmen.«

Sie kicherte wieder, drehte sich um und ließ einen gekränkten Fischer zurück. Sie musste zurückgehen, damit niemand bemerkte, dass sie verschwunden war. Aber das sagte sie ihm natürlich nicht. Sie wollte nicht, dass er in ihr ein unmündiges Kind sah. Lieber wollte sie sich etwas geheimnisvoll geben. Und das gelang ihr bisher ganz gut, fand sie.

Jan sah ihr nach, unfähig, einen klaren Gedanken zu fassen. Dieser eine Satz war wie ein Stich ins Herz gewesen. Sie war so grausam und anziehend zugleich. Selbst als er schon auf See war, spürte er ihre Lippen, roch die Rosenseife. Als er in der Nacht nach Hause kann, konnte er nicht schlafen. Stattdessen dachte er darüber nach, wie er sie wiedersehen könnte.

Dieses unglaublich lebhafte Wesen. Sie war so anders, so lebendig und unglaublich schön. Vom ersten Augenblick an wusste er, dass er keine andere wollte als sie. Es war ihm egal, dass sie sagte, dass er unter ihrer Würde war, weil er ein armer Fischer war. Er musste nur einen Weg finden, um ihr zu beweisen, dass er ihr ebenbürtiger Partner sein könnte. Irgendwie zu Geld kommen, damit er ihr etwas bieten konnte.

6

*E*s war Sonntag, Annas einziger freier Tag. Sie freute sich auf das Singen in der kleinen Kirche und auf die Menschen dort. Neben ihr saß ihre Mutter, eine abgearbeitete Frau von fünfzig Jahren, mit ernstem Blick. In diese Kirche gingen nur die Fischer und die Hirten mit ihren Familien. Ihre Herrschaften nahmen die Fahrt nach Husum auf sich, um auch in der Kirche mit den wohlhabenden Stadtfamilien unter sich zu bleiben. Das war Anna recht. Sie war froh, die Herrschaften hier nicht zu sehen. Hier konnte sie endlich Anna sein und nicht die Bedienstete. Für einige Stunden war sie frei.

Als die Orgel erklang, fingen die beiden Frauen an, sich ihre Sorgen und Nöte von der Seele zu singen. Das war wie Balsam für ihr Herz. Genauso gut tat es danach, die Geschichten von Jesus zu hören, denn er war einer von ihnen, den Kleinen und Geringen. Der Alltag schien weit weg. Während sie der Predigt lauschte, entdeckte Anna Jan. Er schien mit seinen Gedanken woanders zu sein und starrte auf eines der bunten Fenster. In Hemd und Jacke wirkte er ganz anders als noch vor zwei Tagen am Strand. Irgendetwas an ihm zwang sie, ihn immer wieder anzusehen. Vielleicht, weil er feinere Gesichtszüge hatte als die jungen Männer um ihn herum und weil in seinem Blick etwas Geheimnisvolles und Leidenschaftliches lag.

Nach dem Gottesdienst ging sie zu ihm, um zu sehen, ob er sie erkannte. Das tat er tatsächlich.

»Moin, gnädiges Fräulein.«

Er verbeugte sich theatralisch. Lächelnd wehrte sie ab: »Das bin ich gewiss nicht.«

»Aber du bist eine Dame geworden, seit du von hier fortgegangen bist. Du machst deine Sache gut, ich hatte gestern wirklich Angst vor dir.«

Sie musste lachen. Ihre Mutter lief an ihr vorbei, ohne sich in die Unterhaltung einzumischen. Wahrscheinlich hielt sie sich bewusst zurück, in der Hoffnung, ihre jüngste Tochter würde endlich mit einem Mann anbandeln.

»Ich bin nicht wie die, ich werde nie wie die sein«, antwortete Anna.

»Du bist aber auch nicht wie die anderen Menschen aus dem Dorf.« Er deutete auf die Kirchenbesucher, die sich angeregt unterhielten.

Etwas Ähnliches hatte sie schon einmal gehört, von einem Cousin. Aber es war abfällig gemeint, bei Jan empfand sie es nicht so.

»Was meinst du damit?«

»Nun, wie ich sagte, du hast vielleicht nicht das Geld einer feinen Dame, aber du bist eine, allein wie du angezogen bist.«

Sie sah an sich hinunter und strich unbewusst die Sitzfalten aus ihrem Rock. Den hellblauen Rock und das dazu passende Jäckchen hatte sie von ihrer früheren Herrin in Hamburg geschenkt bekommen. Dazu die gestärkte weiße Bluse mit der selbst gehäkelten Spitze, ja, sie passte nicht so recht zu der Kleidung der anderen.

»Die Kleidung war ein Geschenk, um ehrlich zu sein.«

»Egal, du bist eine Dame und das war's.«

Er lächelte und beobachtete sie, während Anna sich bemühte, nicht rot zu werden. Ihre Mutter und auch ihre älteren Schwestern versicherten ihr immer wieder, wie schön sie aussehen würde, mit ihrer Porzellanhaut, den grünen Augen und den roten Locken. Sie glaubte ihnen sogar, auch wenn sie selbst nicht so hoch von sich dachte. Und als Dienstmädchen war es sowieso ihre Aufgabe, unsichtbar zu bleiben. Zumindest in ihrer Sonntagskleidung schien sie aufzufallen. Und Jan schien sie wahrzunehmen. Sie musste sich eingestehen, dass ihr das schmeichelte.

»Und das Mädchen?«, fragte er unvermittelt.

Sie sah ihn irritiert an. »Welches?«

»Na, der Wirbelwind.«

Sie merkte, wie seine Augen funkelten. Erst jetzt wurde ihr klar, von wem er sprach.

»Hat sie dich in ihren Bann geschlagen?«, fragte sie. »Katharina ist mit ihren Eltern heute in Husum.«

Er lächelte und seufzte. »Sie ist wie eine Königin.«

Anna biss sich auf die Lippe, sie wollte nichts Schlechtes über ihre Arbeitgeber sagen. »Hm«, machte sie statt einer Antwort. Sie war enttäuscht und auch wütend. Warum machte er ihr Komplimente, nur um am Ende von Katharina zu sprechen?

Sie seufzte innerlich und fragte sich, ob es noch lange ihr Schicksal sein würde, auf diese Person aufzupassen, die sich wie ein verwöhntes Kind gebärdete. Katharinas Mutter war hochnäsig, nur auf sich selbst bedacht und wollte unbedingt zur besseren Gesellschaft gehören, obwohl ihr Mann doch erst vor Kurzem mit seinen Geschäften zu Geld gekommen war. Sie wollte unbedingt ihre gewöhnliche Herkunft vergessen machen und gab sich besonders aristokratisch.

Am sympathischsten war Anna Katharinas jüngerer Bruder Hans. Doch der besuchte ein Internat in Thüringen und kam nur in den Ferien und zu hohen Feiertagen nach Hause. Er war ein angenehmer Junge, wenngleich sein Vater ihn kritisch betrachtete, da er wenig Interesse an Wirtschaftsdingen zeigte. Er spielte Geige im Internatsorchester und träumte davon, ein musikalisches Konservatorium zu besuchen. »Als Künstler verdient man nichts«, warnte sein Vater ihn immer wieder, aber Hans ließ sich davon nicht beirren.

Katharina hingegen war so wankelmütig und unreif, dass Anna schon darüber nachdachte, zurück nach Hamburg zu gehen und sich dort eine andere Arbeit zu suchen. Hier im Dorf gab es sonst keine andere Anstellung als Dienstmädchen. Anna arbeitete schon als Dienstmädchen, seit sie vierzehn war. Die ersten Jahre war sie in Hamburg bei Familie Krautmann gewesen. Als klar war, dass hier im Ort ein Dienstmädchen gebraucht wurde, hatte ihre Mutter Anna für diese Stelle vorgeschlagen. In der Nähe ihrer Familie zu arbeiten, war wunderbar, besonders, da es um die Gesundheit ihrer Mutter nicht allzu gut stand. Dieser Husten wurde immer hartnäckiger und sie war oft sehr schwach. Wer konnte schon sagen, wie viel Zeit sie noch miteinander haben würden?

Nun sah Anna den jungen Fischer an. Katharina hatte ihn verzaubert. Das konnte sie gut, bei den anderen jungen Männern ihres Standes war es ähnlich. Manchmal fragte Anna sich, was passieren würde, wenn sie eines Tages merkten, dass hinter dem guten Aussehen und der Kleidung nicht viel mehr steckte. Es schien keinen zu interessieren. Als einzige Tochter bekam sie immer, was sie wollte, und nichts, was sie tat, hatte Konsequenzen.

Sie wischte den Gedanken beiseite und sagte mit einem gekünstelten Lächeln: »Dir einen gesegneten Sonntag, meine Mutter wartet.«

Er ging nicht darauf ein, sondern fragte: »Sie freut sich sicher sehr, dass du wieder hier bist. Und was machst du den Rest des Tages?«

»Ich werde mit meiner Mutter zu Mittag essen und dann mal sehen, vielleicht mache ich einen Spaziergang am Strand. Und du?«

»Ich werde mit zwei Freunden ins Watt gehen. Mein Kumpel sucht nach alten, verlorenen Siedlungen.«

»Echt? Habt ihr schon was gefunden?«

Er zuckte mit den Schultern.

»Ich war noch nie dabei. Aber ein paar alte Töpfe wird es schon geben.«

Anna lächelte höflich.

»Ich meine, so richtig alte. Mein Kumpel kennt einen, der macht nichts anderes, als im Watt nach alten Sachen zu suchen. Der will unbedingt Rungholt finden.«

Sie sah ihn ungläubig an.

»Die untergegangene Stadt im Watt? Das ist doch nur ein Märchen.«

»Mein Kumpel ist anderer Meinung. Er kennt da einen ziemlich gescheiten Mann. Er weiß alles darüber und er sagt, etwas nördlich, wo immer so viele Möwen sind, da könnte das alte Rungholt gewesen sein.«

Nun musste der Fischer selbst lachen und gab zu: »Ich weiß, das klingt verrückt.«

»Ja.« Sie erwiderte sein Lachen.

»Wenn wir nichts finden, wird es immer noch ein schöner Sonntagsausflug.«

»Oder du findest den Rungholt-Schatz.«

»Das wäre doch schön, dann wäre ich auch ein feiner Herr.«

»Ein feiner Herr ist auch nur ein Mensch und oft ein ziemlich schlechter dazu.« In ihrer Stimme schwang Bitterkeit mit.

»Du denkst nicht so gut von den Reichen«, stellte er fest.

»Nicht umsonst heißt es in der Bibel: Eher geht ein Kamel durch ein Nadelöhr, als dass ein Reicher ins Himmelreich kommt.«

»Du bist so klug, bist du Lehrerin?«

Anna lachte.

»Schön wär's.«

Das wäre in der Tat ein Beruf, der ihr sehr gefallen hätte. In diesem Augenblick trat ein junger Mann zu ihnen. Er nickte Anna zu und sagte: »Jan, ich hole dich kurz nach dem Mittag ab.«

Jan nickte. Der Mann sah Anna an und fragte bewundernd: »Ist das dein Mädchen?«

»Nein, und sie wäre auch zu gut für uns.« In Jans Worten lag keine Bosheit, eher Bewunderung.

Anna drehte sich um. Sie konnte dem jungen Fischer nicht böse sein. Er hatte etwas Schelmisches in seinem Blick, aber er wirkte ehrlich.

Nachdem sie sich verabschiedet hatte, machte sie sich mit ihrer Mutter auf den Heimweg. Annas Mutter konnte es kaum erwarten, sie auszufragen.

»Ich glaube, Jan mag dich.«

Ihre Mutter kicherte. So ein Lachen hatte Anna schon lange nicht mehr von ihr gehört.

»Ach, ich fürchte, er mag Katharina.«

»Welche Katharina?«, fragte sie.

»Na, die Tochter der Herrschaften.«

»Aaaah«, machte ihre Mutter in einer Mischung aus Enttäuschung und Überraschung zugleich.

»Aber er wird sie nie bekommen, das ist nur eine Träumerei. Du dagegen wirst schon den Richtigen finden. Und Jan wäre eh nicht gut für dich. Wer will schon einen Fischer? Da riecht's ja immer nach Fisch.«

Beide lachten.

»Einen Prinzen werde ich wohl nicht finden.«

»Aber vielleicht einen Chauffeur oder einen Butler.«

Anna zuckte mit den Schultern.

»Mutti, ich denke, wir beide ziehen besser weg, zurück in die Stadt. Da gibt es bestimmt eine bessere Stelle für mich, vielleicht wieder bei den Trautmanns. Dort habe ich mich wie ein Teil ihrer Familie gefühlt.«

»Du bist kein Teil ihrer Familie und wirst es auch nie sein, es wird Zeit, dass du deine eigene Familie gründest.« Ihre Mutter schaute sie aufmunternd an.

»Aber sie haben mich nicht so behandelt wie die hier.«

»Ich weiß, dass du nur wegen mir hergezogen bist. Danke, mein Kind. Es ist ja nicht für immer.«

In dieser Nacht schlief Anna unruhig. Sie träumte von dem Fischer, von Katharina und von sich selbst. Es war ein verstörender Traum, in dem alle drei in einer Kutsche fuhren und sich an den Händen hielten, Jan in der Mitte. Als die Kutsche anhielt, wollte Katharina auf der einen Seite aussteigen und Anna auf der anderen. Der Fischer stand in der Mitte und wusste nicht, zu wem er gehen sollte. Schweißgebadet wachte Anna auf.

Warum hatte sie von einem Fischer geträumt, der ihr nichts bedeutete? Vorsichtig setzte sie sich in ihrem schmalen Bett auf, um sich nicht an der schrägen Decke zu stoßen. Ihr Zimmer war winzig, aber das störte sie nicht. Hauptsache, sie hatte einen Ort, an den sie sich zurückziehen konnte.

Seufzend ließ sie sich auf die Matratze zurückfallen und versuchte, noch ein paar Stunden Schlaf zu finden.

7

Gegenwart

K ira saß im hohen Gras auf dem Deich hinter der Pension, ihre Füße spielten mit dem warmen Sand unter den Gräsern. Sie schaute auf das Meer und die untergehende Sonne. Vielleicht war ihre Urgroßmutter vor hundert Jahren genau an dieser Stelle spazieren gegangen?

Schon als kleines Kind hatte sie sich gefragt, wie die Welt ihrer Vorfahren wohl ausgesehen hatte. Wenn Oma ihr die Geschichten von ihrer Uroma erzählte, erlebte Kira alles vor ihrem inneren Auge mit. Vielleicht war sie deshalb Historikerin geworden. Alles, was in der Vergangenheit geschah, faszinierte sie.

Und nun hatte sie vermutlich den Ort gefunden, aus dem die Eltern ihrer Großmutter stammten. Ebenso wie das geheimnisvolle Schlösschen, von dem Noah sagte, dass es einer Familie

Jenssen gehörte. Waren diese Jenssens die Bösewichte aus Großmutters Erzählungen? Oder war doch alles ganz anders? Es war ihr immer noch unklar, wie ihr Urgroßvater einst eine derartige Villa hatte erbauen können, wenn er als armer Mann in die USA ausgereist war. War die Villa sein einziger Besitz gewesen? Laut Omas Erzählungen stammte er aus einer Fischerfamilie. Es passte alles nicht so recht zusammen. Vielleicht hatte die Geschichte sich auf dem Weg über den Ozean und durch die Überlieferung über die Jahrzehnte doch verselbstständigt und zu einer schönen Legende entwickelt. Oder hatte vielleicht ihre Urgroßmutter etwas mit den Jenssens zu tun? Stammte sie aus dieser Familie oder war mit ihnen verwandt? Ihren Mädchennamen wusste Kira leider nicht.

In diesem Moment hörte sie hinter sich eine Stimme: »Hallo, bereit für den besten Griechen der Stadt?«

Kira zuckte zusammen.

Noah war unbemerkt hinter sie getreten. »Habe ich dich wieder erschreckt?«, fragte er.

»Du hast ein gewisses Talent darin!«, erwiderte sie, während sie aufstand.

Sie brauchte einen Moment, bis sich ihr Herzschlag beruhigt hatte. Noah wirkte freundlich, fast besorgt, als er sich entschuldigte: »Das tut mir leid.«

»Schon gut«, antwortete sie. »Woher wusstest du, dass ich hier bin?«

»Ich habe in der Pension vorbeigeschaut, um zu sehen, ob du vielleicht eingecheckt hast. Ich kenne die Besitzer gut. Helene hat mir gesagt, wo ich dich finden kann.«

»Ach so. Ja, ich bin bereit zum Abendessen.«

Er sah sie an und bemerkte: »Du hast dich umgezogen.«

»Zum Glück habe ich immer Ersatzkleidung dabei, egal wohin ich gehe.«

»Sehr schlau. Wir können zu Fuß zum Restaurant gehen. Ist das in Ordnung?«

»Kommt keine Kutsche?«, fragte sie und sah ihn mit ihren großen dunklen Augen an.

Kurz schien er zu überlegen, dann antwortete er: »Wenn du mir einen Moment Zeit gibst, könnte ich eine organisieren.«

Er klang so ernst, dass sie zu lachen begann.

»Das war nur ein Scherz, okay?«

»Ich könnte eine Kutsche organisieren. Gib mir ein paar Minuten und ich organisiere eine, aber keine romantische, eher ein Nutzfahrzeug.«

Kira kicherte, aber er wirkte weiterhin ernst, sodass sie für einen kurzen Moment nicht sicher war, ob er sich einen Spaß erlaubte oder wirklich jeden ihrer Wünsche erfüllen wollte.

»Du bist eine Königin, du verdienst eine Kutsche.«

»Bitte wie?«, fragte sie erstaunt. »Was meinst du denn damit?«

»Du bist der Prinzessinnentyp, ich kann es nicht beschreiben. Ich hätte dir sofort eine Kutsche besorgt.«

Sie stieß ihn freundlich an, als sie über den Damm zur Straße gingen – ohne Kutsche. Seine lustige, neckende Art gefiel ihr.

»Prinzessinnentyp, das habe ich noch nie gehört! Hältst du mich für verwöhnt und zickig, oder wie soll ich das verstehen?«

»Nein, das meine ich überhaupt nicht. Prinzessin zu sein ist ein harter Job, und das kann nicht jede Frau.«

Sie schüttelte den Kopf und grinste. Dann wechselte sie schnell das Thema: »Es ist schön hier.«

»Das finde ich auch. Wahrscheinlich wohne ich deshalb von allen schönen Fleckchen auf der Welt ausgerechnet hier«, antwortete Noah nachdenklich.

Sie nickte und sah ihn an. Warum hatte sie ihn am Anfang eigentlich doof gefunden? Inzwischen fand sie seine Gesellschaft sehr angenehm.

»Wie weit seid ihr heute mit dem Ausmisten gekommen?«, erkundigte sie sich.

»Nicht sehr weit, unsere gemeinnützige Arbeit ist auch ein bisschen Kaffeekränzchen und Therapiestunde.«

»Ach so.«

»Aber die Idee mit dem Geheimzimmer fanden alle gut. Sie würden dich gern näher kennenlernen und haben gefragt, ob du helfen könntest.«

»Warum das denn?«

»Ich habe damit geprahlt, dass ich eine Expertin getroffen habe.«

»Aber keine Schlossexpertin.«

»Macht nichts.«

Sie lächelte.

»Die wollen jetzt alle Mauern einreißen.«

Kira lachte und wehrte ab: »Damit habe ich nichts zu tun.«

Noah hielt kurz inne und deutete auf ein hell erleuchtetes Haus mit einem großen Biergarten daneben. »Da vorne ist es.«

Vor dem urigen Haus, das wie viele Gebäude in der Gegend ein Reetdach hatte, waren Tische, Stühle und Sonnenschirme aufgestellt.

»Wie viele Restaurants gibt es hier?«, erkundigte Kira sich.

»Ein italienisches, das definitiv nicht Italienern gehört, und dieses original griechische.«

»Ziemlich viel für so einen kleinen Ort. Ich habe auch noch Cafés im Ortskern gesehen.«

»Ja, es kommen viele Touristen her. Es gibt schon ein bisschen Auswahl. Aber neben Holgers Fischimbiss ist das meine Lieblingslocation.«

Als Noah ihr die Tür aufhielt, sah sich Kira überrascht um. Im Gegensatz zu dem unscheinbaren Äußeren war das Innere sehr modern eingerichtet, und obwohl es unter der Woche war, war jeder Tisch besetzt. Die Wirtin begrüßte Noah sehr freundlich mit einer Umarmung und sah Kira prüfend an.

»Noah, wir haben leider noch nicht fertig eingedeckt. Kommt, trinkt einen Aperitif und esst so lange ein paar Oliven vorne an der Bar.«

Sie begleitete die beiden zur Bar und nickte dem Barkeeper zu, der in weniger als zwei Minuten zwei »griechische Mojito« für sie zauberte: einen Drink mit Erdbeeren, Minze und Eiswürfeln.

Sie bedankten sich und probierten.

»Hm«, rief Kira. »Ist da Ouzo drin?«

Noah und der Mitarbeiter nickten.

»Griechischer Mojito eben.«

»Lecker.«

»Ein bisschen irritierend am Anfang, aber gut.«

Sie betrachtete das Glas, immer noch überrascht von dem Geschmack nach Lakritz mit Erdbeeren und Minze. Dann griff sie zu den Snacks. Die Oliven stammten aus Griechenland, sie waren scharf eingelegt und Kira konnte kaum aufhören, zu essen.

Kurz darauf war ihr Tisch bereit und sie setzten sich einander gegenüber, in der Mitte stand eine große Kerze. Nachdem sie den Fisch des Tages gewählt hatten, ließ die Wirtin sie allein.

»Ich habe es mir rustikaler vorgestellt, aber hier ist es sehr modern«, meinte Kira.

Noah antwortete: »Früher war es so, wie man es beim Griechen kennt, aber vor ein, zwei Jahren hatten sie die Nase voll von dem Wirtshauslook. Sie haben es so umgestaltet, wie es im echten Griechenland ist, um ihrem Sohn die Nachfolge schmackhaft zu machen.«

»Verstehe.« Sie sah ihn an. »Der Sohn soll bei den Eltern einsteigen, so wie du bei deinen. Was genau machst du denn beruflich?«

»Na ja, ich bin eben Mädchen für alles.«

»Und was macht man so als Mädchen für alles?«, ließ Kira nicht locker.

»Ich bin im Vertrieb und im Marketing tätig. Ich kümmere mich um die Kommunikation, treffe mich mit Kunden, höre mir ihre Anliegen an, gehe auf Messen.«

»Klingt spannend.«

»Ist es auch. Es ist ein gutes Gefühl, mitzuhelfen, dass der Familienbetrieb am Laufen bleibt.«

»Was ist denn das für ein Betrieb?«

»Wir haben ein Einzelhandelsgeschäft. Und was machst du so?«

»Ich habe eine Stelle als wissenschaftliche Mitarbeiterin, und meine Masterarbeit hält mich auch ziemlich in Atem. Aber ich finde beides toll. Natürlich träume ich auch von spannenden historischen Entdeckungen, und wer weiß, vielleicht ergibt es sich ja irgendwann mal.«

»Ich bin neidisch. Das würde mir auch gefallen. Stell dir vor, wir finden einen Schatz, geraten in Gefahr.«

»Du verwechselst das mit einem Filmdreh.«

Noah grinste. »Indiana Jones habe ich immer geliebt.«

»Ich auch. Aber die Art von Hollywood-Wissenschaftlerin bin ich nicht«, erwiderte sie und zwinkerte ihm zu.

Während sie aßen, sprachen sie über ihre Vorlieben, über Reisen, die sie unternommen hatten, und Orte, die sie gern sehen würden. Kira hatte das Gefühl, Noah schon sehr lange zu kennen. Sie war fast enttäuscht, als er die Wirtin um die Rechnung bat.

»Hast du auch ein hübsches Häuschen irgendwo in einer dieser hübschen Straßen?«, erkundigte sie sich.

»Ich habe eine Wohnung am Hafen.«

»Ach, es gibt auch einen Hafen? Den habe ich noch nicht gesehen.«

»Ich kann ihn dir zeigen, er ist ganz klein. Hier kann man fast alles zu Fuß erreichen.«

Kira nickte. Ein Spaziergang war nach dem leckeren Abendessen genau das Richtige. Und mehr Zeit mit Noah sowieso.

Fünfzehn Minuten später gingen sie durch die menschenleeren Straßen, vorbei an ziegelroten Einfamilienhäusern mit gepflegten Vorgärten. Fast am Ende des Ortes kam ein Straßenabschnitt mit ein paar modernen Häusern, die sich aber gut in den nordischen Stil einfügten.

»Komm, wir nehmen den anderen Weg, dann sind wir schneller am Hafen«, schlug Noah vor.

»Oh, diese Straße würde ich mir gerne anschauen, die Häuser sehen wunderschön aus.«

»Na ja, es sind nicht viele und die meisten sind jetzt Ferienwohnungen.«

»Ich weiß, ich kann sie mir nicht leisten, aber ich würde sie mir gerne ansehen.«

Widerwillig nickte er und sie gingen die Straße entlang. In der Mitte stach ein Haus hervor, das größer und prächtiger war als die anderen. Sie blieb davor stehen.

»Das sieht ja fast so schön aus wie das Schlösschen. Ist das Schlösschen Nummer zwei? Die moderne Variante.«

»Nein, Quatsch, das ist nur protzig.«

»Ein bisschen protzig schon, aber trotzdem ganz hübsch.

Ich frage mich manchmal, wie viel Geld man verdienen muss, um sich so etwas leisten zu können.«

»Erbschaft, das ist alles Erbschaft.« Er lächelte verlegen.

Sie nickte verträumt.

»Komm, lass uns weitergehen.«

Der Hafen war klein, aber schön. Mindestens fünfzig meist kleine Boote lagen hier. An der Hafenstraße standen sechs Häuser, jedes mit einem Spitzdach über dem Dachboden im zweiten Stock. Im Erdgeschoss befanden sich Cafés, eine Bäckerei und ein Fischladen.

»Das sieht wirklich schön aus.«

»Es ist einer meiner liebsten Orte, deswegen bin ich hergezogen. Und vielleicht auch, weil ich von hier aus in die Ferne schauen und im Notfall weglaufen kann, wenn es mir zu eng wird.«

»In welchem Haus wohnst du? Lass mich raten? Über dem Café?«

Grinsend erwiderte er: »Nein, über dem Fischladen.«

»Dann weckt dich jeden Morgen der Geruch von frischem Fisch«, zog sie ihn auf.

Er nickte. »Genau, Cappuccino und Hering.«

»Könnte ein Filmtitel sein.«

Sie mussten beide lachen. Es war lange her, dass Kira in der Gesellschaft eines Mannes so eine gute Zeit gehabt hatte. Irgendwie interessierten sich die Männer, die sie anziehend fand, nie für eine verschrobene, quirlige Historikerin wie sie. Und vielleicht hatten sie ja recht, sie war in den letzten Jahren nur in ihre Bücher verliebt gewesen.

Das Meer rauschte, die Laternen leuchteten und die Insekten summten um sie herum. Die Atmosphäre war irgendwie romantisch.

Lässig, die Hände in den Hosentaschen, sah Noah sie an und sagte: »Jetzt weißt du, wo ich wohne.« Er machte eine kurze Pause. »Willst du hochkommen?« Er hob die Augenbrauen und lächelte.

Sie zögerte einen kurzen Moment. Meinte er es ernst? Irgendetwas reizte sie tatsächlich, mitzukommen, aber ihre Vernunft war stärker und sie antwortete: »Danke für das Angebot, aber ich lehne freundlich ab.«

Sie fragte sich, ob er erleichtert war oder ob er wirklich gewollt hatte, dass sie mitkam. Noah nickte nur.

»Ich glaube, ich gehe jetzt mal zurück in die Pension. Danke für den schönen Abend.«

»Du bist mir also nicht mehr böse?«, fragte er.

»War ich dir böse? Das habe ich ganz vergessen.«

Wieder lachten sie.

»Ich bringe dich zur Pension«, bot Noah an.

»Das musst du nicht«, antwortete Kira aus reiner Höflichkeit und hoffte, dass er es trotzdem tat.

»Aber natürlich, ich kann doch einen Gast aus der Großstadt nicht einfach allein durch unser wildes Nordseedorf spazieren lassen!«, zog er sie auf.

Während sie den Damm überquerten, musste Kira sich eingestehen, dass sie seine Gegenwart sehr genossen hatte und sich gar nicht verabschieden wollte.

»Wann fährst du zurück nach Hamburg?«, fragte er.

»Morgen.«

»Wie schade.«

Sie nickte.

»Warum bleibst du nicht noch einen Tag? Vielleicht machen wir mit deiner Hilfe einen Megafund und werden über Nacht berühmt.«

Sie grinste. »Das klingt sehr verlockend, aber ich muss zurück an die Uni.«

Er nickte.

»Wir können gerne Telefonnummern austauschen«,

sagte sie.

Er kratzte sich am Hinterkopf, sah sie mit leicht gesenktem Kopf an und antwortete: »Ehrlich gesagt, halte ich nicht viel davon.«

»Ach ja?«, fragte sie erstaunt.

»Man tauscht Nummern aus und hat große Hoffnungen, aber dann verliert man sich aus den Augen und aus dem Sinn. Es ist zu üblich, Telefonnummern auszutauschen, und dann verschwinden sie auf dem Nummernfriedhof.« Er zuckte mit den Schultern.

»Aber du kannst natürlich gerne jederzeit beim Schlösschen vorbeikommen«, fuhr er fort. »Du willst doch sicher auch noch mehr über dessen Geschichte herausfinden? Ich verspreche, von jetzt an vorsichtig Fahrrad zu fahren.«

»Vielleicht mache ich das wirklich. So, da wären wir«, sagte sie, als sie auf dem Parkplatz der Pension ankamen.

»Hm«, antwortete Noah.

»Ja, dann gute Nacht.«

»Gute Nacht.«

In ihrem »Gute Nacht« lag etwas Wehmütiges. Irgendwie wollte sie doch nicht, dass er ging. Aber sie konnte ihm auch nicht um den Hals fallen.

Deshalb drehte sie sich um und ging zur Tür. Als sie eintreten wollte, rief er sie zurück: »Kira! Warte!«

Sie drehte sich zu ihm um.

»Willst du mit mir ein bisschen dem Meeresrauschen lauschen? Es ist Vollmond.«

Glücklich über seinen Vorschlag nickte sie. Wie selbstverständlich nahm er ihre Hand und sie gingen zum Strand.

»Ich kann dich nicht einfach so gehen lassen«, sagte er, während sie barfuß durch den kühlen Sand liefen. Dann setzten sie sich auf einen Hügel, wo das letzte Gras den Sand überragte. Die Nacht war durch den Mond ungewöhnlich hell.

»Vielleicht habe ich zu viel griechischen Wein getrunken oder es ist der Vollmond, ich weiß es nicht genau, aber ich glaube, ich habe mich verliebt«, raunte Noah. Zum Glück war es dunkel und er konnte ihre tomatenroten Ohrspitzen nicht sehen.

»Das ist nur der griechische Wein«, wiegelte sie ab.

»Hat er bei dir die gleiche Wirkung?«, fragte er etwas irritiert.

»Hey, wir kennen uns doch erst seit ein paar Stunden!«

»Was hat Zeit damit zu tun, ob ich mich verliebe oder nicht?«

»Ich dachte, es liegt am Mond oder am Wein.«

»Ja, weil ich nicht will, dass du mich für einen Trottel hältst, der Frauen mit solchen Sprüchen vergrault.«

Kira lachte. Sie musste zugeben, dass auch sein attraktives Äußeres dazu beitrug, dass sie nicht die Flucht ergriff.

»Wolltest du nicht eben noch nicht einmal meine Telefonnummer?«, fragte sie.

»Um cool zu sein. Und um die Romantik nicht zu zerstören. Ich gehe davon aus, dass wir uns wiedersehen, wenn es sein soll. Aber jetzt merke ich, wie schwer es ist, dich gehen zu lassen.«

Kira musste unwillkürlich lächeln. Sie drehte sich zu ihm um, und dann berührte er wie selbstverständlich ihre Lippen mit seinen.

»Wir haben definitiv zu viel Wein getrunken«, murmelte Kira, die überhaupt nichts dagegen hatte. Ganz im Gegenteil.

»Na gut, es liegt am Wein.«

Er küsste sie wieder.

»Oder es ist der Vollmond«, fügte sie nach einer kurzen Atempause hinzu.

»Oder der Vollmond«, stimmte Noah zu und gab ihr einen weiteren Kuss. Sanft strich er ihr durchs Haar.

Schließlich, nach vielen Küssen und zärtlichen Berührungen an ihrem Rücken, seufzte sie.

»Was machen wir hier?«

»Soll ich es dir erklären?«

»Du weißt, was ich meine!«

»Wir können uns glücklich schätzen. Andere suchen monatelang im Internet, und wir treffen uns zufällig und es funkt. Es funkt doch, oder?«

Sie lächelte. Er war so unkompliziert und offen und so süß, dass ihr warm ums Herz wurde.

»Wir haben uns nicht zufällig getroffen, immerhin hast du mich fast umgefahren!«

»Ja, okay, tut mir leid, aber sonst hätten wir nie diesen schönen Tag gehabt.«

»Stimmt.«

»Und jetzt?«, fragte sie.

»Wir bleiben hier, bis es Morgen ist.«

»Du musst sicher arbeiten.«

»Das stimmt. Lass mal sehen, welche Alternativen haben wir? Eine wäre natürlich, dass ich dich zur Pension bringe. Ich muss sagen, das wäre mit Abstand die langweiligste.«

»Aber die sinnvollste«, ergänzte Kira.

»Wir können vielleicht doch Telefonnummern austauschen?«

»Das ist unromantisch. Man merkt sie sich, dann ist das Flair weg und man landet auf dem Nummernfriedhof. Deine Worte.«

Er musste lachen. Dann fragte er: »Wie bist du eigentlich auf diesen Ort gekommen? Für einen Nachmittagsausflug von Hamburg aus.«

»Ich habe den Bericht im Fernsehen gesehen.«

»Und nur deshalb bist du hergekommen?«

Sie holte ihr Handy heraus und zeigte ihm die abfotografierte Zeichnung des Schlösschens.

»Das hat meine Urgroßmutter gemalt. Vor fast hundert Jahren. Sie hat ihrer Tochter, meiner Großmutter, immer erzählt, ihr Mann hätte es erbaut.«

Noah sah das Bild an.

»Es sieht wie unser Süderwieker Schlösschen aus.«

Sie nickte und erzählte: »Deshalb bin ich hier.«

»Und wie hieß er?«

»Mein Urgroßvater hieß Jakobsen mit Nachnamen.«

Noah antwortete: »Interessante Geschichte. Habe ich noch nie gehört. So weit ich weiß, gehört das Anwesen immer schon derselben Familie.«

»Mit der Zeit habe ich kaum mehr daran geglaubt, dass etwas an den Geschichten dran ist, die mir meine Großmutter erzählt hat. Ich dachte schon, das wären alles nur Fantasie, vielleicht von meiner Urgroßmutter als abenteuerliche Gutenachtgeschichten erfunden, um ihre Tochter in den Schlaf zu wiegen. Doch dann sah ich den Bericht. Und ich musste mir das Schlösschen einfach in echt ansehen.«

»Was hat dir deine Großmutter noch erzählt?«

»Nicht viel. Jedenfalls nichts Greifbares, keine Namen, ich wusste nicht einmal den Ortsnamen. Vielleicht kannst du mir helfen, die Wahrheit herauszufinden.«

Sein Blick war jetzt weniger verliebt. Er wirkte irgendwie weggetreten. Dachte er nach? Hielt er sie etwa für verrückt? Weil sie wegen einer fast hundert Jahre alten Zeichnung in sein kleines Dorf gekommen war?

»Und du glaubst das?«, fragte er.

Kira war verunsichert, vielleicht hätte sie es nicht erzählen sollen. Sie kam sich dumm vor. Möglicherweise war es wirklich nur die Zeichnung irgendeiner Villa, die irgendwer einer damaligen Mode entsprechend gebaut hatte und die nichts mit ihren

Fischervorfahren zu tun hatte. Vermutlich blamierte sie sich gerade gehörig.

»Du glaubst mir nicht, oder?«, fragte sie.

»Nein, nein, danke, dass du es erzählst. Ich habe das noch nie gehört, aber ich werde mich informieren«, antwortete er etwas steif.

Sie hatte es auf jeden Fall geschafft, diesen unglaublich romantischen Abend zu ruinieren.

»Das wäre toll«, antwortete sie lahm.

»Soll ich dich jetzt zur Pension bringen?«, fragte er.

»Danke«, sagte sie, enttäuscht, dass der Abend vorbei war.

Er begleitete sie zurück zur Pension und das »Gute Nacht« war diesmal endgültig, dessen war sich Kira sicher. An der Tür drehte sie sich noch einmal um und winkte ihm etwas schüchtern zu. Er hob nur die Hand und sah ihr nachdenklich nach.

Kira ging nach oben. Vom Badezimmerfenster aus konnte sie Noah beobachten, wie er gemächlich den Deich hinauflief, dann war er in der Ferne verschwunden.

Während sie im Bett saß, schaute sie noch lange aufs Meer hinaus. Ihr Mansardenzimmer hatte eine ganze Fensterfront. Im Mondschein konnte sie die Schaumkronen über den Horizont rollen sehen. Sie musste sofort an ihre Oma denken, die das Meer immer geliebt hatte. In Boston waren sie oft an den Strand gefahren, als Kira noch ein Kind gewesen war.

Ob Oma ihr eine Fantasiegeschichte aufgetischt hatte? Das war natürlich möglich. Und ja, genauso war es möglich, dass das Schlösschen gar nicht dieselbe Villa wie auf der Zeichnung war, sondern nur im ähnlichen Stil oder einfach vom selben Architekten erbaut worden war. Und dennoch. Wenn sie jetzt aufs Meer hinausblickte, fühlte sich Kira so verbunden mit diesem Ort, als wäre ein Teil von ihr nach Hause gekommen.

Sie war sich sicher, dass Oma dieser Strand gefallen hätte.

8

Als Kira am nächsten Morgen aufwachte, kam ihr der vergangene Tag wie ein ferner Traum vor. Im ersten Moment zweifelte sie daran, dass sich alles so zugetragen hatte, wie sie es in Erinnerung hatte. Der Abend hatte sonderbar geendet, aber wenn sie jetzt an die Begegnung zurückdachte, war sie dankbar für die zauberhafte Zeit am Meer. *Schöne Momente soll man genießen, es gibt viel zu wenige davon* – das war eine Weisheit ihrer Oma.

Nein, verliebt war sie nicht, warum auch? Nur weil sie ein bisschen rumgeknutscht hatten? Es war doch so, wie er gesagt hatte ... es lag alles am Wein und dem Meeresrauschen.

Sie stand auf, machte sich frisch und ging nach unten. In der Küche saß Helene an ihrem Laptop. Sie sah auf, als sie die Schritte hörte, und fragte: »Guten Morgen, gut geschlafen?«

Kira nickte.

»Kann ich dir einen Kaffee oder Tee machen?«

»Tee wäre schön.«

Helene deutete auf einen Tisch am Fenster, der für Kira

gedeckt war. Dort stand bereits ein Korb mit frischem Brot, Brötchen, Butter und verschiedenen Aufstrichen.

Wenig später kam die Wirtin mit dem Tee und fragte: »Gefällt es dir bei uns?«

»Ausgezeichnet. Das Zimmer ist wunderschön.«

»Freut mich. Und, hast du schon Pläne für heute?«

Sie zuckte mit den Achseln und sagte: »Vielleicht kann ich noch weitere Informationen über das Schlösschen herausfinden.«

»Das Schlösschen?«, hakte Helene interessiert nach.

»Ich habe den Bericht im Fernsehen gesehen.«

Helene lächelte. »Ja, die Bewohner hängen an ihrem Schlösschen, wie sie es liebevoll nennen, sie wollen nicht, dass daraus ein teures Hotel wird. Ich wohne auch erst ein paar Jahre hier, ich kannte es am Anfang gar nicht, habe es erst durch den Rummel darum kennengelernt.«

Kira zeigte ihr die Zeichnung ihrer Großmutter auf dem Handy.

»Ach, das ist unser Schlösschen. Hast du das gemalt?«

Kira schüttelte den Kopf und erzählte: »Es ist eine fast hundert Jahre alte Zeichnung meiner Urgroßmutter.«

»Kam sie aus der Gegend?«

»Das weiß ich nicht genau. Ich vermute es. Meine Groß-mutter erzählte oft, dass ihre Mutter von einem Schloss sprach, das ihrem Mann unrechtmäßig weggenommen worden sei. Aber erzähl das bitte nicht weiter. Ich möchte erst wissen, ob das alles so stimmt, wie meine Oma es erzählt hat. Geschichte und Wahrheit müssen ja nicht unbedingt übereinstimmen.«

»Wie spannend! Ich weiß nur, dass sich die Gemeinde den Unterhalt nicht mehr leisten konnte und es ziemlich herunter-gekommen ist.«

»Ja, die Besitzerfamilie will es jetzt verkaufen.«

»Du bist ja schon gut informiert«, sagte Helene. »Ich

kann dir leider nicht viel weiterhelfen. Aber du könntest mal mit meiner Schwiegermutter sprechen, die ist hier aufgewachsen, die weiß sicher mehr. Ich rufe sie kurz.« Helene ging zur Küche und rief: »Inga, kommst du mal?«

Eine Frau in den Siebzigern, die ihre langen weißen Haare zu einem lockeren Dutt gebunden hatte, trat ins Zimmer. Mit ihrer weiten bunten Tunika wirkte sie wie eine Hippiefrau aus Marrakesch. Sie sah genauso freundlich aus wie ihre Schwiegertochter.

Helene stellt sie vor. »Inga hat diese Pension aufgebaut. Ich habe mittlerweile die Leitung übernommen, aber Inga hilft immer noch mit. Sozusagen als Senior-Chefin.«

»Du recherchierst über das Schlösschen?«, fragte Inga, als sie das Bild auf dem Smartphone sah.

»So in der Art.«

»Es ist tatsächlich eines unserer Schmuckstücke. Es gehörte der reichsten und angesehensten Familie im Ort, aber die haben es kurz nach dem Krieg an die Gemeinde verpachtet. Leider hat die sich zuletzt nicht mehr gut darum gekümmert.«

»Wer ist diese Familie?«

»Die betreiben ein Kaufhaus in Husum, schon seit Generationen. Außerdem haben sie noch Beteiligungen an anderen Firmen der Region.«

»Haben Sie schon mal gehört, dass das Haus früher einem anderen Mann gehört haben soll?«, fragte Kira.

»Ach, bitte ... ich bin Inga«, antwortete die Seniorwirtin. »Du kannst mich gerne duzen.«

Kira lächelte und Inga schüttelte den Kopf und antwortete: »Nein, davon habe ich noch nie gehört.«

»Gibt es keine Erzählung, dass es einst ein junger Fischer gebaut hat?«

»Ein Fischer? Das müsste ein reicher Fischer gewesen

sein.« Inga lachte. »Hat er Perlen in seinen Fischen gefunden?«

»Ich weiß nicht. Ich habe gehört, dass er das Haus gebaut hat, um eine Frau zu beeindrucken, aber dass er betrogen wurde.«

»Hört sich nach einem guten Film an, aber nein, davon habe ich noch nie gehört. Ich wüsste auch nicht, welcher Fischer genug Geld gehabt haben könnte, um so ein Haus zu bauen. Heute verdienen sie schlecht, aber früher war das Fischerleben noch härter.«

Was Inga sagte, klang logisch. Vielleicht waren die Geschichten ja wirklich nur der Fantasie ihrer Urgroßmutter entsprungen.

Kira seufzte.

»Warum fragst du?«, wollte Inga wissen.

»Nun, meine Urgroßmutter hat meiner Großmutter erzählt, dass ihr Mann das Schloss gebaut hat und dann in die USA ausgewandert ist.«

»Und er war dieser Fischer?«

Kira nickte.

»Aber woher hatte er so viel Geld?«

Kira zuckte mit den Schultern und murmelte: »Ich weiß, das klingt unglaublich. Aber wahrscheinlich hat er irgendeinen Schatz gefunden. Manchmal, wenn meine Großmutter die Geschichte erzählt hat, sprach sie von einem Schatz.«

Inga lachte.

»War er ein Pirat?«

»Nein, nein, er war Fischer.«

»Vielleicht hat er den Rungholt-Schatz gefunden«, sagte Inga mit einem schelmischen Grinsen.

»Du sagst das als Scherz«, warf Helene ein. »Aber wir hatten hier schon Gäste, die fest daran glaubten. Seit Jahren oder gar Jahrhunderten suchen Menschen den Schatz, den es wahrscheinlich gar nicht gab.«

»Was war Rungholt noch mal?«, fragte Kira. »Das Wort habe ich gestern zum ersten Mal gehört.« Sie erinnerte sich, dass Noah davon erzählt hatte.

»Rungholt war wahrscheinlich eine normale Siedlung, die im Mittelalter während einer Sturmflut versunken ist«, sagte Inga. »In der Legendenbildung wurde die Geschichte des mythischen Ortes dann immer mehr ausgeschmückt, bis es eine Art Atlantis der Nordsee mit unermesslichen Schätzen wurde. Lange Zeit wusste man gar nicht, wo man überhaupt suchen sollte. Aber vor etwa hundert Jahren gab es einen Bauern, gar nicht weit von hier, in Nordstrand. Andreas Busch hieß er, glaube ich. Ich habe da unlängst was drüber gelesen. Zum hundertjährigen Jubiläum seiner Entdeckungen hatten sie in Nordstrand und Husum einige Veranstaltungen. Ein gescheiter Mann, er hat mit seinen Funden in der Gegend Aufsehen erregt. Ich glaube, das waren nur Tonscherben und ein bisschen Mauerwerk. Aber er hat wohl tatsächlich Überreste von Rungholt gefunden. Das Neueste, was ich gelesen habe, ist, dass Forschende mit moderner Satellitentechnik die Kirche von Rungholt im Watt lokalisieren konnten. Es ist also wohl wirklich etwas dran, an Buschs Entdeckungen. Die Geschichte ist spannend, weil er als einfacher Mann ohne große Schulbildung Forschung betrieben hat, besser als die echten Wissenschaftler. Ich glaube, er hat später auch noch einige Patente als Erfinder angemeldet. Wirklich ein schlauer Mann. Über ihn steht auch einiges im Internet.«

Kira nickte. Einen Schatz hatte Rungholt also nicht zu bieten gehabt. Vielleicht hatte ihre Urgroßmutter sich die Geschichte tatsächlich ausgedacht. Aber warum hatte sie dann dieses Schloss gezeichnet? Weil es da war und sie an ihre Jugend erinnerte?

»Es gibt also keine Geschichten über einen Fischer, der zu großem Reichtum gekommen ist? Nur von einem Bauern, der sich als Forscher betätigt hat?«

Inga schüttelte den Kopf.

»Das ist so lange her. Meine Eltern sind selbst nicht hier geboren, die sind als Flüchtlinge nach dem Krieg in Schleswig-Holstein gelandet. Ich habe jedenfalls noch nie von einer solchen Geschichte gehört. Aber iss jetzt lieber, sonst wird der Tee kalt. Wenn ich mehr erfahre, lasse ich es dich wissen«, versprach Inga.

Kira nickte. Während sie ihr Frühstück aß, das wirklich fantastisch war, sah sie nachdenklich aufs Meer hinaus.

9

April 1923

an und sein Freund Hannes standen zusammen mit Mattis und Dr. Peter Felix Carstens mit hochgekrempelten Hosen im Watt. Mattis hatte sie mit seinem Pferdewagen herkutschiert. Interessiert hörten sie dem Studienrat zu. Dr. Carstens arbeitete als Gymnasiallehrer am Lyzeum in Husum. In seiner Freizeit schrieb er Aufsätze über die nordfriesische Geschichte. Vor Kurzem hatte er den Aufsatz eines Nordstrander Bauern im Jahrbuch des Nordfriesischen Vereins gelesen, wie er ihnen nun erklärte.

»Dieser Andreas Busch ist ein einfacher Bauer, der Siedlungsspuren im Watt gefunden hat. Ein Pfundskerl, der nur die Volksschule besucht hat. Stundenlang hat er als Kind historische Landkarten bei seinen Großeltern studiert. An Pfingsten vor zwei Jahren hat er nun tatsächlich vor Nordstrand im Watt Siedlungsspuren entdeckt«, fuhr Carstens fort. »Eine großartige Leistung. Aber ich bin mir nicht sicher, ob es wirklich Rungholt ist, was er entdeckt hat.«

»Nicht?«, fragte Mattis.

»Bei der großen Mandränke im Jahr 1362 wurden zahlreiche Ortschaften überflutet, unser gesamter Küstenabschnitt in dieser Gegend wurde neugestaltet. Busch hat einige Überreste gefunden, allerdings noch keine Beweise, dass er wirklich eine große Siedlung wie Rungholt entdeckt hat. Rungholt war vielleicht keine märchenhafte Stadt, in der die Bewohner mit Sänften über goldene Straßen getragen wurden, wie es einige Dichter behaupten. Aber alles, was wir wissen, deutet darauf hin, dass es zumindest eine Handelsstadt mit vielleicht tausend Einwohnern war. Das war damals ganz schön viel, Kiel hatte auch nicht mehr und Hamburg nur etwa fünftausend Einwohner. Ich habe mir die alten Karten auch angesehen. Ich denke, dass Busch genauso gut eine kleinere Siedlung gefunden haben kann und sich das echte Rungholt weiter südlich, genau hier, befand. Und das, was du mir erzählt hast«, er deutete auf Hannes, »über Beobachtungen der Fischer in dieser Gegend, hat mich in dieser Ansicht nur bestätigt. Was dieser Busch kann, das können wir schon lange, meine Herren.«

Der Studienrat schien außerordentlich euphorisch. Jan wusste nicht so recht, was er davon halten sollte. Er hatte auch schon Spuren alter Holzbalken entdeckt, wenn er bei seiner Arbeit an Sandbänken vorbeifuhr, aber er hatte das immer für Überreste alter Schiffswracks gehalten. Es mochte ja sein, dass dieser Andreas Busch ein pfiffiger Kerl war, der tatsächlich etwas gefunden hatte. Ob das aber auch für den Studienrat galt, war eine andere Frage. Wenn Jan es richtig verstand, hatte dieser bisher nur große Ideen. Das hatte sich in den Erzählungen von Hannes anders angehört.

Hannes kannte den Studienrat schon länger. Sie hatten sich wohl im Dorfkrug kennengelernt, wo Dr. Carstens sich auf die Suche nach Mitstreitern begeben hatte. Hannes war genauso begeistert von der Archäologie wie der Studienrat selbst.

Aber es konnte ja trotzdem ein lustiger Ausflug mit ein paar Kumpels werden. Außerdem hatte der Studienrat versprochen, sie nachher in den Dorfkrug einzuladen. Insofern passte das.

»Und was sollen wir tun?«, fragte Mattis mit verschränkten Armen.

»Wir gehen auf die Suche.«

»Nach was?«, wollte Jan wissen.

»Nach allem, was uns ungewöhnlich vorkommt.«

»Ich glaube, außer Wattwürmern gibt es hier nicht viel«, antwortete Mattis und lachte.

Der Studienrat sah ihn an. Er schien es gewohnt zu sein, dass sich andere über seine Leidenschaft lustig machten.

»Was meinst du, wie die alten Stätten gefunden wurden? Durch Graben, unermüdliches Forschen und Suchen, auch wenn es für Außenstehende lächerlich erscheinen mag. Später wird man in der Schule deinen Namen nennen.«

Er zeigte mit ausgestreckter Hand auf jeden Einzelnen.

Die drei Freunde grinsten und Jan witzelte: »Hoffentlich in den ersten vier Jahren, denn länger geht hier keiner zur Schule.«

Dr. Carstens ging nicht darauf ein, sondern erklärte: »Jungs, wir teilen uns auf. Jan, du gehst da lang, Mattis, du gehst da lang und ich grabe hier.«

»Warum graben wir ausgerechnet hier?«, wollte Jan wissen.

»Weil ein Fischer erzählt hat, dass er hier Töpfe gesehen hat, Reste von alten Töpfen.«

»War da noch Fischsuppe drin?«, versuchte Mattis einen weiteren Scherz.

Hannes sah ihn mit rollenden Augen an. »Nicht quatschen, arbeiten.«

Jan lächelte und ging zu seinem Arbeitsbereich. Sie hatten Stöcke und Schaufeln dabei, um den schlammigen Boden umzugraben. Er genoss es, mit den Füßen herumzustapfen.

»Jungs, ihr müsst richtig graben, so leicht wird es nicht, etwas zu finden«, ermahnte Hannes sie.

Es war bewölkt und windig an diesem Tag. Jan zuckte mit den Schultern, bei diesem Wetter konnte er nichts Besseres tun. Also machte er sich an die Arbeit. Am Anfang machte es noch Spaß, aber nach einer Stunde wurde das Graben immer sinnloser und außer unzähligen Wattwürmern und Muschelresten war nicht viel zu finden. Der Gedanke, dass hier vor Hunderten von Jahren einst Städte und Ortschaften gestanden hatten, die einer unerbittlichen Flut zum Opfer fielen, machte ihn nachdenklich. Die *Grote Mandränke*, das große Ertrinken, hatten die Menschen die Flut genannt.

Wolken zogen auf. Der Wind wurde kälter, obwohl es am Morgen nach einem warmen Frühlingstag ausgesehen hatte. Bald würde die Flut ansteigen, dann mussten sie umkehren.

Der Studienrat rief sie wieder zusammen und erklärte: »Männer, ihr braucht keine tiefen Löcher zu graben, sondern schaut, wo es Hinweise geben könnte, altes dunkles Holz oder Ähnliches.«

»Und dieser Fischer war sich sicher, dass es hier war?«, unterbrach Mattis wieder.

»Er meinte bei der Anhöhe. Vielleicht ist das der Überrest einer Warft, auf der eine Siedlung stand.«

Dr. Carstens kratzte sich, inzwischen selbst zweifelnd, an seinem sorgfältig gestutzten Bart.

»Hannes, du meinst, es muss hier sein?«

»Ja, Herr Studienrat, ich habe mit ihm gesprochen und er hat mir versichert, dass es hier sein muss.«

»Dann los, Männer.«

»Ich hoffe nur, das Wetter hält«, sagte Hannes.

Mattis wollte etwas erwidern, biss sich aber auf die Zunge.

Er flüsterte Jan zu: »Sieht ziemlich grau aus.«

Jan zuckte mit den Schultern.

Etwas später schrie Mattis plötzlich: »Ich hab was, ich hab was!«

Alle rannten zu ihm.

»Ich hab was Festes gefunden. Helft mir!«

Hastig begannen die drei Männer zu graben und zu schaufeln.

»Wir müssen aufpassen, dass wir nichts beschädigen«, mahnte der Studienrat, der selbst im Watt kniete und half.

Schließlich zogen sie einen fast unversehrten Krug hervor.

Die Augen des Studienrats weiteten sich. Ehrfürchtig nahm er das alte Gefäß entgegen und lächelte.

»Endlich, Rungholt, endlich! Wusste ich doch, dass wir fündig werden würden. Ich wusste es.«

»Na ja, viel ist es nicht, was wir da haben«, sagte Mattis.

Als hätte er ihn persönlich beleidigt, drehte sich Dr. Carstens verärgert zu ihm um.

»Das ist mehr wert als tausend Goldtaler, es geht nicht um den Geldwert, sondern um die Bedeutung! Verstehst du, junger Mann?«

Mattis nickte, obwohl er den Wert dieses alten Steinkruges überhaupt nicht verstand.

Hannes sagte lächelnd: »Mattis, spätere Generationen werden deinen Namen in Büchern lesen. Du hast Rungholt gefunden!«

Das gefiel dem Jungen schon besser. Er lächelte stolz.

»Komm, wir suchen weiter, es muss noch mehr geben«, sagte er und begann sofort, weiterzusuchen.

»Wir sind bestimmt an einer Herdstelle oder einem Brunnen oder so etwas«, sagte Hannes.

»Du, geh weiter zum Wasser und spül den Krug aus, aber vorsichtig«, sagte der Studienrat zu Jan. »Ganz vorsichtig, am besten mit dem Finger, während wir weiter suchen.« Im ersten Moment wollte Jan aufbegehren. Warum sollte er den Krug ausspülen? Aber er verstand, dass es ein Vertrauensvorschuss war, dass der Hobbyforscher ihn mit dieser Aufgabe beauftragte und nicht Mattis. Jan stand auf und sah sich um. Die nächste größere Pfütze, die von der Ebbe verschont geblieben war, lag etwa zwanzig Meter weiter.

Mattis scherzte wieder: »Aber pass auf meinen Krug auf, aus dem muss ich nachher noch ein Bier trinken.«

Der Studienrat verstand den Spaß nicht.

»Das gute Stück kommt ins Museum, junger Mann, dort werden es Generationen bewundern.«

Mattis seufzte, dieser Studienrat verstand wahrlich keinen Spaß. Dann streichelte er den Krug noch einmal, als wäre er ein neugeborener Säugling, und gab ihn zögernd an Jan weiter.

»Sei vorsichtig.«

»Keine Sorge, ich passe gut darauf auf.«

Dabei sah er den alten Gelehrten freundlich an. Das hatte er gelernt, freundlich zu Älteren zu sein. Ein wichtiges Gebot in seiner Familie. Der Studienrat schien beruhigt. Er atmete tief durch.

Während Jan zu der Pfütze ging, betrachtete er das alte Stück. Was hatte dieser Gegenstand alles erlebt. Wie viele Jahrhunderte hatte er vergessen im Watt gelegen, bis Mattis ihn fand?

Das Äußere hatte er rasch abgewaschen. Dann begann er, mit den Fingern den Sand herauszuholen. Anfangs ging das noch gut, aber dann wurde der Sand fest. Nachdem Jan ein paar Zentimeter abgetragen hatte, konnte er nichts mehr herausschwemmen. Mit den Fingernägeln kratzte er vorsichtig noch etwas Sand weg. Aber der Schlick darunter war fest wie Zement. Doch trotz aller Bemühungen kam er nicht viel weiter. Seine Fingerkuppen schmerzten, und als der zweite Nagel abbrach, wusste er, dass er so nicht weiterkam.

»Bist du fertig?«, rief ihm der Studienrat zu.

»Nein, der Schlamm ist zu fest, ich denke, dass ich ihn mit etwas anderem wegkratzen muss. Mattis, du hast doch noch Werkzeug auf dem Wagen!«, rief er den anderen zu.

»Werkzeug?« Der Gedanke gefiel dem Studienrat gar nicht.

»Sie können mir vertrauen, ich bin ganz vorsichtig. Wenn es nicht klappt, bringe ich ihn wieder zurück.«

Schweren Herzens stimmte der Studienrat zu. Jan wickelte den Krug in seine Jacke und lief zurück zum Pferdewagen.

Vorsichtig legte er den Krug auf eine Decke und durchsuchte Mattis' Werkzeugkasten. Er fand einen schmalen Meißel und begann damit ganz vorsichtig den Sand wegzuschaben. Er atmete tief durch und streckte sich. In diesem Moment fiel sein Blick auf etwas im Watt, nur wenige Schritte von der Kutsche entfernt. Es hatte fast denselben Farbton wie der Rest des Bodens, deshalb war es kein Wunder, dass es ihnen vorher nicht aufgefallen war. Erst jetzt, da sein Blick geschulter war, konnte er es wahrnehmen.

Jan ließ von dem Krug ab und ging zu der Stelle. Vorsichtig beugte er sich hinab und wischte den Schlick etwas zur Seite. Tatsächlich. Darunter kam ein weiterer Krug zum Vorschein!

Dieser war kleiner als der andere, aber er schien besser erhalten zu sein. Als Jan ihn anhob, war er überrascht vom Gewicht. Dieser Krug war viel schwerer als der andere. Ob sich etwas darin befand?

Vielleicht lag es daran, dass er es diesmal selbst gewesen war, der etwas entdeckt hatte: Jan spürte, wie er euphorisch wurde. Er nahm auch den kleinen Krug mit zur Kutsche. Der Studienrat würde Augen machen, wenn er mit zwei Krügen statt mit einem zurückkam!

Vorsichtig kratze er den Hals des kleineren Kruges mit dem Meißel frei. Ein Boden kam zum Vorschein, doch nicht ganz unten am Krug, sondern in der Mitte. So als ob jemand einen doppelten Boden eingebaut hätte. Vielleicht, um etwas Wertvolles zu verstecken?

Er fühlte es, es war fest wie Metall. Jan wurde vom Ehrgeiz gepackt, er würde es schaffen, den Krug sauber zu bekommen!

Je länger er es betrachtete, desto mehr hatte er das Gefühl, dass es sich um eine Art Deckel oder Stöpsel handelte. Wieder kratzte er daran, um festzustellen, dass es aus Ton war. Nach einigem Hin und Her beschloss er, den Deckel aufzubohren, was ihn wahrscheinlich zerstören würde, aber das wusste der Studienrat ja nicht. Er bohrte mit dem Werkzeug durch den festen Lehm, dann schliff er daran, bis ein großes Loch entstand. Jan steckte wieder den Finger in den Krug. Und dann fühlte er etwas Festes. Als er den Krug etwas stärker bewegte, klimperte es. Sein Herz begann schneller zu schlagen.

Jan schliff weiter, bis das Loch fast drei Finger breit war. Als er den Krug umdrehte, fielen mehrere Gegenstände auf den schmutzigen Boden. Er hob sie auf und betrachtete sie. Aber – das waren ja Münzen! Er rieb an einer und ihm wurde plötzlich ganz warm vor Aufregung. Er schüttelte den Krug noch einmal. Mehr Münzen fielen heraus. Insgesamt waren es mehrere Dutzend. Einige waren wohl aus Bronze und Eisen, aber die meisten schienen echte Goldmünzen zu sein. Sie hatten unterschiedliche Prägungen, aber sie waren definitiv sehr alt. Er ließ seine Finger über das gerillte Metall gleiten.

Automatisch sah er sich um, um zu prüfen, dass niemand hinter ihm stand. Es war ihm unwillkürlich klar, dass er auf etwas von unermesslichem Wert gestoßen war. Das Metall glänzte und zog ihn auf magische Weise an. Unglaublich!

Das war es, worauf der Studienrat sein Leben lang gehofft hatte. Jan versuchte, sich seine Freude vorzustellen, wenn er ihm den Fund zeigen würde. Was würde er tun? Wahrscheinlich würde er die Sachen nehmen, sich bedanken, nach Hamburg verschwinden und niemand würde mehr an Jan denken.

Ein Geräusch aus der Ferne sorgte dafür, dass er sich umsah. Es waren die anderen, die mit den Schaufeln über den Schultern zurückkehrten. Spontan griff er sich einen großen Lappen aus der Werkzeugkiste und wickelte die Münzen ein. Dann verstaute er sie in seiner Umhängetasche, die vorne auf dem Kutschbock stand.

»Na, Jan«, es war Hannes, der ihm auf die Schulter schlug. »Ist der Krug sauber?«

»Nein, der Schlamm sitzt zu fest. Aber ihr werdet es nicht glauben. Ich habe einen kleinen Krug gefunden. Genau hier, neben der Kutsche.«

»Unglaublich!«, rief Dr. Carstens. »Wir sind auf der richtigen Spur!«

»Ich habe noch einen Topf gefunden!«, rief Mattis stolz.

»Einen halben Topf!«, korrigierte Hannes.

»Zeig uns doch dein Fundstück.« Dr. Carstens blickte neugierig zu Jan auf. Dieser reichte ihm den Krug.

Der junge Mann fragte sich, ob er etwas merken würde.

Sorgfältig untersuchte der Studienrat den Krug. Sofort fiel ihm die Verfärbung auf, die der Korken verursacht hatte.

»Was war das?«, fragte er.

»Es war wie hart gewordener Schlamm oder Erde, ich habe es gründlich weggewischt. Muss sich in den vielen Jahren angesammelt haben.«

Der Gelehrte glaubte ihm. Jan war erleichtert.

»Gute Arbeit, Junge, gute Arbeit.«

Jan nickte nur.

»Für heute machen wir Schluss, bevor die Flut kommt«, erklärte der Gelehrte. »Lasst uns auf unsere Funde anstoßen.«

Als sie später im dunklen, verrauchten Gasthaus saßen, ihre Fischsuppe schlürften und den Erzählungen des Studienrats von seiner Italienreise lauschten, sah Hannes seinen Freund an und fragte: »Geht es dir gut?«

Erschrocken sah Jan ihn an und antwortete: »Ja. Warum fragst du?«

»Ich weiß nicht, du siehst so blass aus, ganz anders als vorhin.«

»Quatsch, alles in Ordnung, ich bin nur müde. So einen alten Krug gründlich zu putzen, war nicht so einfach.«

Hannes lachte. »Aber der Studienrat war sehr zufrieden mit dir.«

»Was tuschelt ihr zwei alten Waschweiber?«, wollte Mattis wissen, der schon die zweite Portion Suppe bestellt hatte.

»Nichts Besonderes, Jan ist erschöpft von seiner archäologischen Arbeit«, erklärte Hannes.

Das gefiel Dr. Carstens.

»Jetzt schätzt ihr diese Arbeit, die auf den ersten Blick nichts bringt! Etwas Altes zu finden und neu zusammenzusetzen, ist anstrengender, als etwas neu zu schaffen. Habt ihr das heute erlebt?«

Die drei jungen Männer nickten.

Mattis flüsterte Hannes zu: »Den Acker zu bearbeiten, ist schwieriger, aber den alten Krug und den Topf zu finden, war nicht einfach. Das muss ich zugeben.«

Später, als sie beim Bier saßen und viel entspannter waren, fragte Jan: »Verdienen Sie etwas daran? Werden Sie die Krüge verkaufen?«

»Junge, es geht hier nicht um Geld! Verstehst du? Es geht darum, die Vergangenheit lebendig zu machen.«

Ein tiefer Seufzer entfuhr dem Gelehrten. Warum verstanden die Leute nicht, wie wichtig diese Arbeit war?

»Klar, aber Sie müssen doch von etwas leben?«, hakte Jan nach.

»Ich lebe davon, dass ich an der Schule unterrichte. Alles, was ich hier mache, ist meine Leidenschaft für alte Dinge.«

»Ich kann mir diesen Schnickschnack nicht leisten, ich muss die Schafe meines Vaters auf dem Feld hüten, sonst gibt es nichts zu essen«, warf Mattis mit vollem Mund ein.

»Ich verstehe, ich entschuldige mich«, erwiderte Dr. Carstens. »Aber glaub mir, wenn ich ein Bauer wäre, würde ich mich genauso für alte Dinge begeistern.«

»So geht es mir auch«, sagte Hannes nachdenklich.

»Du bist ein reicher Bauernbursche«, entgegnete Mattis. »Aber Jan und ich wissen, wie es ist, Hunger zu haben.«

Für einen kurzen Moment waren alle vier nachdenklich, bis Jan seinen Bierkrug hob und sagte: »Auf Rungholt!« Sie wiederholten den Trinkspruch und die Stimmung hob sich. Für einen Moment vergaß Jan, dass er erst vor wenigen Stunden einen Schatz in seiner Tasche versteckt hatte.

Nachts, als der Regen auf das Dach prasselte, schaute er durch das kleine Fenster in den dunklen Himmel. Als ältester und schon voll arbeitender Sohn hatte er das Privileg, allein unter dem Dach zu schlafen, schließlich verdiente er wie sein Vater Geld als Fischer und sicherte das Überleben der Familie. Seine jüngeren Geschwister hatten in der Küche rund um den Herd ihr Nachtlager aufgeschlagen und die Eltern schliefen im Schlafzimmer, dem einzigen abgetrennten Raum.

Sein Kopf und sein Bauch schmerzten. Einerseits war er glücklich über den Fund, denn er wusste, dass dieser sein Leben verändern konnte. Auf der anderen Seite fühlte er sich wie ein Betrüger. Er hatte etwas an sich genommen, das ihm nicht gehörte. Aber wem gehörte es? Dem armen Händler, der vor Hunderten von Jahren in der Mandränke ertrunken war? Dem Studienrat? Dem Museum? Schließlich hatte er selbst den Krug gefunden und nicht der Studienrat. Es reichte doch sicherlich, dass der Krug ins Museum kam. Er überlegte, was seine Freunde an seiner Stelle gemacht hätten. Wahrscheinlich genau dasselbe. Er war kein Studienrat mit einem guten Gehalt. Wenn er die Münzen verkaufte, war er ein gemachter Mann.

Aber an wen konnte er sie verkaufen, ohne dass zu viele Fragen gestellt wurden? Er musste klug vorgehen. Alles gut überlegen. Die Gedanken drehten sich in seinem Kopf.

Gerade als er vor Erschöpfung eingeschlafen war, kam seine Mutter und weckte ihn. Es war Zeit, nach draußen zu gehen.

10

Gegenwart

In den nächsten Tagen beschäftigte Kira sich viel mit ihrer Masterarbeit, deren Abgabedatum viel zu schnell näher rückte. Daneben arbeitete sie als wissenschaftliche Mitarbeiterin an ihrer Fakultät. Es war eine schöne Arbeit, mit der sie sich etwas dazuverdienen konnte. Allerdings war sie auch sehr zeitintensiv. Gerade arbeitete Professor Schmidt an einem neuen Fachbuch und Kira war stundenlang damit beschäftigt, für ihn Quellenangaben zu sortieren und gegenzuprüfen.

In ihrer Freizeit vertiefte sie sich in die Geschichte rund um Rungholt und Andreas Busch. Dessen Entdeckungen waren zwar für die Wissenschaft von Bedeutung, aber was er gefunden hatte, waren keine wirklichen Schätze. Nach allen modernen Erkenntnissen war Rungholt eine normale Handlungssiedlung gewesen. Busch hatte Keramik gefunden, Brunnenreste und Mauerziegel. Außerdem hatte er seine Ausgrabungen weiter nördlich organisiert, direkt vor seinem Wohnort Nordstrand. Nicht in Süderwiek.

Kira rief ihren Vater an. Nachdem sie sich ein bisschen unterhalten hatten, fragte sie: »Weißt du noch, was Oma darüber erzählt hat, dass ihr Vater einen Schatz gefunden hat?«

»Darling, warum fragst du? Sie hat erzählt, dass Opa in Deutschland ein wunderschönes Schloss gebaut hat, aber woher er das Geld dafür gehabt haben soll, weiß ich nicht.«

»Oma hat von einem Schatz erzählt.«

»Na ja, ich weiß, dass sie gerne Geschichten erzählt hat. Aber ich weiß auch, dass meine Großeltern als bettelarme Leute nach Amerika gekommen sind. Wie viele Leute, die damals ausgewandert sind.«

»Ja, ich weiß«, Kira seufzte. »Darüber habe ich viel recherchiert. Natürlich waren die Auswanderer um 1925 hauptsächlich arme Bauern, Fischer und Tagelöhner. Später kamen Juden dazu, denen es in Deutschland zu unsicher wurde – aber leider erkannten nur wenige, wo die Politik hinsteuerte.«

»Ja, leider. Weißt du, meine Großeltern waren immer noch einfache Leute, als ich geboren wurde. Erst die Generation meiner Eltern konnte sich langsam ein gutes Leben aufbauen.«

»Und deshalb ist es dir auch so wichtig, dass deine Kinder gute Jobs haben und keine brotlose Kunst lernen.«

Jetzt musste er lachen. »Oh dear, habe ich das schon mal gesagt?«

»Ja.« Sie stimmte in sein Lachen ein.

»Aber du weißt, wie ich es meine.«

»Ich werde schon einen guten Job finden, wenn ich

meinen Master fertig habe. Geisteswissenschaften sind nicht immer brotlose Kunst.«

»Ich hoffe, du hast recht.«

»Und Mike ist ja sowieso auf einem guten Weg.« Kiras jüngerer Bruder studierte Englisch, Deutsch und Spanisch auf Lehramt. »Aber danke, dass du dir so viele Sorgen um mich machst.« Sie holte kurz Luft, bevor sie fortfuhr: »Daddy, ich weiß, dass du Omas Geschichten immer abenteuerlich fandst. Aber du erinnerst dich doch an die Zeichnung von dem kleinen Schloss? Ich habe dieses Schlösschen gefunden!«

Einen Moment herrschte Stille in der Leitung. Schließlich sagte ihr Vater: »Aber das beweist doch nichts. Deshalb wurde es noch lange nicht von meinem Großvater erbaut.«

»Die Beweise fehlen mir noch. Angeblich gehört es schon immer einer Familie Jenssen. Sagt dir der Name etwas?«

»Nein.«

»Ist es vielleicht der Mädchenname deiner Großmutter?«

»Hm, ich glaube nicht. Aber ich bin mir nicht sicher. Irgendwann habe ich den mal gehört.«

»Vielleicht stammte deine Großmutter ja aus dieser reichen Familie und wurde verstoßen, weil sie sich in einen Fischer verliebt hatte?«

»Ich weiß nicht. So was hat Oma nie erzählt. Soweit ich weiß, kam sie auch aus einfachen Verhältnissen. Allerdings weiß ich zu wenig über ihre Geschichte vor der Einwanderung.«

Kira seufzte.

»Schätzchen, du sollst das Leben genießen und nicht ständig in der Vergangenheit leben«, ermahnte sie ihr Vater.

»Daddy, das ist mein Job, und du weißt, dass es mir sehr viel Spaß macht.«

»Ja, ich weiß. Und solange es dich ausfüllt, will ich dir nicht im Weg stehen.«

»Ihr habt doch noch Omas Alben zu Hause. Es gibt eins mit alten Fotos und Postkarten aus Deutschland. Kannst du mir bitte die Bilder abfotografieren und schicken?«

»Wenn es dich glücklich macht, dann mache ich das natürlich. Aber erhoffe dir nicht zu viel.«

Nein, sie erwartete nicht viel von den alten Postkarten, die sie als Kind oft angesehen hatte. Dennoch spürte Kira einfach, dass an der Geschichte ein wahrer Kern war. Auch wenn sie noch nicht wusste, wie dieser aussah. Sie fühlte es einfach in ihrem Bauch, sobald sie nur an ihre Oma dachte. Da war eine Verbindung zu dem Schlösschen, die sie nicht erklären konnte.

Kira hatte eine neue Idee. »Was ist eigentlich mit der Geburtsurkunde von Oma? Steht da nicht auch immer der Mädchenname der Mutter drin?«

»Bestimmt. Ich weiß aber nicht, ob wir die noch haben.«

»Nicht schlimm, die kann ich sicherlich online beantragen.«

Nachdem sie aufgelegt hatte, suchte Kira als Erstes im Internet nach einer Agentur, die Geburtsurkunden in den USA beschaffen konnte. Sie wusste, dass es solche Dienste gab, die von Ahnenforschern ausgiebig genutzt wurden. Als sie eine Seite gefunden hatte, gab sie zunächst den Namen ihrer Großmutter ein. Dann wurde geprüft, ob die Urkunde bereits in der Datenbank war. Das war nicht der Fall. Aber gegen eine Gebühr von 49 Dollar konnte sie einen Scan der Urkunde bestellen. Im besten Fall würde es ein paar Tage dauern, bis sie die Datei erhielt, im schlimmsten Fall mehrere Wochen. Aufgeregt gab sie die Bestellung auf.

Als sie an diesem Abend an der Elbe spazieren ging, verfiel Kira ins Träumen. Sie musste an den Ballsaal denken, den Noah ihr gezeigt hatte. Vor ihrem inneren Auge sah sie sich wieder darin tanzen, doch in ihrer Vorstellung trug sie ein Paillettenkleid und ihr Tanzpartner einen schwarzen Smoking.

Hatten ihre Urgroßeltern einst dort getanzt? Hatten sie sich dort etwa verliebt?

Sie musste unbedingt weiterforschen!

11

April 1923

*M*üde und von starken Kopfschmerzen geplagt kehrte Jan nach einer erfolglosen Nacht auf See zurück. Nur wenige Fische waren ihm ins Netz gegangen. Er dachte wieder an den Schatz, den er gefunden hatte. Noch hatte er sich nicht entschieden, was er damit anfangen sollte. Sollte er ihn doch dem Studienrat geben? Es war sicher nicht richtig, wenn er ihn behielt.

Statt nach Hause zu gehen, legte sich Jan im Schatten seines Bootes an seinen Lieblingsplatz am Strand. Ein Kichern weckte ihn aus einem traumlosen Schlaf. Etwas kitzelte ihn am Ohr. Er strich darüber. Aber es hörte nicht auf. Seine Augenlider fühlten sich schwer an, aber das Kitzeln wurde langsam lästig, und Jan überwand sich, die Augen zu öffnen. Zwei große, dunkle Augen starrten ihn an. Im ersten Moment dachte er, es sei ein Traum. Wieder rieb er sich die Augen und richtete sich auf. Es war Katharina.

Jan sah sich um, weit und breit war niemand zu sehen, der sie begleitete.

»Was machst du denn hier?«, fragte er.

Diesmal lächelte sie nicht, sondern sah ihn ernst an.

»Ich bin jeden Tag hier.«

Sie klang wie ein beleidigtes Kind, dem man das gewünschte Spielzeug nicht gekauft hat.

»Warum?«

Sie zuckte mit den Schultern.

»Ich wollte dich sehen.«

Jetzt setzte Jan sich auf. Sie empfand etwas für ihn! Die Kopfschmerzen schienen mit einem Mal wie weggeblasen.

»Ich wollte dich auch sehen«, bekannte er.

»Du bist zwar nur ein Fischer, aber ich sehne mich nach dir.«

Noch nie hatte eine Frau so etwas zu ihm gesagt. Sein Herz klopfte wie wild.

»Nun sag doch etwas!«, forderte Katharina ihn ungeduldig auf.

»Es ist wie ein Fieber. Ich möchte dich berühren«, sagte er.

Sie sah ihn an, als ob sie ihn verschlingen wollte. Jan war überwältigt. Mit klopfendem Herzen nahm er ihre Hand und legte sie auf seinen Arm. Die junge Frau berührte seine Haut nur ganz sacht, vorsichtig, als würde sie einen Tiger streicheln.

Er beobachtete sie fasziniert. Katharina trug ein luftiges, weißes Sommerkleid. Sie kniete neben ihm, sodass ihm ihr Duft in die Nase stieg. Sie roch nicht nach Schweiß oder Seife, nein, es war ein Duft, den er nicht kannte. Wie Rosen in der Blüte, vermischt mit Minze. Dieses Mädchen war kühn und mutig, nicht schüchtern und zurückhaltend wie die Mädchen im Dorf. Katharina tat, was sie wollte, und in diesem Moment wollte sie Jan. Er verstand das und es gefiel ihm. Er wollte, dass sie ihn weiter berührte.

Er nickte ihr aufmunternd zu und sie lächelte ihn auf eine Weise an, dass er innerlich eine Gänsehaut bekam.

Katharina nahm seinen Arm und streichelte ihn, strich über seinen angespannten Oberarm, dass seine Halsschlagader pulsierte. Es fiel ihm schwer, einen kühlen Kopf zu bewahren. Nachdem sie seinen Oberarm berührt hatte, sagte sie: »Jetzt du!«

Er schaute sie mit großen Augen an.

»Was meinst du damit?«

»Fass mich an.«

Er streichelte ihren Arm, dann ihre Schultern und verharrte an ihrer Brust. Zuerst traute er sich nicht, dann wurde er mutiger, denn er sah an ihrem Gesichtsausdruck, dass es ihr gefiel.

Langsam glitt er über ihre Brust, und als er sie mit beiden Händen berührte, zuckte sie zusammen. Gierig sah sie ihn an.

»Das war so ...«

Offensichtlich suchte sie nach dem richtigen Wort, aber sie fand es nicht.

Jan nickte.

»Ich weiß.«

Obwohl er ein erwachsener Mann war, hatte ihn niemand aufgeklärt. Sein Vater hatte nie über die Beziehung zwischen Mann und Frau gesprochen. Nicht einmal die Fischer untereinander, vielleicht, weil sein Vater immer dabei war. Es war etwas, worüber man schwieg. Die jungen Männer mussten ihren Weg zur Intimität selbst finden, wenn sie heirateten. Nur wenige klärten ihre heiratsfähigen Kinder auf. Aber natürlich hatte er schon Schafe auf der Weide gesehen und hatte eine

Ahnung von dem, was Ehepaare taten, wenn sie gemeinsam im Bett lagen.

Katharina hingegen schien einfach ihren Gefühlen zu folgen, und die waren überwältigend. Diesmal nahm sie seine Hände und legte sie auf ihre Brust, aber sie ließ es nicht dabei bewenden, sie wollte mehr. Jan folgte wortlos. Bis seine Hand an einer Stelle war, die andere Mädchen bis zu ihrer Heirat schützten. Katharina dachte wohl nur ans Hier und Jetzt, und in diesem Augenblick überwältigte die Lust ihren Verstand.

Jan erging es ähnlich, er konnte nicht mehr denken. Sie folgten ihrer Leidenschaft. Raum und Zeit spielten keine Rolle, nur dieses Gefühl, das beide erfasste. Er schob ihre Kleider hoch und drang in sie ein. Es dauerte nur einen Augenblick, und plötzlich waren die Anspannung und das lähmende Gefühl verschwunden. Er lag auf ihr. Sie klammerte sich an ihn und stöhnte in sein Ohr. Er bewegte sich und die Zeit schien stillzustehen. Schließlich ließ er sich erschöpft neben sie sinken.

Sie sah ihn an und lachte. Als ihr Atem sich wieder beruhigt hatte, sagte sie: »Jetzt weiß ich, warum die Köchin immer gute Laune hat, wenn der Fahrer aus ihrer Stube kommt«, sagte sie. Neugierig erkundigte sie sich: »Hast du das schon mal gemacht?«

Er schüttelte den Kopf.

»Es war besser als alles, was ich bisher gemacht habe«, seufzte Katharina zufrieden.

»Habe ich dir wehgetan?«, fragte Jan.

Verständnislos sah sie ihn an. »Nein. Warum? Hat es dir wehgetan?«

Jetzt musste Jan lachen. »Nein, ganz im Gegenteil.«

»Ich habe meine Mutter so oft hinter vorgehaltener Hand davon reden hören, und immer klang es wie etwas Schreckliches und Ekelhaftes.« Sie musterte ihn spitzbübisch und kicherte: »Doch es war das Beste überhaupt.«

Jan betrachtete sie. Sie war so fröhlich und gesprächig. Dabei hatte sie etwas getan, das ihren Ruf völlig zerstören konnte. Ein Gefühl von Schuld überkam ihn. Hätte er sie davor beschützen müssen, dass ihre Gefühle sie überwältigten? Oder spielte das alles bei den Reichen keine Rolle?

»Ich würde es sofort wieder tun«, flüsterte sie.

Fast erschrocken sah er sie an, und sie lachte ihn aus. »Du solltest deinen Gesichtsausdruck sehen.«

»Möchtest du?«, fragte er mit belegter Stimme.

»Ja. Doch ich kann nicht, ich muss zurück. Aber morgen komme ich wieder.«

Sie kämmte sich mit den Händen durchs Haar, rückte ihr Kleid zurecht, strich die Falten aus dem Rock und sprang auf. Sie lief davon, ohne sich noch einmal umzudrehen.

Jan dagegen saß noch eine ganze Weile im Sand und konnte sich nicht rühren. Was war geschehen? Es schien so unwirklich. War Katharina wirklich da gewesen? Hatten sie es wirklich getan? Alles war so schnell passiert, dass ihm schon bei der Erinnerung schwindelig wurde.

Obwohl es an diesem Tag nicht heiß war, musste er ins Wasser springen. Er brauchte unbedingt eine Abkühlung.

Während er ins Wasser lief, wurde ihm bewusst, dass das kein Traum gewesen war. Sie war da gewesen, Katharina wollte ihn und er war derjenige, der ihr die Unschuld genommen hatte. Und jetzt, da er von ihr gekostet hatte, wollte er unbedingt wieder bei ihr sein.

12

Gegenwart

Seit er Kira getroffen hatte, ging Noah die Zeichnung des Schlosses nicht mehr aus dem Kopf. War es ein Zufall, dass eine Frau vor fast hundert Jahren das Schloss seiner Familie gezeichnet und behauptet hatte, es habe ihrem Mann gehört? Und Noahs Familie sollte ihn um seinen Besitz betrogen haben?

Er hatte Kira nie seinen Nachnamen genannt. Sie wusste nicht, dass er ein Jenssen war. Bestimmt war es besser so. So hatten sie sich unvoreingenommen unterhalten können, denn sie schien ziemlich überzeugt, dass die Erzählungen ihrer Großmutter stimmten, obwohl sie keinerlei Beweise dafür hatte. Es war sicher von Vorteil gewesen, dass sie ihn nur als Noah von der Interessengemeinschaft kennengelernt hatte.

Als sie angefangen hatte, gegen Reiche zu wettern, hatte er

sich gar nicht mehr getraut, etwas zu sagen. Er war stolz darauf, dass seine Familie seit Generationen etwas zur Entwicklung der Region beitrug. Dass er das Unternehmen einmal erben würde, war für ihn keine Last. Er freute sich, die Tradition fortführen zu können, auch wenn er nicht alles so machte wie seine Eltern. Er liebte seine kleine Wohnung mehr als ihr großes Haus. Und er liebte es, mit dem Rad die zehn Kilometer nach Husum ins Büro zu fahren. So fühlte er sich lebendig, auch wenn seine Mutter seine Vorliebe fürs Radfahren nicht nachvollziehen konnte. Genauso wenig wie Kira ihn als Unternehmer akzeptieren würde.

Er seufzte. Letztendlich war das egal. Sie hatte ihm klargemacht, dass der Moment zwischen ihnen zwar schön gewesen war, sie aber kein Interesse daran hatte, ihn zu wiederholen.

»Ist etwas?«, fragte seine Mutter Viola.

Noah schüttelte den Kopf. Es war Samstag und sie aßen gemeinsam zu Mittag, was sie unter der Woche nie schafften. Seine Eltern lebten in einem geräumigen Haus am Ortsrand, das sein Großvater in den Sechzigerjahren erbaut hatte. Opa Erich wollte damals ein modernes Haus. Er hatte es satt, das erste Haus der Familie, das noch aus den Achtzigerjahren des neunzehnten Jahrhunderts stammte, zu renovieren. Heute wirkte das Haus mit seinen großen, funktionalen Räumen altmodisch, schlicht und doch etwas protzig. In den Sechzigerjahren hingegen war es nach der neuesten architektonischen Mode gebaut worden.

Viola bezahlte extra eine Köchin aus dem Nachbardorf, die ihr samstags ihre Wunschmenüs zubereitete, denn sie selbst kochte miserabel.

»Heute gibt es selbst gemachte Lasagne nach dem Rezept meiner Oma«, schwärmte seine Mutter.

Noah lächelte und foppte sie: »Selbst gemacht von

Heidi?« Er zog eine Augenbraue hoch. Optisch merkte man seiner Mutter die südländische Herkunft sofort an. Die perfekt geschminkte Frau Ende fünfzig wirkte mindestens fünfzehn Jahre jünger. Sie trug ihr schwarzes Haar zu einem Bob frisiert und ein enges rotes Kleid, das ihren kurvigen Körper betonte.

Von den Kochkünsten ihrer italienischen Nonna hatte sie hingegen nichts geerbt. Es war für sie einfach nicht wichtig, oder besser gesagt, es war nicht ihre Art, sich selbst die Hände in der Küche schmutzig zu machen.

Noahs Vater Alexander machte das nichts aus und er sagte anerkennend: »Das hast du wunderbar gemacht, Schatz. Ich freue mich.«

»Ich habe den Tisch gedeckt und alles vorbereitet«, verteidigte sie sich.

Noah gab seiner Mutter einen Kuss und sagte: »Grazie, Mamma.«

Während sie anstießen und von der leckeren Lasagne aßen, fragte Noah beiläufig: »Sag mal, Papa, hat eigentlich dein Urgroßvater das Schlösschen gebaut?«

»Ach, wieder das Schlösschen. Du hast aber auch gar keine anderen Themen zurzeit. Wieso fragst du das? Es wird Zeit, dass du dir auch mal andere Hobbys zulegst, Junge.«

»Oder eine Frau«, sprang seine Mutter ihm bei. »Du brauchst endlich ein hübsches Mädchen, dann bist du ausreichend beschäftigt.«

Noah rollte mit den Augen. Zu seinem Vater sagte er: »Ich frage ja nur. Es interessiert mich eben.«

»Mein Urgroßvater hat das Schlösschen sicher nicht selbst erbaut. Damals gab es auch schon Baufirmen«, sagte sein Vater.

»Das ist klar. Aber hat er es erbauen lassen?«

»Davon gehe ich aus. Soweit ich weiß, hat er es für seine Frau erbauen lassen. Sie ist extra aus der Stadt aufs Land gezogen, weil sie immer von einem Landsitz geträumt hat. Zunächst hatte die Familie in Husum gewohnt. Ich habe dir sicher schon erzählt, dass Hugo Jenssen sich aus einfachen Verhältnissen hochgearbeitet hat?«

Noah nickte. Diese Familienlegende wurde gehegt und gepflegt.

»Er war ein einfacher Kaufmannslehrling«, fuhr sein Vater fort. »Dann hat er das größte Kaufhaus in Husum aufgebaut und in weitere Unternehmungen investiert. In der Wirtschaftskrise in den Zwanzigerjahren wäre er beinahe Bankrott gegangen, wie viele andere. Doch er hat die Firma, die wir heute immer noch weiterführen dürfen, auch durch diese Krise sicher manövriert. Ich glaube, es war in dieser Zeit, in der er sich den Bau als Geschenk für seine Frau leisten konnte.«

»Und es wäre nicht möglich, dass er es jemandem unrechtmäßig abgenommen hat?«

Sein Vater schaute ihn mit großen Augen an und erkundigte sich: »Wie kommst du auf so eine absurde Idee?«

»Na, ich bin auf etwas gestoßen.«

»Auf was?«, fragte sein Vater. Er legte seine Gabel auf den Teller und sah ihn erwartungsvoll an.

»Das kann ich dir so noch nicht sagen, aber es ist wichtig, dass ich mir die Unterlagen ansehe. Gibt es da etwas?«

»Bestimmt, du wühlst ja im Schlosskeller herum«, antwortete Alexander etwas herablassend.

»Aber die wirklich wichtigen Urkunden sind nicht im Keller. Die müssen woanders gelagert sein.«

Sein Vater zuckte die Schultern.

»Ich habe die Grundbuch-Unterlagen doch unlängst erst eingesehen. Mir ist nichts Ungewöhnliches aufgefallen. Wenn du in deiner Freizeit nichts zu tun hast, dann kannst du natürlich in den Akten wühlen, ob du irgendetwas findest.«

»Wenn du mir sagst, wo ich wühlen soll? In deinem Arbeitszimmer?«

Sein Vater sah ihn lächelnd an. »Eher nicht.«

»Jetzt ist Schluss mit dem Gerede, Zeit zum Essen.« Die beiden Männer gehorchten. Mit Viola legte man sich besser nicht an.

Als sie fertig gegessen hatten, drehte sich Alexander zu ihr um und sagte: »Schatz, während du den Kaffee zubereitest, zeige ich Noah kurz, wo die Ordner sind.«

Sie verdrehte nur die Augen. »In zehn Minuten seid ihr wieder hier.«

Beide nickten.

»Dann komm mal mit«, sagte sein Vater und öffnete die Kellertür.

»In den Keller?«, fragte Noah.

Noahs Vater nickte und erklärte: »Ich muss dir was zeigen.«

Sie stiegen die Holzstufen hinab in den niedrigen Keller, in dem der Wein lagerte. Noahs Großvater war einer der Ersten im Ort gewesen, der ein Haus mit Keller gebaut hatte. Wegen der Nähe zum Wasser war das früher ganz unüblich gewesen.

Noah zog den Kopf ein, um sich nicht zu stoßen. Plötzlich tat sein Vater etwas, was er nur aus Filmen kannte. Alexander schob ein Regal zur Seite. Noah hatte noch nie bemerkt, dass es auf einer Art Rolle stand. Dahinter kam eine Tür zum Vorschein.

»Das glaube ich nicht«, flüsterte Noah und musste sofort an Kira denken. Wie recht sie doch gehabt hatte!

Sie betraten einen fensterlosen Raum mit Regalen, in denen Aktenordner standen, außerdem ein Bett, eine Kommode und ein Sekretär.

»Hat hier jemand gewohnt?«, fragte er verblüfft.

»Ich glaube nicht, es war nur für alle Fälle. Dein Großvater schien es für eine gute Idee zu halten.«

Sein Vater musterte Noah und rümpfte die Nase: »Es ist sehr staubig hier.«

Alexander war ein ordnungsliebender Mensch. Sein Polohemd, dessen Preis man nur an dem winzigen Markenzeichen auf dem Ärmel erkennen konnte, und die dazu passende Chinohose waren akribisch gebügelt, und seine Pantoffeln sahen aus wie richtige Schuhe. Für all das war seine Frau zuständig, aber sie wusste, was ihrem Mann wichtig war.

»Du bist es gewohnt, im Keller zu arbeiten. Hier sind unsere Schätze. Ich bin sicher, du wirst nichts finden, aber wenn es dich glücklich macht ...«

»Das ist für mich so ähnlich wie Golf für dich.«

Sein Vater sah ihn an, als hätte sein Sohn keine Ahnung von dem, was ihn wirklich interessierte, aber er sagte nur: »Komm, wir dürfen deine Mutter nicht warten lassen.«

Noah fühlte sich wie ein Kind, das einen Spielzeugladen betritt und gleich wieder gehen muss, bevor es die Spielsachen anschauen durfte.

Beim Kaffeetrinken hing Noah mit seinen Gedanken im Keller, während seine Mutter von ihrem Pferd und den Töchtern ihrer Freundin erzählte. Seufzend erzählte sie, welche junge Frau von ihren Pferdehofbekanntschaften wieder geheiratet hatte.

»Noah, warte nicht zu lange, irgendwann sind die besten Mädchen weg und du musst eine von denen nehmen, die übrig geblieben sind.«

»Na gut«, antwortete er lächelnd. »Aber ich vergleiche sie halt alle mit dir, Mamma. Keine von ihnen kann dir das Wasser reichen.«

Er wusste, dass er sie mit diesen Worten um den Finger wickeln konnte.

Viola kicherte. »Ach, hör doch auf. Ich will nicht, dass du einer von diesen Psychos wirst, die nur an Mamas Rockzipfel hängen.«

Sein Vater räusperte sich und grinste schadenfroh, was Noahs Mutter nicht entging.

»Was ist, warum lachst du?«, fragte sie.

»So wie du ihn bemutterst, wird es schwer sein, eine junge Frau zu finden, die sich auf ihn einlässt.«

Noah und sein Vater lachten. Aber Viola fand das gar nicht lustig. »Ich bemuttere ihn nicht, er hat eine eigene Wohnung und ich sehe ihn nur einmal in der Woche am Samstag. Sollen wir uns jetzt nur noch einmal im Monat treffen?«

»Nein, nein, du machst das alles wunderbar, ganz wunderbar«, beschwichtigte Alexander sie.

»Du lebst nur für deine Firma, aber mir ist eben die Familie wichtig.«

Spätestens jetzt merkte Noahs Vater, dass er in eine Wunde gestochen hatte und keine Entschuldigung half, also wechselte er schnell das Thema: »Amore, dein Tiramisu ist das Beste auf der Welt.«

Viola sah ihn misstrauisch an, aber als die Männer sich mit größtem Appetit dem Dessert widmeten, schafften sie es mit leisen Ausrufen wie »Hhm!« und »Ahhh!«, die Hausherrin zu besänftigen.

Als der Kaffee getrunken und das Tiramisu verspeist war, bedankte sich Noah, räumte den Tisch ab und lief in den Keller. Sein Vater folgte ihm.

»Wenn ich das Kira erzähle«, dachte Noah. Sie hatte recht gehabt. Es gab sie wirklich, die geheimen Räume.

»Wusstest du schon immer von diesem Raum?«, fragte er seinen Vater.

»Seit das Haus mir gehört.«

»Weiß Mutter davon?«

Sein Vater nickte. »Natürlich.«

»Hast du hier auch Sachen versteckt oder deponiert?«

Sein Vater zuckte mit den Schultern.

»Das eine oder andere, aber hauptsächlich habe ich mich hier versteckt, um manchmal einen Joint zu rauchen, als du klein warst.«

Noah schaute ihn mit großen Augen an.

»Was? Du?«

»Ich war auch mal jung. Also, schau dich ruhig um. Dein Großvater war sehr ordentlich, er hat alles dokumentiert und abgeheftet. Ich mache ein Nickerchen und dann gehe ich Golf spielen. Schieb das Regal danach bitte wieder vor, ja?«

Noah nickte und sah sich um, während sein Vater nach oben verschwand. Wo sollte er anfangen? Die Hälfte der massiven Regale war gefüllt mit Ordnern und Dokumenten.

Wo hätte sein Großvater wichtige Dokumente aufbewahrt? In den Ordnern? Oder hatte er neben seinem Geheimraum auch noch einen Safe für besondere Wertsachen?

Die einzige Möglichkeit, es herauszufinden, war, wieder einmal in Ordnern zu wühlen. Noah beschloss, ganz oben links anzufangen. Schnell stellte er fest, dass diese Ordner nur mit der Firma zu tun hatten. Das interessierte ihn nicht. Trotzdem dauerte es einige Zeit, bis er die Struktur der Regale durchschaut hatte.

Neben den Regalen stand ein Sekretär mit mehreren Fächern, die abgeschlossen waren. Die Schlüssel fand er in der kleinen Schublade mit den Stiften. Als er die Fächer öffnete, leuchteten Noahs Augen, denn die beiden obersten Schubladen waren randvoll mit unzähligen vergilbten Schwarzweiß-Fotos.

Es waren wohl alte Familienfotos. Die meisten Bilder stammten aus den Zwanziger- und Dreißigerjahren, wie er an den Stempeln der Fotostudios erkennen konnte, die auf den

Rückseiten aufgedruckt waren. Der alte Hugo Jenssen bei einer Ausfahrt mit einem altmodischen Cabrio. Die Familie vor dem damaligen Anwesen, dem Schlösschen. Hugo und Geschäftspartner vor dem Mutterhaus der Kaufhauskette in Husum. Eine Abendgesellschaft im Ballsaal. Einzelne Porträt-fotos der Familienmitglieder. Auf einem Foto, das wohl bei einer Familienfeier auf der Eingangstreppe des Schlösschens aufgenommen wurde, standen auf der Rückseite die Namen der Anwesenden und die Jahreszahl. Juni 1935. Den Familien-patriarch erkannte Noah sofort. Ein Porträtfoto von ihm hing auch heute noch im Büro des Kaufhauses in Husum. Neben ihm seine Ehefrau Wilhelmine. Und rechts neben den beiden stand Alfred, der Sohn der beiden. Das war Noahs Urgroßva-ter. Neben ihm Martha, das schien seine Frau zu sein. Diese wirkte hochschwanger, auch wenn ihr Kostüm den Bauch teil-weise verdeckte. Aber es würde passen. War sein Großvater Erich nicht Jahrgang 1935? Auf der anderen Seite des Paares stand »Katharina«. Noah hatte noch nie etwas von einer Katharina gehört.

Er suchte weiter. Da es noch mehr Fotos von dieser Katha-rina gab, vermutete er, dass es sich um die Tochter der Familie handelte, seine Urgroßtante. Sie war schön, vielleicht etwas älter als ihr Bruder. Er schätzte sie auf dem Bild auf dreißig Jahre. Sie hatte dunkle Haare und dunkle Augen und kam ganz nach ihrer Mutter, die ebenfalls eine sehr schöne Frau war.

Noah zog die gesamte Schublade heraus und legte sie auf den Tisch, dann setzte er sich hin und betrachtete sorgfältig jedes einzelne Foto. Katharina war offensichtlich ein beliebtes Fotomotiv gewesen, schon als Kind. Auch als junge Frau gab es zahlreiche Porträtfotos von ihr, die in Fotoateliers aufge-nommen waren und die sie jeweils in der neusten Mode zeig-ten. Posieren konnte sie, so viel stand fest.

Ganz unten in der Schublade fand er ein Bild, das das Schlösschen in der Bauphase zeigte. Neugierig sah er sich die Rückseite an, um zu sehen, wie das Foto datiert war. Es stammte aus dem Jahr 1925. Noch interessanter fand Noah aber die handschriftliche Aufschrift, die sich darauf befand. Er brauchte einen Moment, um die geschwungene Kurrentschrift zu entziffern. Nach und nach ergaben die Worte für ihn Sinn:

»Liebste Katharina,

mein hellster Stern. Ich hoffe, diese Karte erreicht dich in bester Gesundheit.

Erinnerst du dich, dass ich dir eine Überraschung versprach? Sicherlich hieltest du es für eine Träumerei, als ich dir sagte, dass ich dir ein Schloss wie für eine Prinzessin schenken möchte. Ich hoffe, du weißt nun, dass ich nicht gelogen habe. Dieses Schloss soll nur für dich, ja, für uns sein!«

Unterschrieben war die Nachricht nicht. Der Schreiber ging wohl davon aus, dass die Empfängerin wusste, wer ihr schrieb. Noah runzelte die Stirn. Hatte nicht sein Vater gesagt, dass der Patriarch das Schlösschen für seine Frau, die gute Wilhelmine, gebaut hatte? Hier klang es so, als sei das Schlösschen vielmehr ein Geschenk für Katharina gewesen. Und es wirkte auch nicht wie eine Nachricht, die ein Vater an seine Tochter schrieb. Eher wie die Nachricht eines Liebenden!

Er fotografierte die Bilder mit seinem Handy ab. Gleichzeitig fühlte er, wie ihm schwindelig wurde. Konnte an Kiras Geschichte etwas dran sein? Aber wer war der mysteriöse Schreiber, der behauptete, dass er das Schlösschen für Katharina erbaute? Wenn er es wirklich für sie und ihn erbaut hatte, warum hatten die beiden dann nicht geheiratet? Auf anderem Wege hätte das Schlösschen doch nicht in den Besitz seiner Familie kommen können, wenn es einem anderen gehört hatte? Oder hatten sie geheiratet und waren kinderlos gestorben?

Er brauchte dringend frische Luft. Im Garten hinter dem Haus entdeckte er seine Mutter. Sie saß auf einem Liegestuhl und las in einem Buch. Als sie seine Schritte hörte, sah sie auf und meinte: »Du siehst ganz blass aus nach all den Stunden im Keller. Andere Männer würden sich mit jungen Frauen verabreden oder wenigstens Sport treiben.«

»Mamma, keine Sorge, ich verabrede mich schon mit jungen Frauen.«

Sofort legte sie das Buch zur Seite und setzte sich auf.

»Aha. Erzähl mal. Wer ist sie?«

Noah lachte.

»Mamma, beruhige dich. Es ist noch nichts Ernstes. Nur eine lockere Verabredung.«

Sie atmete erleichtert aus. Sah ihn wieder an.

»Hm, noch nicht?«

»Oh, du nervst«, sagte er und verdrehte die Augen.

»Wenigstens bist du auf dem Markt.«

»Woher hast du bloß diese Ausdrücke? Aber mal was anderes. Sag mal, weißt du etwas über eine Katharina?«

»Katharina? So hieß die Großtante deines Vaters.«

»Ach ja?«

»Ich habe sie sogar kennengelernt.«

»Nein, wirklich?«

Sie nickte.

»Doch, doch. Sie wurde, glaube ich, neunzig Jahre alt. Da warst du sogar schon geboren, allerdings noch ganz klein. Ich habe sie nicht gemocht und sie mich auch nicht.«

»Warum?«

Viola überlegte.

»Sie war der Typ Frau, den man nur aus alten Filmen kennt. Eine Diva mit all ihren Kapriolen.«

»Kapriolen?«

»Sie wirkte sehr verschlossen auf mich, sehr mit sich selbst beschäftigt. Ich weiß nicht, ob sie einfach egozentrisch war, oder ob ihr sonst etwas Traumatisches widerfahren war. Sie hat nie eine Familie gegründet, was doch eigentlich sehr ungewöhnlich ist für eine Frau ihrer Zeit.«

Noah zuckte mit den Schultern.

»Ich glaube, mich zu erinnern, dass mal davon erzählt wurde, vielleicht von deinem Urgroßvater, dass der alte Hugo Jenssen als Familienpatriarch sehr wohl versucht hat, sie zu verheiraten. Allein schon des Nachwuchses wegen, um sein Unternehmen vererben zu können. Katharinas jüngerer Bruder, dein Urgroßvater, zeigte wenig kaufmännisches Interesse. Aber weil sie unverheiratet blieb und ihr Bruder im Krieg gefallen ist, war es am Ende dein Großvater Erich, der das Kaufhaus und den Rest des Firmengeflechts übernommen hat. Er hatte noch einen jüngeren Bruder, aber der war wohl immer etwas kränklich und ist leider schon als Kind gestorben. Damals war die medizinische Versorgung ja eher mangelhaft. Aber Erich war, wie du weißt, ein guter Unternehmer, der die Firmen noch weiter ausbauen konnte. Es war ziemlich schlau von ihm, dass er den Import-Export-Handel um eine eigene Spedition erweitert hat.«

»Sag mal, Mamma, es wurde aber niemals darüber gesprochen, dass Vaters Urgroßvater das Schloss gar nicht selbst gebaut hat, sondern jemanden betrogen hat, um es zu bekommen?«

»Nein, das habe ich vorhin zum ersten Mal gehört, als du es beim Mittagessen erwähnt hast. Großer, ich hoffe, du verfolgst diese Idee nicht weiter, denn wenn dein Hirngespinst wahr wäre, würdest du deinem Vater keinen Gefallen tun.«

»Was meinst du damit?«

»Mit der Firma läuft es nicht so wie früher.«

»Was hat das mit dem Schloss zu tun?«

»Wer hat denn Betriebswirtschaft studiert? Du oder ich?«

Sie sah ihm in die Augen und wartete darauf, dass er selbst auf die Antwort kam.

»Du meinst, Papa wird das Schloss verkaufen, auch wenn wir es renovieren?«

Sie zuckte mit den Schultern.

»Das soll er dir selbst erklären.«

13

April 1923

*A*nna legte die gebügelten Blusen und Röcke in Katharinas Schrank.

»Kannst du mir die Haare machen, wenn du fertig bist?«, fragte Katharina, während sie eine Perlenkette und die passenden Ohrringe anlegte.

»Sofort«, sagte Anna, eilte zur Frisierkommode und griff zur Bürste. Vorsichtig kämmte sie durch Katharinas Haare, die ihr bis zu den Ellenbogen reichten.

Katharina betrachtete sich nachdenklich im Spiegel. »Die langen Haare gefallen mir nicht mehr. Ich glaube, ich werde mir demnächst einen Bubikopf schneiden lassen. Aber noch nicht.«

»Warum nicht?«, fragte Anna.

»Ach, ich muss auf den richtigen Zeitpunkt warten.«

Während Anna eine Strähne nach der anderen kämmte, fragte Katharina: »Hast du es schon getan?«

Anna sah sie irritiert im Spiegel an.

»Was getan?«

»Du weißt schon, das, worüber niemand redet.«

Anna errötete und erwiderte: »Es gibt auch einen Grund, warum man nicht darüber spricht.«

»Warum denn, ist es denn so schrecklich? Die Tiere machen das auch und die schämen sich nicht.«

»Wir sind keine Tiere.«

»Aber wir verhalten uns dabei wie die Tiere. Hat dir deine Mutter erzählt, was passiert, wenn ein Mann mit einer Frau schläft?«

Anna musste kichern und erwiderte: »Nein, natürlich nicht, aber ich habe es von anderen Frauen gehört.«

»Was meinst du, ist es schön?«

Anna zuckte mit den Schultern. Sie fragte sich, wie um alles in der Welt Katharina auf die Idee gekommen war, ausgerechnet mit ihr darüber zu sprechen.

»Fragen Sie doch verheiratete Freundinnen«, schlug sie vor.

Bei dieser Aussage verdrehte Katharina die Augen.

»Ich glaube, unsere Mütter lügen uns an, wenn sie sagen, dass es so schlimm sei.«

»Das kann ich nicht beurteilen, aber ich weiß, dass es für die Zeugung von Kindern gedacht ist«, entgegnete Anna.

»Jaja, das sagen der Pfarrer und meine Mutter immer. Aber was ist, wenn es nicht so ist?«

Anna hoffte, bald mit den Haaren durch zu sein, um diesem Thema zu entkommen. Nicht, dass sie nicht gerne darüber gesprochen hätte. Wenn sie ehrlich war, musste sie zugeben, dass sie das Thema auch neugierig machte. Und sie würde ganz sicher nicht so verbohrt bei dieser Sache sein wie ihre Mutter. Aber sie traute den Menschen, für die sie arbeitete, nicht. Sie wusste nie, ob das, was sie sagte, gegen sie verwendet werden konnte. Daher zuckte sie mit den Schultern.

»Soll ich dir jetzt etwas erzählen?«, fragte Katharina.

Anna schaute mit großen Augen in ihr Spiegelbild und überlegte, wie sie aus dieser Situation entrinnen konnte.

»Das darfst du niemandem erzählen, sonst bekommst du einen Riesenärger, das verspreche ich dir«, fuhr Katharina fort.

Verunsichert nickte Anna und versuchte, sich auf die Frisur zu konzentrieren.

»Ich weiß, wie es ist«, behauptete Katharina und lächelte selbstbewusst.

Diese Aussage verschlug dem Dienstmädchen tatsächlich die Sprache.

Katharina sprach weiter: »Es war fantastisch, mehr als fantastisch. Das Gefühl, wenn der Mann in dich eindringt, ist besser als alles, was ich bisher erlebt habe. Wenn ich jetzt davon rede, bekomme ich eine Gänsehaut.«

Sie deutete auf ihren Arm.

»Aber das gehört in die Ehe«, stotterte Anna.

Katharina kicherte. Anna betrachtete das Spiegelbild des jungen Mädchens, das sich selbst im Spiegel bewunderte. Im ersten Moment war sie von Katharinas Aussage überrumpelt gewesen. Doch nachdem sie ihre Worte verdaut hatte, war sie nicht wirklich überrascht. Katharina war es gewohnt, zu bekommen, was sie wollte. Sie ließ sich nicht so einfach Grenzen setzen. Sie war unberechenbar. Sie musste sich vor ihr in Acht nehmen.

»Ihre Haare sind fertig. Wenn sonst nichts ist, würde ich die übrige Kleidung bügeln.«

Kichernd nickte Katharina.

»Du kannst gehen.«

Erleichtert schloss Anna die Tür hinter sich und atmete

aus. Hatte sich dieses verwöhnte Mädchen das nur ausgedacht oder hatte sie tatsächlich ihre Unschuld an jemanden verloren? Wann war das passiert? Obwohl sie Katharina nicht ernst nahm, fragte sie sich, mit wem sie sich da eingelassen hatte.

Bei ihrem früheren Arbeitgeber war die sechzehnjährige Küchenhilfe Irma vom Chauffeur geschwängert worden. Das arme Ding wurde entlassen und als Hure beschimpft. Bei solchen Vorfällen waren immer die Frauen schuld. Hans, der fast dreißigjährige Chauffeur, durfte seine Arbeit behalten. Aber Irma galt als ehrlos und musste zu ihren Eltern zurückkehren. Die waren nicht erfreut, neben ihr ein weiteres Maul stopfen zu müssen.

Anna hatte sich geschworen, dass ihr so etwas nicht passieren würde. Deshalb verhielt sie sich sehr zurückhaltend. Lehnte Annäherungsversuche ab, egal von wem, und kleidete sich unauffällig. Die graue Maus zu sein, hatte viele Vorteile. Man ließ sie in Ruhe.

Spätabends, als sie Feierabend hatte, schlang sich Anna ein Tuch um die Schultern und ging nach draußen, um kurz frische Luft zu schnappen. Am Ende der Straße traf sie auf Jan.

»Moin«, grüßte er freundlich und nahm sogar seine Mütze ab.

»Moin.«

Sie sah ihn an.

»Was machst du hier?«

»Was machst du hier?«, fragte er zurück.

»Ich arbeite dort.« Sie zeigte aufs Haus.

»Ich weiß.«

Er lächelte so seltsam, dass sie sich fragte, ob ihre Mutter recht hatte und er sich vielleicht doch für sie interessierte.

»Was machen die Herrschaften so?«, fragte er und sah zu dem hell erleuchteten Haus hinüber.

»Was Herrschaften so machen«, antwortete sie.

»Darf ich dich begleiten?«, fragte er.

Sie nickte. »Ich mache einen kleinen Spaziergang. Ich habe den halben Tag in einem winzigen Zimmer gebügelt.«

»Und ich war den ganzen Tag in einem winzigen Boot draußen auf See.«

»Du kannst gerne ein Stück mit mir laufen«, sagte sie.

Anna konnte ein Lächeln kaum unterdrücken. War er etwa in der Hoffnung hergekommen, sie zu sehen?

»Wie ist es so, für die Reichen zu arbeiten?«, fragte er, als sie die Straße der Wohlhabenden verließen und zum Hafen gingen.

»Es ist eine saubere Arbeit und man kann davon leben. Wie ist es, Fischer zu sein?«

Sie sah zu ihm rüber, aber Jan starrte auf den Boden.

»Es ist gut. Niemand sagt mir, was ich zu tun habe, auf dem Meer bin ich frei. Aber es ist harte Arbeit.«

Anna nickte.

»Was würdest du machen, wenn du plötzlich reich wärst?«, fragte er wie aus dem Nichts.

»Diese Frage habe ich mir tatsächlich hin und wieder gestellt. Was wäre, wenn ich die reiche Tochter wäre?«

»So wie diese Katharina?«, fragte er.

Jetzt lachte sie.

»Ich wäre nicht wie sie. Oder vielleicht doch?«

»Wenn dir immer alles zu Füßen liegt.«

»Nicht umsonst steht in der Bibel, dass es für ein Kamel leichter ist, durch ein Nadelöhr zu gehen als für einen Reichen, ins Himmelreich Gottes zu kommen.«

»Aber warum?«, wollte er wissen und schob seinen Hut zurück.

»Weil sie alles haben.«

»Ich würde mir ein großes Haus bauen«, sagte Jan. Er richtete sich unwillkürlich auf und grinste.

»Ein schönes Haus wäre gut«, stimmte Anna zu. »Aber ich will es nicht zu groß, dann muss ich zu viel putzen.«

»Wenn du ein großes Haus hättest, hättest du eine eigene Haushälterin, die alles für dich macht.«

»Eine eigene Anna.«

Beide lachten.

»Wie war deine Arbeit mit deinem Freund, der diese Ausgrabungen macht?«

»Ach, der, ja, wir waren mit einem Studienrat da, haben ein paar alte Krüge gefunden, mehr nicht. Mein Kumpel Hannes will am Wochenende wieder mit dem Herrn Doktor ins Watt gehen, aber ich muss es mir noch überlegen.«

»Als ich in Hamburg war, durfte ich mit den Kindern der Herrschaften ins Museum gehen. Wusstest du, dass diese alten Töpfe sehr wertvoll sind?«

»Stell dir vor, wir würden das Rungholt'sche Gold finden«, antwortete er und wartete auf ihre Reaktion.

»Das ist sicher wahnsinnig viel wert.« Sie sah ihm in die Augen. »Wenn du das findest, kannst du dir dein großes Haus kaufen.«

Er lächelte zufrieden.

»Aber wohin mit dem Gold, auf die Bank?«, fragte er.

Sie zuckte mit den Schultern.

»Warum fragst du nicht den Studienrat? Ich glaube, der würde es ins Museum geben. Da hättest du nichts davon, außer Ruhm und Ehre natürlich.«

»Stell dir vor, du gehst am Strand entlang und findest ein Goldstück im Sand, was würdest du damit machen?«, fragte er.

Anna verzog den Mund und dachte nach. »Glaubst du, das könnte passieren? Klar, in der Vergangenheit wurde immer wieder etwas angespült. Aber Gold ist zu schwer, oder?«

»Ich würde zu einem Juwelier gehen oder zu einem Hehler«, erklärte er.

»Ach, ich weiß nicht. Es macht Spaß zu fantasieren«, antwortete sie. »Aber ich finde, es ist besser, mit beiden Füßen auf dem Boden zu bleiben. Und Geld ist nicht alles. Die Reichen sind auch nicht glücklicher als wir, glaub mir.«

Er sah sie an. »Du bist klüger als die anderen hier. Viel klüger, eigentlich solltest du studieren.«

So etwas Schönes hatte noch nie jemand zu ihr gesagt. Nur der alte Lehrer in der Grundschule hatte sie immer gelobt und ihr zusätzliche Aufgaben gegeben, weil sie so rasch fertig war.

Doch sie wollte sich nicht mit Fantastereien abgeben und wiegelte ab: »Für die Tochter einer Witwe ist das nur im Märchen möglich.«

»Vieles ist möglich«, sagte Jan. »Man muss es nur wollen.«

Sie waren am Hafen angekommen und schauten aufs Meer hinaus.

Nach einer Weile fragte er: »Soll ich dich zurückbringen?«

Anna zuckte mit den Schultern. »Das brauchst du nicht.«

»Ich mache das gerne.«

Auf dem Nachhauseweg waren beide in Gedanken versunken und sprachen nicht viel. Dann, kurz bevor sie in ihre Straße einbogen, sagte er: »Es ist spannend, was du von deinen Herrschaften erzählst.«

Sie lächelte.

»Die Tochter wird bestimmt auch bald heiraten, dann hast du nicht mehr so viel zu bügeln.«

»Katharina? Sie ist der Schatz ihres Vaters, sie wird nur an den besten und reichsten Mann vergeben. Am besten an einen Kaufmann.«

»Warum?«

»Weil ihr Vater ein knallharter Geschäftsmann ist. Wenn

genug Geld bei der Heirat herausspringt und er einen Nutzen davon hat, dann wird sie verheiratet. Und er benötigt einen Erben. Sein Sohn hat kein Interesse am Geschäft.«

»Aber sie scheint ihren eigenen Kopf zu haben.«

»Oh ja.« Anna seufzte. »Aber ihr jüngerer Bruder ist ein Musiker und ein Träumer, den kann ich mir beim besten Willen nicht als Unternehmer vorstellen. Und der gnädige Herr wohl auch nicht.«

Jan nickte verstehend. Anna sagte: »Danke, dass du mich begleitet hast. Es hat gut getan, ein bisschen frische Luft zu schnappen. Aber jetzt gehe ich schlafen, morgen muss ich früh raus.«

Er nickte und sie verabschiedeten sich voneinander.

Anna legte sich an diesem Abend zufrieden ins Bett, aber Jan konnte lange nicht einschlafen. Zu viel war in den letzten Tagen passiert. Sein Leben schien sich für immer verändert zu haben. Das Hin und Her, ob er dem Studienrat geben sollte, was er gefunden hatte, war verflogen. Er brauchte diesen Schatz. Mit den Münzen würde er ein erfolgreicher Mann sein, einer Katharina würdig. Doch wie sollte er die Goldstücke zu Geld machen? Wer war verschwiegen genug?

Hier im Dorf hatte er keine Chance. Er musste nach Hamburg. Aber dort kannte er sich nicht aus. Ihm wurde klar, dass er jemanden einweihen musste, und es kam nur eine Person infrage.

14

Mai 1923

Am Sonntag trafen sich Anna und Jan nach dem Gottesdienst. Sie hatte schon lange nicht mehr so eine Leichtigkeit gespürt wie in den letzten Wochen, seit sie sich regelmäßig mit ihm traf. Sie redeten über alles Mögliche. Jan versuchte nie, sie zu küssen oder ihre Hand zu halten, wie sie es von den wenigen Begegnungen mit anderen jungen Männern kannte.

Er stellte ihr viele Fragen, und es tat ihr gut, ihm alles zu erzählen, was sie während ihrer Arbeit und vor allem während ihres Aufenthalts in Hamburg gelernt hatte. Schon nach zwei Wochen fühlte sie sich mit Jan vertrauter als mit ihren Kindheitsfreundinnen oder ihrer Mutter.

Umso hoffnungsvoller war sie, als er sie nach der Kirche zu einem Spaziergang einlud, weil er etwas Wichtiges mit ihr besprechen wollte. Sie verabredeten sich nach dem Mittagessen.

Ihr Herz schlug höher. Zum ersten Mal seit Langem verspürte sie den Wunsch, ihre langweiligen Kleider abzulegen und sich hübsch zu machen. Sie holte ein Kleid heraus, das ihr die früheren Herrschaften geschenkt hatten, weil es nicht mehr der Mode entsprach. Es hatte einen kleinen Ausschnitt und war nicht bis zum Hals geschlossen, wie die Blusen, die sie sonst immer trug. Das Kleid war zwar nicht so bequem, aber der glänzende hellgrüne Stoff passte wunderbar zu ihren Haaren.

Nachdem sie sich angekleidet hatte, frisierte sie ihr Haar so, wie sie es gelernt hatte. Als sie sich im Spiegel betrachtete, war sie mit sich zufrieden. Von vorne sah es aus, als würde sie eine dieser modernen Bobfrisuren tragen, aber hinten waren ihre langen Haare zu einem feinen Knoten zusammengebunden. Ihre Mutter strahlte.

»Du siehst so hübsch aus, ich wette, die jungen Männer werden Schlange stehen.«

»Mutti, hör auf. Nur weil ich ein teures Kleid trage und meine Haare frisiert habe, wollen mich die Männer doch nicht gleich heiraten.«

»Die Männer sehen vor allem mit den Augen, nicht mit dem Herzen und schon gar nicht mit dem Verstand.«

Beide lachten.

»Ich gehe nur ein bisschen mit Jan spazieren«, erklärte Anna.

»Das darfst du gern, bist eene gute Deern, ich vertraue dir«, sagte ihre Mutter.

Mutter und Tochter waren fast so etwas wie Freundinnen geworden. Anna war durch die Arbeit fern der Familie in der Großstadt sehr schnell erwachsen und selbstständig geworden. Ihre Mutter dagegen wurde durch den Verlust ihres Mannes immer hilfsbedürftiger. Ihre beiden Söhne hatten auf großen Schiffen angeheuert und kamen nur selten nach Hause. Anna verstand sich wirklich gut mit ihr und genoss die Zeit, wenn sie sich sonntags trafen.

Doch heute konnte sie es kaum erwarten, dass Jan sie abholte. Als er kam, begrüßte sie ihn fröhlich, aber Jan war an diesem Tag nachdenklich. Die Leichtigkeit, die sie sonst so an ihm mochte, war nicht zu spüren.

»Geht es dir nicht gut?«, fragte Anna besorgt.

Als hätte sie ihn aus seinen Gedanken gerissen, schüttelte er den Kopf und wandte sich ihr zu.

»Du siehst so anders aus.«

Annas Herz klopfte wie wild.

»Warum?«, fragte sie und spürte, wie sich ihre Wangen röteten.

»Das Kleid und die Haare.« Er schien es erst jetzt bemerkt zu haben. »Es steht dir gut.«

»Danke. Du siehst auch gut aus in dem schicken weißen Hemd.«

»Das ist eben Sonntagskleidung.«

»Was ist los mit dir? Du bist irgendwie verändert.«

Erschrocken sah er sie an. »Du kennst mich gut.«

Sie hatte also recht, irgendetwas stimmte nicht.

»Anna, du weißt, dass ich dich mag, du bist eine unermesslich treue Freundin. Ich vertraue dir mehr als meinen Eltern.«

Schweigend hörte sie zu.

»Du bist die klügste Person weit und breit. Ich brauche deine Hilfe.«

Er hielt inne, sah sie an und nahm ihre Hände in seine.

»Anna, ich habe etwas Großes vor und brauche dich dafür.«

»Wofür?«

»Ich möchte, dass du mit mir nach Hamburg kommst und mir die Stadt zeigst.«

Erleichtert lachte sie auf. »Ich dachte schon, du wolltest mir sagen, dass du bald abreisen musst oder schwer krank bist.«

»Nein, das nicht. Also, würdest du mit mir nach Hamburg fahren? Es wäre auch für dich ein Opfer deiner wenigen Freizeit.«

»Warum nicht? Wenn ich dir bei dieser großen Sache helfen kann.«

Erleichtert drückte er ihre Hände. »Du bist wunderbar.«

Dann löste er sich und sah sie an. Zögernd sagte er: »Es wird nicht nur ein Spaziergang durch Hamburg, ich muss in ein paar Geschäfte ...«

Anna unterbrach ihn.

»Jan, du verwirrst mich. Warum willst du nach Hamburg?«

Er atmete tief durch. Er sah sich um, nahm sie bei der Hand und sagte leise: »Ich habe ein Erbstück, das ich verkaufen muss. Deshalb muss ich nach Hamburg.«

Anna nickte. »Ich kann dir helfen.«

Jan war sichtlich erleichtert. Anna lächelte ihm freundlich zu, obwohl sie insgeheim enttäuscht war. Sie hatte gehofft, dass er ihr einen Antrag machen würde. Aber sie freute sich auch über die Aussicht, mit ihm nach Hamburg zu fahren. Allein seine Anwesenheit machte sie glücklich und sie musste sich eingestehen, dass sie sich in ihn verliebt hatte.

15

Gegenwart

In den nächsten Tagen verbrachte Noah seine Freizeit nicht mehr im Schloss, sondern im Keller seines Elternhauses. Ihn beschäftigte die Frage, ob Kiras Vermutung richtig war, daher konzentrierte er sich erst einmal auf Katharina. Zunächst sortierte er die Fotos nach Jahren und Personen. Er fand noch weitere Fotos in den Ordnern und Aktenablagen. Darunter waren viele von Katharina, auch welche, auf denen sie vor dem Schloss posierte. Die schienen aber Katharinas Alter und der Mode nach zu schließen alle aus den Dreißigerjahren zu stammen, nicht aus den Zwanzigern, als das Schlösschen erbaut worden war. Er wünschte, er hätte ein Tagebuch gefunden, aber eine Frau wie seine Urgroßtante führte wohl keines.

Schließlich entdeckte er ein paar alte Zeitschriften. Frühe Illustrierte aus den Zwanzigerjahren, teilweise auf Französisch und Englisch. Vielleicht hatte Katharinas Vater ihr diese im Rahmen seines Import-Export-Handels besorgt. Die Zeitschriften waren eine wahre historische Fundgrube, auch wenn sie ihm sicher nicht weiterhelfen würden. Er blätterte die oberste vorsichtig durch. Junge Frauen mit großen, ausgefallenen Hüten strahlten ihn an. Jetzt wusste er, woher sich seine Urgroßtante hier auf dem Dorf ihre Inspiration geholt hatte. Die Frauen wirkten teilweise recht modern mit ihrer kecken Kleidung, manches hatte sich in den letzten Jahren wiederholt. Auch wenn er sich die Gesichter der Damen näher ansah, dann wirkten sie gar nicht so anders wie die jungen Menschen heute. Es war dieselbe Hoffnung, Neugierde und Lebenslust.

Wenn Kira hier gewesen wäre, hätte er ihr eine Zeitschrift geschenkt. Als Historikerin würde sie sich bestimmt darüber freuen. Aber sicherlich dachte sie nicht einmal an ihn. Wenn man in den Alltag zurückkehrte, vergaß man kurze Romanzen wie die ihre zu rasch. Mehr als ein paar Zärtlichkeiten waren es nicht gewesen. Aber obwohl ihre Begegnung so kurz gewesen war, dachte er oft an sie.

Warum war er so dumm gewesen, nicht ihre Handynummer zu notieren, als er die Chance gehabt hatte? Nur weil er cool sein wollte, romantisch, und ja, er wollte vielleicht auch austesten, ob er am nächsten Tag noch dieselben Gefühle für sie spüren würde wie in dieser verzauberten Nacht. Das tat er, sie ging ihm seither nicht mehr aus dem Sinn. Doch was sollte er nun machen? In dem gemeinsamen Moment am Strand war er sich sicher gewesen, dass Kira wieder auftauchen würde. Schließlich hatte er gedacht, dass sie auch mehr über das Schloss erfahren wollte. Doch nichts. Sie kam einfach nicht wieder. Niemand im Ort hatte sie seither gesehen. Er hatte sich beiläufig in der Pension nach ihr erkundigt und auch bei Holgers Fischimbiss.

Während er die Bilder betrachtete, fand er, dass sie äußerlich seiner Urgroßtante Katharina ähnelte: große braune Augen, lockiges Haar, auch wenn die Farbe auf den Schwarz-weiß-Fotos bei Katharina deutlich heller erschien. Sogar die Haarlänge war ähnlich. Beide Frauen trugen einen Bob! Und doch waren sie unterschiedlich, zumindest nach den Erzählungen seiner Mutter. Kira war ihm auf Anhieb sympathisch gewesen, auch als sie ihn angeschnauzt hatte, statt ihn zu begrüßen. Die Art, wie sie ihn vor dem Schloss wütend zurechtgewiesen hatte, fand er nicht schlimm, sondern irgendwie sexy. Selbst jetzt musste er bei dem Gedanken grinsen.

Er versuchte, sich an ihren Nachnamen zu erinnern. Jakobsen? Das war der Nachname ihrer Vorfahren. Aber hatte sie auch denselben Nachnamen? Wahrscheinlich nicht, denn sie hatte von ihrer Großmutter gesprochen. Wenn diese verheiratet gewesen war, war Jakobsen wohl bestenfalls ihr Mädchenname gewesen. Doch Kira hatte ihren Nachnamen genauso geheim gehalten wie er seine Telefonnummer. Ihm blieb nur die Hoffnung, dass sie tatsächlich zurückkommen würde, um mehr über das Schlösschen zu erfahren, wie sie gesagt hatte.

Als er gehen wollte, fiel sein Blick auf einen weiteren Karton, auf dem in zierlicher Kurrentschrift der Name Katharina stand, den er jetzt schon ohne Mühe lesen konnte. Er hob den Deckel an und sah hinein. Darin befand sich ein weiterer Stapel alter Illustrierter. Kurzentschlossen nahm er den kleinen Karton mit nach Hause. Vielleicht würde er sich die Zeitschriften später einmal ansehen, wenn er Zeit dafür fand.

Als Noah am nächsten Tag mit seinem Fahrrad den Deich entlangfuhr, sah er sie plötzlich. Im ersten Moment hielt er es für einen Streich seines Gehirns. Eine optische Täuschung. War es wirklich Kira, die da an Holgers Imbissstand saß?

Er drehte seinen Kopf ein wenig zu lange zur Seite und bemerkte das aufgeklappte Schild nicht, das am Rand des

Imbisses stand. Es gab einen lauten Knall, als das Schild umfiel, und Noah hatte Mühe, nicht zu stürzen. Holger, der Besitzer, war gerade im Imbiss beschäftigt und hatte nichts mitbekommen, aber die junge Frau stand rasch auf, um zu sehen, ob dem Radfahrer etwas passiert war. Schnell stieg Noah ab und stellte das Schild wieder auf.

»Alles in Ordnung?«, fragte sie und über ihr Gesicht ging ein Lächeln, als Kira ihn erkannte.

Er nickte.

»Moin!«, sagte sie mit diesem unwiderstehlichen amerikanischen Akzent.

»Moin! Ich kann mir vorstellen, was du denkst.« Verlegen kratzte er sich am Hinterkopf.

»Dass du einen Fahrradführerschein brauchst?«

Noah lachte und Kiras Lächeln verriet, dass auch sie froh war, ihn wiederzusehen.

»Ich verstehe nicht, warum das Schild auf der Straße stehen muss.«

»Es stand doch hier am Zaun, du bist irgendwie von der Straße abgekommen«, antwortete Kira. »Du solltest beim Radfahren echt keine Musik hören.«

»Habe ich nicht, wirklich. Du hast mich abgelenkt.«

»Ich? Warum ich?«

»Na ja, gerade als ich dachte, ich würde dich nie wiedersehen, sitzt du da mit einem Fischbrötchen. Wer würde bei so einem Anblick nicht von der Straße abkommen?«

Noah sagte das so ernst, dass Kira wieder lachen musste. Er hatte es zumindest geschafft, sie zum Lachen zu bringen.

»Ich hätte dich ja angerufen, aber du wolltest mir deine Nummer nicht geben«, gab sie zurück.

Noah seufzte. »Ich bin ein Idiot, das gebe ich zu. Wenn du möchtest, tauschen wir sofort die Nummern aus.«

Sie lächelte überlegen und kratzte sich mit dem Zeigefinger

am Hinterkopf. »Ich weiß nicht, du kennst doch diesen Nummernfriedhof.«

»Du hast mich mit meinen eigenen Waffen geschlagen, ich gebe auf.«

Kira lachte und zückte ihr Handy. »Na, dann will ich mal nicht so sein.«

Sie gab ihm ihre Nummer und speicherte seine unter den Kontakten. Alles mit Vornamen, nach ihrem Nachnamen fragte er lieber nicht, sonst hätte er seinen nennen müssen.

»Ich freue mich wirklich, dich wiederzusehen«, sagte Noah. »Du warst lange nicht da.«

»Ich hatte total viel zu tun. Aber jetzt habe ich ein bisschen Zeit und da will ich mir ein paar alte Urkunden ansehen. Einmal möchte ich klären, ob Jan Jakobsen, mein Urgroßvater, wirklich aus Süderwiek stammt. Vielleicht finde ich einen Eintrag über seine Geburt im Kirchenregister. Leider weiß ich nicht einmal den Geburtsnamen meiner Urgroßmutter. Ich hoffe auf die Geburtsurkunde meiner Großmutter, die habe ich in den USA bestellt, aber sie ist noch nicht angekommen.«

»Jaja, die Bürokratie. So was dauert oft länger«, antwortete er.

Sie zuckte mit den Schultern. »Außer, man kommt persönlich vorbei. Deshalb bin ich nun eben wieder hier. Meine Urgroßeltern waren schon verheiratet, als sie in die USA kamen, also finde ich hier vielleicht einen Eintrag über ihre Hochzeit, dann wüsste ich den Geburtsnamen auch.«

Noah nickte. »Wenn sie hier geheiratet haben und die Unterlagen noch existieren.«

»Ich weiß. Ich habe schon in der Kirche angerufen. Sie haben mir nicht allzu viele Hoffnungen gemacht. Es sind wohl immer wieder Unterlagen verloren gegangen, gerade nach dem Krieg ist einiges durcheinandergeraten. Aber einen Versuch ist es wert.«

»Soll ich dich in den Ort begleiten? Ich kann dich zur Kirche bringen. Aber vorher habe ich noch etwas für dich.«

»Hast du etwas Interessantes gefunden?«

»Vielleicht«, sagte er und versuchte, geheimnisvoll zu klingen.

Sie sah ihn mit ihren großen Kulleraugen an, und er hätte sie in diesem Moment am liebsten geküsst.

»Danke«, sagte sie leise und packte ihr Brötchen ein.

16

Mai 1923

*A*ufgeregt saßen sich Jan und Anna im Zugabteil gegenüber und schauten aus dem Fenster. Sie fuhren an unzähligen Wiesen und Feldern vorbei. Viel Zeit blieb ihnen nicht, denn sie mussten noch am selben Tag zurück. Es war früh am Morgen. Hannes hatte sie auf dem Weg zum Viehmarkt in Husum auf dem Fuhrwerk mitgenommen und am Bahnhof abgesetzt.

»Was hast du den Jenssens gesagt, wo du hinfährst?«, fragte Jan sie.

»Sie haben nicht gefragt, denn die Welt dreht sich nur um sie und ihre Angelegenheiten und ich habe für heute schon alles vorbereitet. Die Köchin hilft.«

»Was würdest du tun, wenn du viel Geld geschenkt bekämst?«

»Dazu wird es nicht kommen.«

»Nur als Gedankenspiel. Träumen ist erlaubt«, sagte er.

Anna überlegte. »Haben wir nicht schon einmal darüber gesprochen? Ich denke, ich würde mir ein schönes Haus bauen, Tiere anschaffen und nicht mehr für andere arbeiten.«

»Was für ein Haus?«

Sie zuckte mit den Schultern.

»Nichts Besonderes, aber eine große Küche, das wäre schön, und ein Badezimmer. Die Reichen haben alle ein Badezimmer. Das ist sehr praktisch. Mit Strom und fließend Wasser.«

Jan nickte.

»Was du für mich tust, zahle ich dir zehnfach zurück.«

»Schon gut.«

»Nein, ich meine es ernst«, sagte er und packte eine Papiertüte aus. »Ich habe Butterbrote für uns vorbereitet. Mit Frischkäse und Schinken.«

»Ich habe auch etwas mitgebracht«, sagte sie und zeigte grinsend auf ein Leinentuchbündel. »Wir werden nicht verhungern.«

Die Fahrt verging schnell, während sie sich darüber austauschten, wie ihr Traumhaus aussehen würde. Nach drei Stunden erreichten sie den Bahnhof Altona. Von dort gingen sie zu Fuß weiter, Anna kannte sich sehr gut aus. Nach etwas mehr als einer Stunde kamen sie an die Außenalster. Anna zeigte ihm eine Straße mit hanseatischen Villen, in der die Reichen wohnten. Jan war begeistert. Danach führte sie ihn in eine Gegend, in der es viele Juweliere gab, an deren Schaufenstern sie früher oft vorbeigegangen war. Er ging in das erstbeste Geschäft, während sie draußen wartete. Enttäuscht kam er wieder heraus.

»Und?«

»Es war nicht der richtige Laden.«

Sie gingen weiter. Jan ging hinein und meistens schnell wieder raus, bis sie an einem Antiquitätenladen vorbeikamen. »Vielleicht ist das hier der richtige Ort«, schlug Anna vor. Jan nickte und ging hinein. Diesmal kam er nicht so schnell wieder heraus. Nachdem sie über eine halbe Stunde gewartet hatte, trat sie selbst ein und sah Jan hinter einer Glastür mit einem kleinen, dicken Mann reden. Sie unterhielten sich, aber sie konnte nicht hören, worüber. Der Mann entdeckte sie und sagte etwas. Jan drehte sich überrascht um und lächelte den Mann an. Gleich darauf verabschiedete er sich von dem Mann und ging hinaus.

»Tut mir leid, dass es so lange gedauert hat.«

Den Rest des Tages war Jan sehr gut gelaunt. Er lud Anna zum Essen in ein Gasthaus ein und kaufte ihr eine Schachtel Pralinen.

»Ich nehme an, du warst erfolgreich.«

Er lachte. »Das kann man wohl sagen.«

Als sie später zum Bahnhof gingen, sagte Anna scherzhaft: »Nicht, dass du dein ganzes Erbe für Essen verprasst.«

Er nickte lachend.

»Damit das passiert, müssten wir sehr viel Schokolade kaufen. Mach dir keine Sorgen.«

Anderthalb Stunden später saßen sie wieder im Zug. Anna hielt die Augen geschlossen, anscheinend war sie eingeschlafen. Jan sah aus dem Fenster. Dörfer und Wiesen flogen an ihm vorbei. Als der Zug an einem kleinen Bahnhof hielt, stutzte er plötzlich. Auf der anderen Seite der Gleise, in einigen hundert Metern Entfernung, sah er ein wunderschönes Gebäude. Es sah aus wie ein kleines Schloss. Es wurde von vier Türmen eingerahmt, zwei auf der linken und zwei auf der rechten Seite, leicht versetzt. Der

Hauptturm war zweigeschossig, im oberen Stockwerk befand sich ein langer Balkon. Auf den Türmen wehten Fahnen.

»So etwas möchte ich auch haben«, dachte er und konnte den Blick nicht von diesem wunderschönen Gebäude abwenden. Selbst als der Zug losfuhr und es nur noch ein kleiner Fleck war, schaute er in die Richtung.

Dann blickte er zu der schlafenden Anna. Was für ein wunderbarer Mensch sie war. Sie hatte ihm so sehr geholfen.

Kurz bevor sie im Bahnhof von Husum einfuhren, wachte sie auf.

»Möchtest du ein Stück Schokolade?«, fragte Anna.

Er schüttelte den Kopf. »Die ist nur für dich.«

Der Zug hielt und er reichte ihr die Hand zum Aussteigen.

»Danke, Anna, für deine Hilfe«, sagte er, während sie nach draußen gingen. »Ohne dich hätte ich Tage gebraucht, um den Weg zu finden.«

»Ich habe es gerne gemacht. Ist es gut gelaufen?«

Jan konnte seine Begeisterung nicht verbergen. »Es ist sehr gut gelaufen.«

Am nächsten Tag ging Katharina nachmittags den Strand entlang, um Jan zu suchen, was sie schon seit einigen Tagen tat, aber er war wieder einmal nicht da. Enttäuscht, fast wütend, ging sie nach Hause. Ihre Sehnsucht war so groß, dass sie sich am liebsten im Ort nach ihm erkundigt hätte. Aber ihre Eltern durften niemals herausfinden, dass sie einem Fischer hinterherlief. Sie ging sogar zum Hafen, um nach ihm zu suchen. Ohne Erfolg.

Als sie enttäuscht vor ihrem Haus ankam, entdeckte sie einen jungen Mann auf der anderen Seite. War das etwa Jan?

Sie musste zweimal hinschauen, vollständig bekleidet mit Jacke und Kappe sah er ganz anders aus.

Jan bemerkte sie sofort. Doch er wusste offensichtlich nicht, was er tun sollte, sondern blieb einfach stehen. Hastig lief sie auf ihn zu. »Wo warst du? Ich habe dich überall gesucht!«, schimpfte sie.

Er sah sie an und beugte sich etwas zu ihr vor. Für einen Moment dachte sie, er würde sie küssen. Aber er hielt sich zurück.

»Triff mich heute Nacht wieder hier«, flüsterte er ihr ins Ohr. »Um Mitternacht.«

Sie nickte und lächelte.

Der Vollmond war der einzige Zeuge ihrer Leidenschaft, als Jan und Katharina sich in dieser Nacht trafen. Sie hatten sich in dem kleinen Wäldchen unweit ihres Zuhauses versteckt. Eine Weile später saßen sie, wieder vollständig bekleidet, an eine alte Eiche gelehnt.

»Davon habe ich tagelang geträumt«, sagte sie leise.

»Ich auch.«

Er streichelte ihr Haar.

»Kannst du bitte damit aufhören«, sagte Katharina verärgert. »Ich mag es nicht, wenn jemand außer mir und meinem Mädchen mein Haar anfasst.«

Stattdessen führte sie seine Hand an ihre Brust. Jan genoss es, sie zu streicheln, aber er flüsterte: »Aus dir werde ich nicht schlau.«

Sie lachte leise.

»Ich muss zurück. Wenn meine Eltern das herausfinden, bist du tot.«

»Und du nicht?«

»Ich bin ihre Tochter, mir werden sie verzeihen, aber dir nicht.«

Sie lächelte so süß, als hätte sie ihm gesagt, dass sie ihn für immer lieben würde.

»Und wenn ich reich wäre und ein Schloss hätte, würdest du mich annehmen?«

»Aber du hast kein Schloss und bist ein Fischer.«

»Und wenn ich eins hätte?«

Sie überlegte kurz, zuckte mit den Schultern und antwortete mit einem schelmischen Grinsen: »Dann vielleicht.«

Sie verstand nicht, warum ihm das so wichtig war, schließlich hatten sie doch alles, was sie brauchten.

»Mit dir ist es auf jeden Fall aufregender als mit einem der reichen Gentlemen«, seufzte sie verträumt und küsste ihn.

»Willst du mich heiraten?«, fragte er lächelnd, aber seine Augen sahen sie irgendwie ernst an.

Katharina lachte laut auf. »Natürlich nicht.«

»Warum?«

Genervt antwortete sie: »Schon wieder diese Fragerei. Du weißt, warum.« Sie wurde unwirsch, wie ein Kind, dem man sagt, dass es ins Bett muss. »Unsere Körper lieben sich, aber wir sind nicht vom gleichen Stand und können deshalb nicht heiraten. Hast du das nicht von Anfang an gewusst?« Sie schaute ihn etwas mitleidig an.

»Ja. Aber die Dinge haben sich geändert. Was ist, wenn ich vielleicht in ein paar Monaten eine Erbschaft mache und reich bin? Würdest du mich dann heiraten?«

Katharina musterte ihn ernst und erwiderte: »Wenn du so reich wärst, dass du mir ein Schloss bauen könntest, dann würde ich dich heiraten, Fischer Jan.«

Mit dieser Antwort war er mehr als zufrieden und murmelte: »Du sollst dein Schloss bekommen.«

Er zog sie zu sich und begann, ihre Bluse wieder aufzuknöpfen. Widerstandslos fiel sie in seine Arme und genoss seine Berührungen.

Katharina dachte nicht an die Risiken dieses Abenteuers, denn in ihrem Leben gab es keine Risiken. Alles lief nach ihrem Willen und sie musste selten Rücksicht nehmen. Außerdem war das, was zwischen ihr und Jan war, so überirdisch, dass alles andere nicht wichtig sein konnte.

Manchmal fragte sie sich, ob es auch mit einem dieser feinen jungen Herren so gut sein würde. Sie bezweifelte es. Vielleicht würde Jan tatsächlich eine Erbschaft machen, und dann würden sie heiraten, und sie hätte auf einen Schlag alles. Doch so recht konnte sie sich nicht vorstellen, dass es mehr als eine Fantasterei war, die er ihr auftischte. Von wem sollte er so viel Geld erben? Und ihr Vater würde niemals einer Heirat mit einem Fischerjungen zustimmen. Also würde sie einfach weiter die Momente mit ihm genießen und sich an seiner Liebe berauschen.

Zufrieden schloss sie die Küchentür auf und ging auf Zehenspitzen in ihr Zimmer. Als sie an der Tür des Schlafzimmers ihrer Eltern vorbeiging, hörte sie diese schnarchen. Sie hatte keine Angst, erwischt zu werden. Ihre Eltern hatten einen guten Schlaf und sie war schon lange kein Kind mehr, nach dem man abends noch mal schauen musste.

Jan fühlte sich unglaublich lebendig und stark. Er konnte von dieser Frau nicht genug bekommen. Er war ihr völlig verfallen. Für ihn war klar, dass er sie heiraten musste. Nur dann würde sie ihm gehören. Natürlich wusste er, dass ihr Vater ihn unter normalen Umständen niemals als Schwiegersohn akzeptieren würde. Aber der Fabrikant Jenssen war bekannt für seine Liebe zum Geld. Warum sollte er seine

Tochter nicht einem Mann geben, der ein größeres Haus besaß als er?

Auf dem Heimweg schmiedete er Pläne. Wie konnte er erklären, dass er zu so viel Geld gekommen war? Ein Erbe? Fundstück? Es musste eine plausible Erklärung sein, damit niemand misstrauisch würde.

Tagelang grübelte er darüber nach. Eines stand fest: Er musste untertauchen. So tun, als hätte er eine Arbeit angenommen, bei der er so viel verdiente, dass er sich ein Haus bauen konnte. Vielleicht würde ihm die Inflation zu Hilfe kommen. Viele Leute wurden reich in Zeiten der Inflation. Er musste nur aufpassen, dass er sich keine Billionen Papiermark andrehen ließ, sondern dauerhafteren Reichtum erwarb. Wenn er es geschickt anstellte, würde er es mit den Münzen aus dem Krug schon schaffen, mit ausreichend Geld zurückzukommen.

17

Gegenwart

» $\mathcal{J}$ m ersten Moment ist mir unser gemeinsamer Abend wie ein Märchen erschienen«, sagte Kira, während sie gemeinsam Richtung Kirche gingen. Noah hatte seinen Helm an den Lenker gehängt und schob sein Fahrrad neben sich her. »Ich wollte ihn als wunderschöne Erinnerung in meinem Herzen behalten und nicht zu viel darüber nachdenken. Das war doch deine Idee.«

»Und jetzt?«, fragte er.

»Jetzt merke ich, dass ich mich sehr freue, dich wiederzusehen.«

Er lächelte und nickte. »Ich freue mich auch sehr.«

Einen Moment gingen sie schweigend weiter. Dann fragte er: »Was hast du die letzten Wochen über gemacht?«

»Ich war mit meiner Masterarbeit beschäftigt und nebenher arbeite ich als wissenschaftliche Mitarbeiterin, um das Studium zu finanzieren. Heute ist der erste Tag, an dem ich es einrichten konnte, herzukommen. Und ich hätte sogar noch zwei, drei Tage Zeit. Hab extra mein Laptop mitgenommen, falls ich länger hierbleibe.«

»Ich habe gehört, es soll hier eine nette Pension geben, direkt am Meer mit wunderschöner Aussicht.«

»Das habe ich auch gehört. Eine tolle Atmosphäre, um weiter an meiner Arbeit zu schreiben.«

In diesem Moment hupte jemand hinter ihnen. Sie drehte sich um. Ein froschgrüner Porsche hielt neben ihnen und die Fahrerin winkte ihnen zu.

Das Fenster wurde heruntergekurbelt und die Dame sagte: »Ich wollte nur Hallo sagen.«

»Hallo«, antwortete Noah kurz. Seine Stimme klang genervt, als wollte er ihr zeigen, dass sie schnell weiterfahren sollte. Doch sie dachte nicht daran. Kira blieb neugierig stehen.

»Kennst du die Frau?«, flüsterte sie.

»Kann man so sagen«, antwortete Noah, während die Fahrerin in Sekundenschnelle den Motor ausstellte und fröhlich aus dem Auto stieg.

Sie trug ein Kleid im gleichen Farbton wie ihr Auto und eine große braune Ledertasche um den Arm. Ihre dunklen Locken waren sorgfältig frisiert. Es war nicht schwer zu erkennen, dass sie wohlhabend war.

»Ich muss doch meinen Sohn begrüßen«, sagte sie.

Kiras Augen weiteten sich und sie konnte sich ein Lachen kaum verkneifen.

»Sie sehen so unglaublich jung aus, ich dachte, Sie wären eine alte Freundin«, sagte sie.

Mit diesem Kompliment brachte sie Viola zum Strahlen, aber sie wiegelte ab: »Nein, nein, ich bin überhaupt nicht jung.«

Kira ahnte, dass sie die Gunst der Frau gewonnen hatte. Sie

drehte sich zu Noah um und setzte noch eins drauf: »Glückwunsch zu so einer attraktiven Mutter.«

»Danke«, sagte Noah, auch wenn ihm die Situation sichtlich unangenehm war. Mischte sich seine Mutter zu sehr in sein Liebesleben ein?

Seine Mutter hatte Kira in wenigen Augenblicken von Kopf bis Fuß gescannt, das merkte sie sofort. Ihr Urteil schien aber nicht negativ auszufallen, denn sie streckte Kira mit einem breiten Lächeln die Hand entgegen.

»Viola Jenssen«, stellte sie sich vor.

»Kira Miller«, antwortete Kira. »Jenssen? Wirklich. Der Name scheint weit verbreitet zu sein.«

Viola lachte. »Ja, so heißen viele Familien in der Gegend. Das ist hier im Norden so wie Müller. Im Nachhinein ärgere ich mich, dass ich nicht meinen Mädchennamen behalten habe. *D'Ambrosio*, das wäre ein wirklich seltener Name.«

»Stimmt, ich habe auch einen Allerweltsnamen.«

»Dann haben wir etwas gemeinsam. Aber ich will euch nicht weiter stören. Kommst du heute wieder vorbei?«, fragte Viola ihren Sohn.

Er schüttelte den Kopf.

»Vielleicht bringen Sie ihn auf andere Gedanken, er sitzt nur noch im Keller und schaut sich alte Fotos an.«

»Danke für die Info, Mamma, du hast es bestimmt eilig«, sagte Noah.

Sie zwinkerte ihm zu und ging zurück zum Auto. »Dann lasse ich euch mal allein«, flötete sie und lächelte dabei so verschmitzt, als wollte sie sagen: »Ich weiß, dass ihr ein Liebespaar seid.«

Kira und Noah winkten ihr zu und sahen dem grünen Porsche nach, während sie davonfuhr.

»Interessantes Auto.«

»Na ja, das ist nicht mein Stil.«

»Du bist eher der Zweiradtyp.«

»Stimmt«, erwiderte er mit dem schiefen Grinsen, das sie so mochte.

»Deine Mutter sieht wirklich toll aus. Fährt sie immer ein Auto, das zu ihrem Outfit passt?«

Noah lachte.

»Nein, nein, sonst nur einen silberfarbenen Mercedes, der passt zu allem.«

»Also hat sie mehrere teure Autos? Na ja, meine Mutter wäre wahrscheinlich nicht anders, aber sie kann sich keinen grünen Porsche leisten.«

Noah erwiderte nichts. Seine Eltern waren anscheinend wohlhabend und sie merkte, dass ihm das unangenehm war. Also wechselte sie das Thema, während sie weitergingen.

»Du hast mir gar nicht gesagt, dass du auch Jenssen heißt.«

»Der Name ist, wie meine Mutter gesagt hat, hier oben recht häufig.«

»Warum bist du im Keller deiner Eltern?«

»Es ist gemütlicher, ich habe ein paar Sachen durchgesehen und außerdem habe ich etwas gefunden, das dir gefallen könnte.«

»Was denn?«

»Eine Überraschung.«

Kira sah ihn neugierig an.

»Da vorne ist das Pfarrhaus«, sagte er. »Da wolltest du doch hin?«

»Ja.«

»Ich kann dich abholen, wenn du fertig bist.«

Sie nickte und sagte grinsend: »Jetzt habe ich ja deine Nummer.«

∼

Die Pfarrerin nahm Kira persönlich in Empfang. Sie war sehr freundlich und führte Kira in einen Nebenraum, in dem bereits einige Aktensortierer bereitstanden.

»Das sind die Kirchenbücher von 1900 bis 1912. Wenn Ihr Urgroßvater in dieser Zeit hier im Ort geboren wurde und evangelisch war, dann sollte er dort aufgeführt sein«, erklärte sie.

»Vielen Dank. Soweit ich weiß, war die Familie immer schon evangelisch.«

»Ja, das waren damals fast alle Menschen in der Region«, bestätigte die Pfarrerin. »Es war auch die einzige Kirche im Ort. Leider sieht es für die Jahre danach schlecht aus. Irgendwann im Zuge der schweren Jahre sind die übrigen Kirchenbücher verloren gegangen oder wurden so schwer beschädigt, dass sie nicht mehr lesbar waren. Das heißt, wenn er in dieser Kirche geheiratet hat, haben wir leider keine Unterlagen dazu.«

Das war ernüchternd. Dennoch wälzte Kira die vorhandenen Kirchenbücher. Sie brauchte nicht lange, bis sie fündig wurde. Am 30. Januar 1902 war ein Jan Jakobsen im Ort getauft worden, drei Tage nach seiner Geburt. Das musste ihr Urgroßvater sein. Er stammte also tatsächlich von hier. Und dann musste das Schlösschen, das angeblich ihrem Urgroßvater gehört hatte, auch das Gebäude von der Zeichnung sein. Es war kaum möglich, dass ihr Urgroßvater von hier fortgezogen und woanders eine Kopie des hiesigen Schlösschens gebaut hatte, bevor er in die USA gegangen war.

Es wurmte sie, dass sie keine Unterlagen aus den Zwanzigerjahren hatte, als ihre Urgroßeltern geheiratet hatten. Dies wäre der einfachste Weg gewesen, um herauszufinden, wie der Mädchenname ihrer Urgroßmutter lautete. Kira suchte dennoch weiter. Ihre Urgroßmutter musste in etwa so alt gewesen sein wie Urgroßvater Jan, vielleicht ein bisschen jünger. Die Jahre 1900 und 1901 hatte sie eben schon durchgesehen, jetzt blätterte sie durch die folgenden. Tatsächlich wurden bis 1906 drei Mädchen mit dem Vornamen ihrer Urgroßmutter in Süderwiek getauft. Eins im September 1902, ein weiteres im April 1904 und die letzte im März 1906. Eine dieser Frauen konnte ihre Urgroßmutter gewesen sein. Aber letztlich hatte sie keine Ahnung, ob ihre Urgroßmutter überhaupt aus Süderwiek stammte.

Jedenfalls hieß keines der Mädchen Jenssen mit Nachnamen. Also sprach auch das nicht für die Theorie, dass Jan die Tochter der Jenssens geheiratet hatte und diese von ihrer Familie verstoßen worden war. Andererseits stammten vielleicht auch die Jenssens nicht aus Süderwiek, immerhin waren sie Unternehmer und ihr Firmensitz lag in Husum, wenn sie es recht verstanden hatte. Vielleicht sollte sie mehr über den Ursprung dieser Familie herausfinden. Aber wo fing sie da am besten an?

Nachdem Kira sich die Daten der drei Mädchen und die ihres Urgroßvaters notiert hatte, schrieb sie Noah eine Textnachricht.

»Ich bin in zehn Minuten da«, lautete die prompte Antwort.

Sie bedankte sich nochmals bei der Pfarrerin, legte eine Spende in das Kässchen, in dem für den Erhalt der Orgel gesammelt wurde, und trat vor das Pfarrhaus. Vor der Kirche, die auf einer kleinen Anhöhe stand, befand sich eine Bank. Sie lief dorthin, aber als sie dort ankam, war sie zu nervös, um sich zu setzen.

Was war nur mit ihr los? Sie atmete tief durch und versuchte, sich zu sortieren. Sie merkte, dass sie mit ihren Gedanken gar nicht mehr bei ihren Urgroßeltern und dem Schlösschen war. Stattdessen musste sie an Noah denken. Sie war aufgeregt, weil sie ihn gleich wiedersehen würde. Und nervös. Auf eine positive Art. Sie mochte die klischeehaften

Bilder von den Schmetterlingen, die im Bauch tanzten, eigentlich nicht. Aber genau so fühlte es sich an. Sie konnte nicht einmal sagen, wann es ihr das letzte Mal so ergangen war. Wenn überhaupt jemals.

Ihre letzte Beziehung lag schon einige Zeit zurück. In den vergangenen vier, fünf Jahren hatte sie sich auf ihr Studium konzentriert und sich mit dem Gedanken angefreundet, dass sie vielleicht doch eine schrullige Geisteswissenschaftlerin war. Und dass es schwer für sie war, einen Partner zu finden, der damit klar kam, denn ihre Kommilitonen und die jüngeren Dozenten waren zwar nett, aber es war keiner dabei, der ihr Herz höher schlagen ließ. Aber sie hatte ja ihr Studium, in das sie sich vertiefen konnte. Bis sie Noah getroffen hatte.

Die Art und Weise, wie sie sich kennengelernt hatten, war lustig und schön zugleich, irgendwie schicksalhaft. Ein kluger Mann, witzig, gut aussehend und nicht von schlechten Eltern.

»Dein Lächeln sieht man schon von Weitem!«, hörte sie Noah neben sich sagen. Sie drehte sich um.

»Ich habe dich gar nicht bemerkt.«

»Du warst in Gedanken versunken«, stellte er fest und lächelte, als wüsste er genau, warum sie lächelte.

Kira errötete und antwortete wie ein ertapptes Kind: »Nein, gar nicht.«

Er lachte.

»Woran hast du gedacht?«

»Erwischt«, dachte sie und wollte etwas sagen.

Er sah sie wieder mit seinem typischen schiefen Lächeln an und erklärte: »Ich will ehrlich sein, ich denke die meiste Zeit an dich.«

»Du bist aber direkt.«

Noah zuckte die Schultern. Eine Weile sahen sie sich an wie zwei Kätzchen, die sich noch nicht ganz sicher waren, ob sie Freunde oder Feinde sein würden.

Dann sagte er: »Fast hätte ich es vergessen. Du bringst mich aus dem Gleichgewicht.«

Er nahm seine Tasche und holte etwas heraus. Es war etwa so groß wie eine Versandtasche und in Geschenkpapier verpackt. Kiras Kopf glühte vor Aufregung und Freude.

»Was ist das?«, wollte sie wissen.

»Eine kleine Überraschung.«

Er reichte es ihr und sie nahm es mit klopfendem Herzen entgegen. Als sie das Geschenkpapier abriss, erblickte sie eine alte Zeitschrift. Es handelte sich um eine Illustrierte. Ausgabe Juli 1929!

»Wo hast du das denn her? Wow!«

»Das Ergebnis stundenlanger, nein, tagelanger Suche«, witzelte er.

Kira war überwältigt von dem Geschenk und blätterte kurz darin. Der typische Geruch von altem Papier stieg ihr in die Nase.

Sie umarmte Noah. »Du bist unglaublich!«

Spontan küsste sie ihn auf die Wange und er legte sanft die Arme um sie.

»Es ist schön, dich in den Armen zu halten«, wisperte er und küsste sie auf die Lippen.

Wieder spürte sie, wie ihre Ohren zu glühen begannen. Noch ein Kuss.

»Ich habe das Gefühl, wir kennen uns schon ewig«, flüsterte er.

Sie nickte.

Es fiel ihnen schwer, ihre Lippen voneinander zu lösen. Sie kannten sich kaum, doch dieses Gefühl der Vertrautheit war so tief. Es war, als hätte sie ein fehlendes Rädchen ihrer Persönlichkeit gefunden. Sie verloren jegliches Zeitgefühl. Als sie voneinander abließen, blickten sie sich erstaunt und verliebt an. Noah sah Kira tief in die Augen. Zärtlich strich er mit dem

Finger über ihre Wangen, ihre Stirn und schließlich über ihre Lippen.

Diese Begegnung war anders als frühere, nicht so stürmisch wie mit achtzehn, aber auch nicht so rational wie die letzte. Es fühlte sich so wahrhaftig an. Alles stimmte. Kira hätte vor Freude in die Luft springen können.

Wer weiß, wie lange sie so ineinander versunken dort geblieben wären, wenn nicht die Pfarrerin aus dem Pfarrhaus gekommen wäre und Noah begrüßt hätte. Sie sah die beiden an und lächelte.

Als sie weitergegangen war, räusperte Noah sich und sagte: »Wir können die Wartezeit verkürzen, indem wir gemeinsam ein wenig im Schlosskeller herumstöbern.«

Kira nickte und sagte in ernstem Tonfall: »Im Keller herumstöbern. Hört sich gut an.«

Beide prusteten los.

Jan griff in seine Tasche und meinte: »Mist, ich hab den Schlüssel nicht dabei. Ich muss noch mal kurz zurückfahren.«

»Ich setze mich so lange auf die Bank und esse mein Brötchen zu Ende.«

»Ach ja, richtig. Ich hatte dich abgelenkt.«

Sie lachte und er küsste sie.

»Ich bin in ein paar Minuten wieder da.«

Kira sah ihm lächelnd nach. Dann setzte sie sich auf die Bank, packte ihr Brötchen aus, biss hinein und schaute neugierig auf die Zeitschrift mit dem Namen »Damenwelt Revue«, die sie neben sich gelegt hatte. Auf der Titelseite war das Foto eines Models in Männerkleidung mit einem Barett auf dem Kopf abgebildet. Kira fühlte sich sofort in vergangene Zeiten transportiert. Die Zeitschrift war dick und wirkte sehr hochwertig.

Nachdem sie ihr Brötchen aufgegessen und sich die Finger fein säuberlich an einem Taschentuch abgewischt hatte, blätterte sie darin. Sie war beeindruckt von der Qualität der Zeichnungen und Fotografien. Man merkte, dass die Fotos ausgeschnitten und das Design zusammengeklebt war, so wie es eben damals technisch möglich gewesen war, aber das grafische Gesamtkonzept war stimmig.

In dieser Illustrierten drehte sich alles um die Frau, die moderne Frau der Zwanzigerjahre. Es gab Geschichten, Interviews, Lifestyle- und Modeseiten. Viel wurde über die aktuelle Mode aus Amerika berichtet. Kein Wunder, dass die USA damals schon ein Sehnsuchtsland waren.

Plötzlich fiel ihr Blick auf einen Artikel mit der Überschrift: »Katharina, die Tanzkönigin der Nordsee.«

Darunter war eine schöne Frau abgebildet, im Hintergrund ein Schloss. *Das* Schloss! Ihr Schlösschen. Das musste sie lesen.

»Diesmal besuchen wir die legendäre Kathy, eine schöne, unabhängige Frau, die Besitzerin eines Schlosses ist!«

Kathy, Besitzerin eines Schlosses. Wer war diese Kathy? Und wie war sie an das Schloss gekommen?

Neugierig las Kira weiter.

18

Mai 1925

*V*oller Stolz fuhr Jan mit seinem eigenen Auto nach Hause. Es war schon Mai, aber trotz des wolkenlosen Himmels immer noch kalt. Die Sonne schien ihm direkt ins Gesicht und blendete ihn. Er trug ein Tweet-Cape, wie es gerade Mode war. Viele Mädchen hatten in Hamburg mit ihm geliebäugelt. Das hatte ihm mehr Sicherheit im Umgang mit Frauen gegeben, auch wenn er Katharina nicht aus dem Kopf bekam und keinem der Mädchen Hoffnungen gemacht hatte. Er hatte seine Quellen in Süderwiek, auch wenn er lange nicht dort gewesen war. Er war bestens informiert und wusste, dass Katharina nach wie vor keinem männlichen Bewerber nachgegeben hatte. So wie er es erwartet und gehofft hatte.

Jan krallte seine eiskalten Hände in das Lenkrad. Aus ein paar Besuchen in Hamburg war mehr als ein Jahr geworden. Es war eine turbulente Zeit gewesen. Der Antiquitätenhändler hatte tatsächlich einen Käufer für seinen Fund an der Hand gehabt. Einen dänischen Unternehmer, der häufig geschäftlich in Hamburg zu tun hatte. Kjeld A. Eriksen war in seiner Freizeit ein begnadeter Sammler und Hobbyhistoriker. Für einen Fund historischer Münzen aus Rungholt war Eriksen bereit, ein stattliches Sümmchen zu zahlen. Selbst wenn die Herkunft der Münzen nicht ganz seriös war. Oder gerade deshalb.

Da der alte Kaufmann Geldscheinen nicht traute, hatte der Hobbyarchäologe in Goldbarren bezahlt, was sich als großes Glück herausstellte. Schon seit 1921 wurde das Bargeld immer weniger wert. Die Alliierten forderten Reparationszahlungen für den Großen Krieg, die das Deutsche Reich nicht mehr bedienen konnte. Im Sommer 1923 überschlugen sich mit einem Mal die Ereignisse. Die Hyperinflation brach aus und ein Liter Milch kostete mehr als tausend Mark. Und es sollte noch schlimmer werden. Während immer neues Geld gedruckt wurde, die Regierung immer verrücktere Geldscheine ausgab, kostete dieselbe Milch Ende des Jahres vor Einführung der Rentenmark 300 Milliarden Papiermark!

Glück hatte, wer auf dem Land lebte und seine Lebensmittel selbst produzierte – die konnte er mitunter gegen Geschirr mit Goldrand, wertvolle Teppiche und Schmuck eintauschen. Und wer sein Vermögen in Gold und ausländischen Devisen angelegt hatte. So wie der Antiquitätenhändler, dessen Geschäft einen kleinen Goldrausch erlebte. Da er Jan für ein gescheites Kerlchen hielt, bot er ihm eine Anstellung an. Eine Anstellung, die ihm viel Wissen vermittelt hatte. Er wusste nicht warum, vielleicht weil der Händler selbst keine Familie hatte und Jan unter seine Fittiche nehmen wollte, vielleicht wollte er sich auch einfach seine Dankbarkeit sichern, jedenfalls half er ihm, so viel wie möglich aus den Goldstücken herauszuholen. Dabei musste Jan für den alten Mann einige weniger anständige Geschäfte erledigen, bei denen er selbst nicht minder königlich verdiente. Und so wurde aus dem Fischerjungen ein gemachter Mann. Er hatte so viel verdient und aus seinem Gold herausgeholt, dass er bis an sein Lebensende in einem schönen Häuschen hätte wohnen können, ohne jemals arbeiten zu müssen. Aber das wollte Jan nicht.

Er wollte Katharina zeigen, dass sie ihm etwas wert war. Und nicht nur das. Er wollte zeigen, dass er finanziell mit ihrer Familie mithalten konnte. Deshalb brauchte er nicht nur ein einfaches Haus. Das wollte er auch, aber nur als Geschenk für seine Familie. Für Katharina würde er ein schlossähnliches Anwesen bauen. So wie er es damals aus dem Zugabteil gesehen hatte.

Nächtelang hatte er sich ausgemalt, wie alle gucken würden, wenn er als reicher Mann im Automobil zurückkäme. Niemand wusste davon, nicht einmal seine Eltern. Allein sein Anzug hatte so viel gekostet wie die Jahreseinkünfte eines Fischers. Oder mehr.

Er musste lächeln, als er an seine letzte Begegnung mit Katharina dachte. Es war nach seiner zweiten Fahrt nach Hamburg gewesen. Zu dem Zeitpunkt hatte ihm der Händler schon den Käufer in Aussicht gestellt. Auf gut Glück hatte Jan in der Dämmerung beim Haus der Jenssens vorbeigeschaut. Katharina hatte ihn wieder einmal entdeckt. Und spät in der Nacht hereingelassen. Katharina kannte wirklich überhaupt keine Angst, entdeckt zu werden. Gefahr und mögliche Strafen schienen Fremdwörter für sie zu sein.

»Ich will dich nicht wieder irgendwo im Wald treffen«, hatte sie gesagt.

»Aber was ist mit deinen Eltern? Dein Vater wird mich umbringen!«

»Du hast Glück. Sie sind heute verreist.«

»Dann sind wir allein im Haus?«

»Nicht ganz. Die Bediensteten schlafen oben.«

Jan zitterte vor Aufregung, als er mit ihr den dunklen Gang entlang schlich, so leise, dass er kaum zu atmen wagte. Katharina fand die Situation so abenteuerlich, dass sie kichern musste. Jan hielt ihr immer wieder den Mund zu. Er wollte nicht erwischt werden. Er wollte auch nicht, dass Anna etwas merkte. Auf keinen Fall durfte sie so erfahren, dass er ein Verhältnis mit Katharina hatte.

Erst als sie in ihrem Zimmer ankamen und die Tür hinter sich geschlossen hatten, entspannte er sich etwas. Er konnte seine Augen nicht von ihr abwenden. Sie war so schön und so furchtlos und sie wusste, wie sie ihn um den Verstand bringen konnte. Aber auch er hatte inzwischen gelernt, welche Berührungen Katharina liebte. Sie sprachen nicht viel, alles drehte sich um die Leidenschaft, das Verlangen. Erst am Ende, als sie zum ersten Mal splitternackt in einem Bett nebeneinanderlagen, erschöpft vom Liebesspiel, drehte er sich zu ihr um und sagte:

»Ich gehe morgen fort und komme erst im Frühling wieder.«

»Was?« Sie richtete sich auf und sah ihn an. »Das geht nicht.«

»Warum nicht?«

»Weil ich dich hier brauche. Ohne dich werde ich verkümmern und sterben.«

Sie ließ sich auf das Bett fallen, so theatralisch, dass Jan lachen musste.

»Das wirst du nicht, die Zeit vergeht schnell.«

»Tut sie eben nicht. Nur mit dir vergeht sie schnell, sonst ziehen sich die Tage und scheinen kein Ende zu nehmen.«

»Ich muss weg. Damit wir in der Öffentlichkeit zusammen sein können, muss ich genug Geld verdienen. Nur dann wird mich dein Vater akzeptieren.«

Jetzt lachte sie laut auf.

»So ein Unsinn. So viel Geld kannst du gar nicht verdienen. Wir brauchen nicht zu heiraten. Solange niemand davon erfährt ...«

Sie kicherte.

»Ich will nicht dein Liebhaber sein, ich will dein Ehemann sein.«

Sie küsste seine Brust, während ihr langes Haar seinen Bauch kitzelte.

»Das ist sehr romantisch. Aber es ist schwierig, meinen Vater zu beeindrucken.«

»Wie ich gehört habe, kann man ihn mit Geld überzeugen.«

Katharina zuckte unbeeindruckt mit den Schultern und küsste weiter seine Brust.

»Du bist ein Träumer, Jan Jakobsen.«

»Du wirst schon sehen. Ich werde wiederkommen, Katharina.«

Jan bekam noch immer eine Gänsehaut, wenn er an ihre Begegnungen dachte. Es verging kein Tag, an dem er sie nicht vor seinem inneren Auge sah. So konnte er nicht widerstehen und fuhr erst einmal an ihrem Haus vorbei. Nur um zu sehen, ob sie da war. Zu groß war seine Sehnsucht, gepaart mit Stolz, ihr endlich seinen Reichtum zu zeigen.

Süderwiek kam ihm kleiner und provinzieller vor, als er es in Erinnerung hatte. Eindrucksvoll waren nur die wenigen Straßen vor dem eigentlichen Dorf, darunter die mit der großen Villa der Jenssens.

Ein paar hundert Meter weiter erstreckte sich der Marktplatz mit dem Rathaus, der Kirche auf dem kleinen Hügel und ein paar Geschäften.

~

Anna, die gerade am Wohnzimmerfenster stand, entdeckte ihn, als er aus seinem Automobil ausstieg. Zuerst traute sie ihren Augen nicht. Erst beim zweiten Hinsehen erkannte sie die Art, wie er dastand, den Kopf bewegte. Ohne nachzudenken, rannte sie nach draußen.

Jan lächelte, als er sie sah, und begrüßte sie fröhlich. Er hatte es wirklich geschafft. Hatte das Erbe wohl gewinnbringend angelegt. Oder hatte er in Hamburg eine gute Arbeit angenommen?

Als Anna vor ihm stand, wusste sie nicht, was sie sagen sollte. »Du bist zurück!«, brachte sie schließlich heraus.

Er nickte und antwortete: »Schau mal, das ist mein Auto.«

Am liebsten wäre sie ihm um den Hals gefallen, aber das konnte sie nicht. Anna war es peinlich, so viel Zeit war vergangen. Sie biss sich vor Verlegenheit auf die Lippen.

»Das sieht gut aus. Ist dein Erbe jetzt in der Kutsche?«

Jan lachte.

»Nein, so verrückt bin ich nicht. Ich habe gut gearbeitet und ein stattliches Vermögen aufgebaut.«

»In nur einem Jahr?«

»Ich habe Glück gehabt«, behauptete er augenzwinkernd.

Hinter sich hörte sie Katharina fragen: »Wer ist denn dieser Herr?«

Jan blickte an Anna vorbei, und ihr entging nicht das Strahlen in seinem Gesicht. Sie drehte sich um und sah Katharinas überraschte Miene.

»Jan!«, rief sie mit unterdrückter Stimme.

Jan verbeugte sich kurz.

»Ich bin wieder da.«

Anna reichten diese wenigen Augenblicke, um alles zu begreifen. Die beiden kannten sich. Und mehr als das – sie waren miteinander vertraut. Warum sonst sollte sie ihn »Jan« nennen? Plötzlich war ihr alles klar. Er war nicht ihretwegen hier, sondern wegen Katharina. Er war es, mit dem ihre Herrin ein Verhältnis gehabt hatte. Oder hatte?

Noch nie hatte sich Anna so elend gefühlt, als hätte ihr jemand die Kraft aus dem Körper gesaugt. Selbst das Schlucken fiel ihr schwer. Leblos stand sie da und sah zu, wie Katharina mit Jan flirtete.

Anna dachte wieder an den Tag am Meer, als Katharina Jan kennengelernt hatte. Sie hatte verdrängt, wie sehr Jan damals von Katharina geblendet gewesen war. Wie so viele Männer! Katharina konnte wunderschön lächeln und ihr hübsches Äußeres ins beste Licht rücken. Darin war sie eine wahre Künstlerin. Und sie schien den Männern das Gefühl zu geben, etwas Besonderes zu sein, wenn sie nur in ihrer Nähe waren. Vielleicht war es das, was die Männer an ihr faszinierte. Hatte sie Jan auch verzaubern können?

»Soll ich euch beide in meiner Kutsche mitnehmen?«, fragte Jan lächelnd.

»Nein, das kann ich nicht«, brachte Anna gerade noch heraus und rannte ins Haus. Ihr war nicht einmal nach Weinen zumute. Sie befand sich in einer Art Schockstarre. Damit hatte sie nicht gerechnet. Sie Dummerchen hatte geglaubt, er sei an ihr interessiert!

Aber das war er nicht, warum sollte er auch? Er wollte Katharina, dieses Biest. Warum ausgerechnet sie? Ein nettes Bauernmädchen, das hätte sie verstanden? Aber Katharina? Sie beobachtete die beiden aus dem Flurfenster und empfand nichts als Hass für die Tochter ihrer Herrschaften.

Das Liebespaar dagegen vergaß alles um sich herum. Diesmal fühlte sich Jan stark und sicher.

»Und, willst du jetzt um meine Hand anhalten?«, fragte

sie kichernd, die Arme hinter dem Rücken verschränkt. Einen Moment lang wirkte sie fast unsicher. Jan lachte.

»Heute noch nicht, ich wollte nur Hallo sagen. Aber vielleicht bald.«

Katharina lachte wieder.

»Ich will, dass alles seine Ordnung hat. Ich baue uns erst mal ein Haus.«

Sie sah ihn ungläubig an und fragte: »Ein Haus?«

»Wenn ich es mir recht überlege, soll es ein Schloss werden. Magst du Schlösser?«

Sie nickte.

»Gut, dann ein Schloss.«

Er lächelte, nickte ihr grüßend zu, stieg ein und fuhr weg.

Katharina stand noch eine Weile da und sah ihm nach.

»Der Kerl ist total übergeschnappt«, dachte sie und ging gut gelaunt ins Haus.

Was sie ihm nicht gesagt hatte, war, dass sie es keinen Monat ohne diese Berührungen ausgehalten hatte, die ihren ganzen Körper zum Beben brachten. So war sie wieder ruhelos den Strand entlang gelaufen, bis sie einen anderen jungen Fischer fand. Diesmal wollte sie nicht einmal seinen Namen wissen und sie verriet ihm auch nicht ihren. Mit ihm traf sie sich einmal in der Woche in dem kleinen Waldstück, im Winter im Stall eines Bauern, wo es warm war. Es war nicht so einzigartig wie mit Jan, es war anders, animalischer, einfacher, aber es genügte ihr für den Moment.

Der junge Fischer sagte kein Wort, wenn sie zusammen waren. Er lächelte nur, wenn sie kam, verbeugte sich und kam gleich zur Sache. Das war ihr recht. Der Fischer war jung und sah nicht schlecht aus, aber das war ihr egal. Sie hoffte, dass Jan eines Tages wiederkommen würde, aber bis dahin war es mit dem jungen Fischer auch nicht schlecht.

Nachdem sie mitbekommen hatte, wie ein junges

Mädchen aus dem Bekanntenkreis ihrer Eltern überstürzt heiraten musste, hatte sie die Köchin auf ein paar Gläser Wein eingeladen und zu diesem Thema befragt. Die rundliche Frau hatte einige Tipps für sie. Es fiel Katharina zwar schwer, zu gewissen Zeiten auf die Zweisamkeit mit dem Fischer zu verzichten, aber überstürzt heiraten, womöglich noch unter ihrem Stand, das wollte sie auf keinen Fall.

In ihrem Zimmer träumte Katharina von einem baldigen Wiedersehen mit Jan und davon, mit ihm in seinem Auto herumzufahren. War er wirklich so wohlhabend, wie er sich gab? Der Gedanke, dass sich ein Mann für sie interessierte, der ein guter Liebhaber war und auch noch den Ansprüchen ihres Vaters genügen könnte, war verlockend. Denn die anderen Bewerber, die ihr Vater ihr immer wieder vorsetzte, fand sie furchtbar langweilig.

~

Weder Anna noch Katharina hatten bemerkt, dass der Hausherr sie bei ihrem Gespräch mit Jan beobachtete. Er bereitete sich gerade auf eine wichtige Verhandlung vor. Eine Zigarre zu rauchen und auf und ab zu gehen, half ihm beim Nachdenken. Durch das offene Fenster hörte er das Brummen eines Motors. Da außer seinem Wagen nur selten ein anderes Automobil vorbeifuhr, schaute er neugierig hinaus. Herr Jenssen war ein Mann, der eine Schwäche für Protz hatte, und dazu gehörten auch Automobile.

»Ein Mercedes Knight Coupé. Schwarz natürlich. Und mit einer Leistung von 50 PS. Nicht schlecht!«, dachte er.

Er kannte den Kaufpreis eines solchen Wagens. Der Besitzer hatte Geld. Warum hielt er hier? Vielleicht ein neuer Nachbar oder ein verirrter Tourist? Als Anna herauskam, dachte er sich noch nichts dabei. Misstrauisch wurde er erst, als seine Kathy herauskam und den jungen, gut aussehenden Fremden anlächelte.

Woher kannte sie den Kerl? Zumindest hatte sie Geschmack. Später, beim Essen, erkundigte er sich beiläufig: »Mein Engel, wer war denn der vornehme Mercedes-Fahrer?«

Überrascht sah sie ihn an.

»Welcher Fahrer?«, fragte sie.

Ihr Vater verdrehte die Augen.

»Es ist doch nicht so, dass hier ständig Autos vorbeifahren und anhalten. Der junge Mann in dem schwarzen Wagen.«

»Ach, der. Zuerst dachte ich, er sei ein Gast. Aber nein, er kommt von hier, er ist ein Bekannter von Anna.«

Jetzt blickten alle zu Anna, die gerade das Essen auf die Anrichte gestellt hatte.

»Das ist ein Freund unserer Familie«, bestätigte Anna Katharinas Behauptung, aber ihre Stimme klang müde.

Frau Jenssen sah Katharina und ihren Mann fragend an.

»Warum war diese Person bei uns?«

»Er wollte nur Anna begrüßen«, behauptete Katharina rasch.

»Ich wusste gar nicht, dass du so reiche Freunde hast, Anna. Oder war er nur der Chauffeur?« Herr Jenssen lachte verächtlich.

»Er sagte, es gehöre ihm«, erwiderte Anna leise. Sie hoffte, dass die Fragerei bald ein Ende haben würde.

»So ein Mercedes ist teuer«, fügte Hugo Jenssen hinzu, aber er schien nicht auf eine Antwort zu warten.

Wer war dieser Mann, der mit seiner Tochter gesprochen hatte? Er musste seine Frau bitten, besser auf sie aufzupassen. Wenn sie einen neuen Verehrer hatte, wollte er alles über ihn wissen.

Am Sonntag sprach nach dem Gottesdienst niemand von etwas anderem als von Jan und seinem Erfolg. Er hatte für alle Gottesdienstbesucher ein warmes Mittagessen bestellt und jeder konnte sich davon überzeugen, dass er ein reicher Mann geworden war.

Anna hatte lange gezögert, überhaupt in die Kirche zu gehen, denn sie ahnte, dass er dort sein würde. Sie war immer noch wie betäubt, nachdem sie begriffen hatte, dass Jan nur für Katharina schwärmte. Noch nie hatte es jemand geschafft, sie so zu enttäuschen wie er. Aber das Leben war hart und unbarmherzig. Warum hatte sie überhaupt zugelassen, dass sie etwas für ihn empfand?

In den letzten beiden Nächten hatte sie wieder und wieder jede Begegnung durchgespielt, hatte versucht zu erkennen, wo sie hätte aufhorchen müssen. Dabei war ihr aufgefallen, dass er ihr nie Avancen gemacht hatte. Er hatte nicht mit doppelten Karten gespielt, das musste sie ihm zugutehalten. Es half nichts, sie musste sich zusammenreißen und einfach weitermachen.

Sie erinnerte sich an sein Versprechen, sich für ihre Hilfe zu revanchieren. Was hatte er damit gemeint? Aber wahrscheinlich war dies nur einer dieser Sätze, die man so dahinsagt und vergisst, sobald man sie ausgesprochen hat.

Ihre Mutter hatte gemerkt, dass Anna nicht gut gelaunt war. Schon kurz nach seiner Ankunft war Jan das einzige Gesprächsthema im Dorf, aber ihre Mutter sprach sie zum Glück nicht darauf an. Sie zählte eins und eins zusammen: Jan war wieder da, er war ein reicher Mann, aber ihre Tochter war traurig, statt zu jubeln. Daher murmelte sie nur: »Geld versaut die Leute.«

Statt einer Antwort atmete Anna tief durch. Aber sie wollte sich von Jan nicht davon abhalten lassen, zum Gottesdienst zu gehen, auch wenn ihre Mutter heute nicht mitkommen würde. Die Krankheit machte ihr zu schaffen und sie wollte sich ausruhen.

Jans Familie war offensichtlich sehr stolz auf ihn. Während sie gemeinsam zum Wirtshaus gingen, erzählte seine Mutter laut, dass er auf einem der Felder außerhalb des Dorfes ein Haus nach seinen Wünschen bauen würde.

Anna war die Einzige, die an diesem Essen nicht teilnehmen würde. Freundlich und dankbar zu lächeln und fröhlich gemeinsam zu essen, dazu hatte sie keine Kraft.

Sie hatte die letzten zwei Nächte nicht geschlafen, ihr Kopf schmerzte, ihr Herz war schwer und sie hatte keinen Appetit. Jan hatte ihr das Herz gebrochen, obwohl er nie etwas versprochen hatte.

Anna trennte sich vom Rest der Kirchenbesucher und ging nach Hause. Plötzlich hörte sie seine Stimme hinter sich.

»Anna, warte!«

Sie blieb stehen, drehte sich aber nicht um.

»Bleibst du nicht zum Essen?«, fragte Jan und ging um sie herum, um sie anzusehen.

»Ich habe Essen zu Hause«, antwortete sie knapp und sah an ihm vorbei.

»Anna, was ist los?«, fragte er.

Jetzt sah sie ihn doch an.

»Entschuldige, ich muss los, meine Mutter wartet auf mich«, behauptete sie ernst und ging weiter.

»Warte.« Er verstellte ihr den Weg, sodass sie anhalten musste, wenn sie nicht um ihn herumgehen wollte.

»Ich weiß nicht, warum du sauer bist«, sagte er, »aber du sollst wissen, dass ich nicht vergessen habe, wie du mir geholfen hast.«

Er holte etwas aus seiner Tasche, nahm ihre Hand, legte es hinein und schloss zärtlich seine Finger darum. Es war ein kleiner Beutel, sie spürte das kalte Leder zwischen ihren Fingern. Und darin war etwas Hartes.

»Danke«, sagte er noch einmal.

Es war dieser Blick und dieses Lächeln, das sie dahinschmelzen ließ. Sie konnte nichts sagen. Aber ihr Blick war nicht mehr ernst.

»Jan!«, ertönte es plötzlich hinter ihnen.

Klaus, ein junger Fischer, kam zu ihnen und rief: »Komm, alle warten auf dich!«

»Geh ruhig«, sagte Anna aufmunternd.

Jan sah sie noch einmal erwartungsvoll an, ließ sich aber von Klaus wegziehen.

Sobald sie außer Sichtweite waren, rannte Anna nach Hause. Das Geschenk umklammerte sie so fest, dass ihr die Finger wehtaten. Daheim setzte sie sich auf ihr Bett und betrachtete den Beutel. Was wohl darin war?

Als sie ihn öffnete, stockte ihr fast der Atem. Es war ein großes goldenes Medaillon, das an einer goldenen Kette hing. Eingraviert war ein einziges Wort: »DANKE«.

Ihr kamen die Tränen.

19

Gegenwart

Kiras Finger glitten über das Papier der Illustrierten, während sie weiterlas: »Kathy ist bekannt für ihre unvergesslichen Partys, sogar die High Society aus Hamburg und Berlin reist an, um bei dieser schönen Frau zu Gast zu sein. Außerdem tanzt sie wie keine andere.«

Kira vergaß alles um sich herum und tauchte in die Welt der späten Zwanzigerjahre ein. Sie bemerkte nicht einmal, wie Noah wieder neben ihr auftauchte.

»Moin, schöne Frau!«

»Moin, das ist total aufregend!« Kira sprudelte fast über vor Begeisterung. »Hast du das gelesen?«

Irritiert sah er sie an. »Was?«

Sie zeigte ihm den Artikel. Er betrachtete ihn und rief erstaunt aus: »Ist das unser Schlösschen?«

»Wolltest du mich damit überraschen?«

Er schüttelte den Kopf.

»Ich habe die Zeitschrift gefunden und wollte dir damit

eine Freude machen. Ich hab sie mir nicht angesehen. Ich habe noch weitere zu Hause, die kannst du auch haben.«

»Da ist ein Artikel über diese Frau drin. Ich glaube, es könnte die böse Person sein, von der mir meine Großmutter erzählt hat. Die Person, die meinen Urgroßvater um sein Schloss gebracht hat. Das würde passen!«

Noah räusperte sich und wirkte plötzlich sehr ernst. Fragend und verunsichert sah Kira ihn an. Er schluckte und erklärte: »Diese Frau ist meine Urgroßtante Katharina.«

Im ersten Moment verstand sie nicht. Sie stotterte: »Kathy ... Katharina ist deine Urgroßtante!«

Er nickte.

»Ja, die Frau auf dem Bild vor dem Schloss ist meine Urgroßtante.«

»Woher weißt du das?«

»Ich habe Fotos von ihr gefunden. Meine Mutter hat sie sogar noch persönlich kennengelernt.«

Kira schüttelte ungläubig den Kopf. »Was bedeutet das?«, fragte sie.

»Dass dieses Schloss meiner Familie gehört.«

Mit großen Augen sah sie ihn an. »Deiner Familie«, wiederholte sie und ärgerte sich über sich selbst.

Noah nickte.

»Also ist es doch kein Zufall, dass deine Mutter Jenssen mit Nachnamen heißt. Als du erzählt hast, dass du einen guten Kontakt zur Eigentümerfamilie des Schlösschens hast, meintest du damit, dass du einer der Eigentümer bist!«

»Mein Vater ist der Eigentümer, aber ja, du hast recht.«

»Warum hast du mir das nicht gleich gesagt?«

Er war einen Moment still. Dachte er darüber nach, wie er sich aus dieser Nummer herausreden konnte?

»Ich wollte nicht gleich mit der Tür ins Haus fallen. Ich wollte, dass wir uns erst einmal kennenlernen können, ohne dass du mich als Spross einer wohlhabenden Familiendynastie siehst. Dann gab es bisher einfach nie die passende Gelegenheit. Wir kennen uns ja nicht seit Jahren, sondern eigentlich erst seit ein paar Stunden. Und ich wollte nicht herumposaunen, dass das Schloss meinem Vater gehört. Und es ist auch wirklich so, dass ich mich für den Erhalt des Schlösschens einsetze und nicht möchte, dass es an einen Investor verkauft wird.«

Kira machte »Hm«, denn sie wusste nicht recht, was sie entgegnen sollte.

»Aber für uns ändert sich doch nichts. Oder?«, erkundigte sich Noah.

»Ich weiß nicht«, antwortete sie ehrlich. »Das muss ich erst mal sacken lassen.«

Informationsfetzen schossen ihr durch den Kopf. Jetzt verstand sie, warum seine Mutter einen schicken Porsche fuhr.

»Ich bin wirklich überrascht«, murmelte sie.

»Ich auch. Was steht denn in der Zeitschrift?«

»Du hast wirklich nicht gewusst, dass ein Artikel über deine Urgroßtante drin steht?«

Er schüttelte den Kopf.

»Möchtest du das Heft wiederhaben?«, fragte sie ernst.

»Nein, du kannst es behalten, aber ich würde gerne ein Foto von dem Artikel machen.«

Kira nickte und Noah zückte sein Handy.

Der Artikel war mehrere Seiten lang. Darunter waren Fotos von *Kathys Schloss*, wie das Gebäude in dem Artikel genannt wurde. Sie selbst wurde in verschiedenen Kleidern und Posen gezeigt. Auf den ersten Blick wirkte sie nett. Eine attraktive Frau in schönen Kleidern, wie man es von Filmstars kannte.

»Die Zeitschrift sieht sehr hochwertig aus.«

Noah nickte.

»Was weißt du über Kathy?«, fragte Kira.

»Ehrlich gesagt, nicht viel. Sie war nicht verheiratet, jedenfalls nicht am Ende ihres Lebens, und sie hatte keine Kinder.«

»Dem Artikel nach zu urteilen, gehörte ihr das Schloss.«

»Davon weiß ich nichts. Vielleicht ist das auch nur eine Formulierung der Autoren? Vielleicht erschien sie nach außen hin als Hausherrin, weil sie es war, die dort rauschende Partys veranstaltete?«

»Das könnte sein.«

»Die offizielle Geschichte ist, dass es zunächst dem Familienpatriarch gehörte, meinem Ururgroßvater. Er hat die Firma gut durch alle Wirtschaftskrisen und die beiden Weltkriege geführt, und während der Wirtschaftswunderjahre ging es dann noch mal bergauf. Katharinas jüngerer Bruder, mein Urgroßvater, ist im Zweiten Weltkrieg gefallen, und von seinen Kindern hat nur mein Großvater überlebt. Als mein Ururgroßvater starb, hat deshalb mein Großvater die Firma übernommen, meine Urgroßtante hatte wohl kein Interesse daran. Sie war ja auch nicht mehr die Jüngste und hatte selbst keine Familie. Aber sie hat sicher eine ordentliche Abfindung bekommen. Soweit ich weiß, gehörte das Schlösschen danach ebenfalls meinem Großvater. Da war das Gebäude aber schon lange an die Gemeinde verpachtet. Und als dann das neue Bürogebäude fertiggestellt wurde, brauchte die Gemeinde es nicht mehr und hat den Pachtvertrag auslaufen lassen.«

»Und jetzt will dein Vater es zu Geld machen?«

»Leider ja. Aber ich möchte, dass es weiterhin den Einwohnern dient.«

»Das ist lobenswert, aber was ist, wenn das Schloss ursprünglich jemand anderem gehörte und ihm unrechtmäßig weggenommen wurde?«

Sie schaute ihn mit ihren großen Augen an und die Frage stand plötzlich wie eine Wand zwischen ihnen.

Noah zuckte die Schultern. »Ich weiß gar nicht, wie man das heute noch beweisen sollte. Bis jetzt hast du doch noch keinerlei Nachweise dafür gefunden. In den offiziellen Dokumenten taucht nur mein Ururgroßvater auf. Und hier in der Zeitschrift meine Urgroßtante.«

Kira seufzte und erwiderte: »Das stimmt natürlich. Aber ich will einfach die Wahrheit wissen. Kannst du das verstehen?«

»Schon irgendwie. Und was machen wir jetzt?«, fragte Noah.

»Du wolltest doch noch mal mit mir in den Schlosskeller gehen.«

Als sie gemeinsam zum Schloss gingen, liefen sie nicht mehr so dicht nebeneinander wie vorher und sprachen kaum. Jeder hing seinen Gedanken nach. Auch im Schlosskeller arbeiteten sie schweigend, nachdem Noah Kira erklärt hatte, wie die Dokumente sortiert waren. Während sie sich durch die Ordner wühlten, versuchte Kira, die Informationen zu sortieren. War Noah tatsächlich der Nachfahre der Leute, die ihren Urgroßvater beraubt hatten?

»Wäre das schlimm?«, fragte eine Stimme in ihr. War es überhaupt wichtig? Schließlich lag das vier Generationen zurück. Er war nicht für die Verfehlungen seiner Vorfahren verantwortlich.

Doch warum hatte er ihr nicht gleich gesagt, dass er ein Jenssen war? Noah mochte seine Gründe haben, aber diese Geheimniskrämerei hatte einen Beigeschmack. Konnte sie ihm vertrauen? Was, wenn er ihr noch weitere Informationen vorenthielt?

Noah merkte, dass Kira ihm gegenüber kühler agierte als vorher. Klar, sie durchsuchten jeder für sich alte Aktenordner und redeten dabei nicht viel. Aber es lag eine Spannung in der Luft, die vorher nicht dagewesen war.

Er hätte ihr sagen sollen, zu welcher Familie er gehörte. Spätestens als sie von seiner Mutter seinen Familiennamen gehört hatte. Aber hätte sie sich ihm dann überhaupt so geöffnet? Sie war wie besessen von der Idee, dass irgendwelche Unholde ihrer Familie das Schlösschen abgeluchst hatten. Und vielleicht war es sogar so gewesen.

Er musste an das Foto mit der handschriftlichen Botschaft denken, das er gefunden hatte. Es lag nun bei ihm zu Hause auf dem Schreibtisch. Die Nachricht auf dem Foto ließ eigentlich nur den Schluss zu, dass jemand anderes das Schloss hatte bauen lassen, um es Katharina zu schenken. Oder um mit ihr darin zu wohnen. Falls er ihr das Schloss wirklich geschenkt hatte, wie konnte diese Schenkung dann vonstattengegangen sein? Vielleicht hatte der Schreiber ihr das Anwesen ja wirklich ganz freiwillig vermacht? Dann waren möglicherweise gar keine bösen Machenschaften im Spiel. Im Nachhinein konnte es dann leicht zu einer Verdrehung der Tatsachen kommen.

Noah überlegte, ob er Kira von dem Foto erzählen sollte. Würde er damit alles nur noch schlimmer machen? Vermutlich würde sie ihn fragen, warum er ihr nicht heute Morgen als Erstes davon erzählt hatte.

Immer wieder sah er zu ihr hinüber, aber sie schien ganz in ihre Arbeit vertieft zu sein. Schließlich fragte er: »Beeinflusst ein Artikel aus einer alten Zeitung unsere Beziehung?«

Kira sah ihn mit ernster Miene an und fragte: »Unsere Beziehung?«

»Ja, diese coole Sache, die sich zwischen uns entwickelt hat. Das spürst du doch auch.«

So auf den Punkt gebracht, hatte es noch keiner von ihnen

formuliert. Und irgendwie klang es verrückt. Schließlich hatten sie wirklich erst ein paar Stunden miteinander verbracht. Und doch fühlte es sich an, als würden sie sich bereits eine Ewigkeit kennen.

»Es ist in der Tat eine coole Sache und ich hoffe, dass der Artikel sie nicht beeinflusst.«

»Du hoffst?«

»Ich hoffe nur, dass Kathy nicht das Schloss von meinem Urgroßvater geklaut hat.«

»Und wenn doch?«, antwortete Noah.

Sie zuckte mit den Schultern. »Ich weiß es nicht.«

»Wir können doch nicht unsere Gegenwart von Vermutungen bestimmen lassen, die hundert Jahre alt sind.«

Kira rang sich ein Lächeln ab. Dann umarmte sie ihn.

»Danke für das wertvolle Geschenk und entschuldige, dass ich mich von der Vergangenheit mitreißen lasse.«

Noah küsste sie auf die Stirn.

»Mir fällt ein Stein vom Herzen. Gerade dachte ich noch, eine blöde Zeitung würde uns zu Feinden machen.«

Kira erwiderte darauf nichts. So ganz aus der Welt war die Sache also noch nicht.

»Hey, die Akten laufen uns nicht weg. Lust auf den einzigen Griechen oder die einzige Pizzeria?«, fragte er, um die angespannte Stimmung aufzubrechen.

»Pizza?«

Als ihr auf dem Weg zur Pizzeria eine frische Meeresbrise um die Nase wehte, fühlte Kira sich so lebendig, dass sie beschloss, alle Gedanken ruhen zu lassen. Sie wollte den Augenblick genießen. Und so wurde es ein entspannter Abend. Kira erzählte von ihrer Kindheit in Amerika und ihren Besuchen in

Deutschland, er von den Besuchen seiner Familie in Italien. Seine Eltern hatten sich während des Studiums kennengelernt, genau wie ihre Eltern.

Anschließend brachte er sie zur Pension Meerblick. Dabei benahm er sich wie ein echter Gentleman, er bedrängte sie nicht, gab ihr einen unverfänglichen Abschiedskuss und erwähnte knapp, dass sie sich gerne morgen früh bei ihm melden dürfe.

»Ich kann mir frei nehmen, wenn du möchtest«, bot er an.

Sie lächelte ihn an und erwiderte unbestimmt: »Vielleicht.«

In der Pension traf sie Helene, die sie auf ein Gläschen Wein einlud.

»Danke, das ist sehr lieb«, sagte Kira. »Aber ich hatte bereits Rotwein beim Essen. Und der hat mich müde gemacht.«

So verabschiedete sie sich und ging in ihr Zimmer. Sie legte sich in ihren Kleidern aufs Bett, um den Tag Revue passieren zu lassen. Die Zeit mit Noah war einfach schön gewesen. Sie hoffte nur, dass er keine weiteren Leichen im Keller hatte.

Noah war aufgewühlt. Ihm war nicht entgangen, dass Kira sehr an der Wahrheit interessiert war, was ihr gutes Recht war. Wenn er ehrlich war, hätte er genauso gehandelt. Und eine Stimme tief in seinem Inneren sagte ihm, dass an ihrer Geschichte etwas Wahres dran war. Als er zu Hause ankam, sah er sich deshalb als Erstes noch einmal das beschriftete Foto an.

»Sicherlich hieltest du es für eine Träumerei, als ich dir sagte, dass ich dir ein Schloss wie für eine Prinzessin schenken möchte. Nun, ich hoffe, du weißt nun, dass ich nicht gelogen habe. Dieses Schloss soll nur für dich, ja, für uns sein!«

Und wenn diese Worte doch von Katharinas Vater stammten? Der seine Tochter als Prinzessin sah und ihr einen Wunsch erfüllen wollte? Die Formulierung, dass das Schloss nur »für dich, ja, für uns sein« sollte, war allerdings sonderbar.

Als Nächstes nahm Noah sich den Karton mit den Illustrierten vor. Sie stammten aus den Jahren 1928 bis 1936. Er hatte vorhin einfach die oberste Zeitschrift herausgenommen und für Kira als Geschenk verpackt. Nun nahm er Heft für Heft und blätterte eins nach dem anderen durch. Und tatsächlich, seine Vermutung war richtig. In jeder einzelnen Publikation waren Artikel über Katharina. Manchmal waren es nur kurze Berichte, in denen in wenigen Sätzen Feste im Schlösschen erwähnt wurden, oft aber auch mehrseitige Porträts mit Führungen durch das Schloss.

Katharina musste eine beliebte Person in der höheren Gesellschaft gewesen sein. Sie hatte kein Tagebuch geführt, sondern stattdessen ihr Leben in Form von Zeitschriftenartikeln aufbewahrt.

Noah las alle Artikel aufmerksam durch. In der letzten Zeitschrift war ein einseitiges Interview. Wieder ging es um Katharinas besondere Persönlichkeit, ihre Stärke und Schönheit.

Eine Passage ließ ihn besonders aufhorchen.

Damenwelt Revue: »Was sagen Sie dazu, dass Ihnen die Männer zu Füßen liegen?«

Kathy Jenssen: »Männer sind ein schönes Spielzeug.«

Damenwelt Revue: »Wie meinen Sie das?«

Kathy Jenssen: »Es macht Spaß, mit ihnen zu spielen.«

Damenwelt Revue: »Gibt es bei diesen Spielen denn auch einen Gewinner? Stimmt es, dass Sie das Schloss von einem Verehrer geschenkt bekommen haben?«

Kathy Jenssen: (Lacht und schüttelt den Kopf.) »Diese verrückten Gerüchte. Welcher Mann würde einer Frau einfach so ein Schloss schenken? Nein, nein, es wurde rechtmäßig von meinem Vater erworben.«

Damenwelt Revue: »Wir haben von einem Bauern gehört, dass Ihr Vater es einem jungen Fischer mit einem Trick abgeluchst hat.«

Kathy Jenssen: »Unsinn. Welcher junge Fischer kann sich denn ein Schloss bauen? Wir haben Urkunden, die zeigen, dass das Schloss rechtmäßig erworben wurde.«

Anschließend wechselte das Thema.

Noah schoss durch den Kopf: »Kira hat recht.«

Seine Urgroßtante hatte behauptet, dass ihr Vater das Schloss erworben hatte. Aber seine Familie behauptete, er hätte es selbst gebaut. Irgendetwas hatten die beiden verheimlicht.

20

*A*m nächsten Morgen betrat Noah früh das Arbeitszimmer seines Vaters. Alexander las gerade die Zeitung.

»Noah! Was für eine Ehre!«

»Morgen, Papa. Hast du Zeit?«, fragte er, schloss die Tür hinter sich und stellte sich vor seinen Schreibtisch.

»Ist etwas passiert?« Sein Vater legte seine Lesebrille beiseite und sah ihn an.

»Na ja, du weißt doch, dass ich im Keller rumgeschnüffelt habe.«

Alexander nickte.

»Und da habe ich ein paar interessante Informationen gefunden.«

»Worauf willst du hinaus? Ich habe nicht ewig Zeit. Ich habe gleich einen Termin«, unterbrach ihn sein Vater.

»Also, um es kurz zu machen, ich habe herausgefunden, dass unsere Vorfahren das Schloss gar nicht gebaut haben.«

»Natürlich nicht, das haben Arbeiter gemacht, Maurer und Dachdecker.«

Noah verdrehte die Augen, als er hörte, wie sich sein Vater amüsierte.

»Du weißt, was ich meine. Das Schloss hat ein anderer gebaut. Ich habe ein Interview mit Urgroßtante Katharina gelesen. Dort sagt sie eindeutig, dass das Schlösschen nicht von ihrem Vater erbaut wurde.«

»Und was beweist das?«, wollte er wissen.

»Noch nichts, aber was ist, wenn dein Urgroßvater das Schloss einem anderen weggenommen hat?«

»Wie soll er das gemacht haben?«

»Das muss ich noch herausfinden«, erklärte Noah.

»Wir haben doch eine Besitzurkunde. Ohne die hätte mein Vater es nicht an die Gemeinde verpachten können. Schließlich gab es früher auch Gesetze.«

»Aber was ist, wenn alles illegal war?«

»Warum sollte es denn illegal gewesen sein? Und wenn schon, das ist hundert Jahre her, wer will das heute noch beweisen? Unmöglich!«

»Na ja, vielleicht gibt es Nachfahren von der anderen Seite, Papa.«

Alexander sah ihn mit halb geöffnetem Mund an.

»Was willst du damit sagen?«

»Dass es Hinweise gibt, dass das Schlösschen nicht rechtmäßig in unseren Familienbesitz gekommen ist. Und dass es Menschen gibt, die meinen, dass sie ein Anrecht darauf haben.«

»Und warum haben sie sich nicht vorher bewegt?« Alexander überlegte kurz und verschränkte die Arme hinter dem Kopf. »Wenn es Nachkommen gibt, können sie nichts in der Hand haben, nichts.« Und doch schwang Unsicherheit in seiner Stimme mit.

»Wie kommst du denn überhaupt darauf, dass das Schloss unrechtmäßig erworben sein könnte?«, fragte er.

Noah beschloss, seinem Vater nur einen Teil der Informationen zu geben: »Das habe ich bei meinen Nachforschungen herausgefunden. Vermutlich hat ein anderer das Schloss gebaut, ein Fischer, der zu Geld gekommen ist, und nicht dein Urgroßvater.«

Alexander zuckte die Schultern.

»Das ist kein Verbrechen, er hat es ihm abgekauft. Wir haben doch Urkunden.«

»Aber wo ist diese Urkunde?«

»Ich werde sie suchen. Wenn es so war, werde ich die Urkunde schon finden. Und wenn es nicht so war, dann werde ich irgendwelche Unterlagen zum Bau finden. Verträge mit den Bauunternehmen. Architektenpläne. Etwas in der Art. Ich bin mir sicher, dass mein Vater so etwas aufgehoben hat.«

Als Noah nichts erwiderte, bat Alexander schließlich: »Hör zu, mein Sohn, lass das Thema ruhen. Wir brauchen das Schloss, und zwar dringend.«

»Warum?«

»Weil ich es verkaufen muss.«

»Warum?«

»Denk doch mal nach.«

Noah erinnerte sich, dass seine Mutter den gleichen Satz gesagt hatte. Warum wollten sie es unbedingt verkaufen?

»Weil ihr das Geld braucht?«, fragte Noah schließlich.

Sein Vater nickte.

»*Wir* brauchen das Geld dringend, sonst haben wir ein Problem.« Das *Wir* betonte er.

Ungläubig sah Noah ihn an.

»Was für ein Problem?«

»Eigentlich sind es mehrere Punkte, die gerade ungünstig zusammenkommen. Du weißt ja, dass wir im Kaufhaus seit Jahren mit Umsatzrückgängen zu kämpfen haben.«

»Wir hätten früher ins Online-Business investieren müssen. Aber das entwickeln wir ja gerade.«

»Ja, hinterher ist man schlauer, wir holen auf. Aber wir haben auch Probleme in der Spedition, steigende Spritkosten, hohe Energiekosten, steigende Mautkosten, neue Auflagen ... Und jetzt wurde uns auch noch eine Steuernachzahlung aufgedrückt. Die Banken sind zögerlich mit Krediten in unserer jetzigen Situation. Ich brauche das Geld aus dem Verkauf des Schlosses, um die Nachzahlung zu begleichen. Sonst müssen wir den Laden dicht machen. So, nun weißt du es.«

Noah ließ sich auf einen Stuhl sinken. Er setzte sich für den Erhalt des Schlösschens ein und sein Vater wollte es verkaufen. Das konnte doch nicht wahr sein!

Sein Vater sah ihm die Empörung an und fuhr fort: »Noah, hier geht es nicht um dich und mich, hier geht es um mehr als hundert Arbeitsplätze, ist dir das klar? Es geht um das, was die Familie aufgebaut hat. Und auch um dein Erbe. Du sollst einmal ein gut laufendes Unternehmen übernehmen können. Ich weiß, dass du das Zeug dazu hast.«

Damit hatte er ihn in die Falle gelockt.

»Warum gaukelst du mir dann vor, dass das Schloss den Süderwiekern zur Verfügung steht, wenn wir alles renovieren?«

»Das war der ursprüngliche Plan, wirklich, aber jetzt hat sich einiges geändert.«

»Papa, du kannst das Schloss nicht einfach so verkaufen. Die Leute werden uns hassen.«

»Sie werden uns auch hassen, wenn ich Stellen streichen muss.«

Noah seufzte. Im selben Moment klingelte das Telefon. Es war die Assistentin seines Vaters, die ihn an den bevorstehenden Termin erinnerte.

»Ich habe gleich eine wichtige Besprechung und du hast auch zu tun.«

Niedergeschlagen verließ Noah das Arbeitszimmer. Menschen waren so voller Geheimnisse, vor allem sein Vater. Warum nur? Und warum versprach sein Vater immer Dinge, die er nicht halten konnte?

Als Noah vor sein Elternhaus trat, sah er auf sein Handy. Kira hatte sich noch nicht bei ihm gemeldet. Vielleicht schlief sie noch? Er musste unbedingt ins Büro nach Husum fahren, doch vorher würde er Kira eine Nachricht schicken. Er war nicht sicher, wie sie darauf reagieren würde. Aber er spürte, dass es das einzig Richtige war.

Noah suchte das Foto heraus, das er von dem beschrifteten Foto gemacht hatte, und sendete es ihr. Dazu schrieb er:

»Liebe Kira, hier noch ein Foto, das ich vor einigen Tagen gefunden habe. Es ist nicht klar, wer den Text auf der Rückseite geschrieben hat. Aber er scheint deine Theorie zu bestätigen. Jedenfalls sollte er dir neue Ansatzpunkte für deine Recherchen geben.«

21

Juli 1925

Als Erstes ließ Jan sein altes Zuhause für seine Familie erweitern. Während der Bauarbeiten wohnten sie für einige Wochen in der Pension in der Nähe des Marktplatzes. Unterdessen suchte er nach einem passenden Grundstück für sein eigenes Anwesen. Schließlich entschied er sich für ein Stück Wald, das er günstig kaufen konnte. Der Platz gefiel ihm, nicht im Ort, aber auch nicht zu abgelegen. Außerdem beauftragte er einen Architekten damit, nach seinen Vorstellungen einen Bauplan zu erstellen. Während des Jahres in Hamburg hatte er sich in seiner knappen Freizeit den Plänen für das zukünftige Schloss gewidmet. Er hatte Entwürfe gezeichnet, sich andere Bauten angesehen, Erkundigungen bei Baufirmen eingeholt, anderen beim Bauen zugeschaut. Und gelernt.

Obwohl er es nicht mehr musste, fuhr er mit seinem Vater hin und wieder aufs Meer.

»Mein Vater war Fischer, ich bin Fischer, und Jan, du kannst so viel Geld haben, wie du willst, aber du wirst dein Leben lang Fischer bleiben«, hatte sein Vater ihn ermahnt. Er war der Einzige, der sich von dem vielen Geld nicht beeindrucken ließ.

Niemand verstand so recht, wie der junge Fischer in so kurzer Zeit so reich geworden war, und wenn er von seinen Geschäften zu erzählen begann, verstanden die meisten noch weniger. Aber da er so großzügig war und seine Wurzeln anscheinend nicht vergessen hatte, nahmen sie es einfach hin. Was sollten die Dörfler schon darüber wissen, wie man in der Stadt zu Geld kommen konnte?

Nach dem Umbau des Elternhauses blieb Jan in der Pension wohnen, während seine Geschwister es genossen, dass es nun erstmals eine große Stube, ein Zimmer für die Jungs und eins für die Mädchen gab.

Beim Anblick des ersten Architektenentwurfs für das Schloss brachen Jans Geschwister in Jubel aus. Aber sein Vater war skeptisch und fragte: »Wozu brauchst du ein so großes Haus?«

»Ich möchte, dass meine zukünftige Frau wie eine Königin lebt.«

Der Vater schüttelte den Kopf und wiederholte: »Du kannst so viel Geld haben, wie du willst, aber der Fischgeruch bleibt für immer. Außerdem kenne ich keinen einzigen rechtschaffenen Reichen. Keinen einzigen.«

Jan respektierte seinen Vater und er hatte gelernt, dass man ihm nie widersprach. Die Eltern musste man ehren. Deshalb schwieg er.

Doch am liebsten hätte er ihm die duftende Seife gezeigt, mit der er sich wusch. Er roch nicht mehr nach Fisch. Aber er wollte ihn nicht provozieren, und so wartete er einfach ab, bis der Vater seine Predigt beendet hatte und hinausgegangen war.

Jetzt erst traute sich seine jüngere Schwester, ihm Fragen zu stellen: »Wer wird denn die Braut sein? Anna vielleicht?« Mit großen Augen schaute sie ihn an.

»Ich kann nur sagen, sie ist wunderschön und eine richtige Prinzessin.«

»Also keine von unseren Mädchen aus dem Dorf?«, wollte die Mutter wissen.

»Nicht ganz.«

Mit dieser Antwort konnte Jans Mutter nicht viel anfangen.

»Erzählst du es uns? Warum machst du so ein Geheimnis daraus?«

Jan hatte seine Gründe. Er entschied sich, auch Katharina nicht sofort in seine Pläne einzuweihen. Er würde abwarten, bis er etwas vorzuzeigen hatte. Das Schloss würde sie überzeugen. Bis es so weit war, wollte er sich zurückzuhalten. Er sah auch davon ab, erneut bei ihrem Haus vorbeizugehen. Als Monate vergangen waren und das erste Stockwerk seines Schlosses zu erkennen war, schickte er Katharina ein Foto mit einem Brief auf der Rückseite. Ohne Unterschrift. Aber sie würde verstehen.

Zwei Tage später besichtigte Jan wieder die riesige Baustelle, auf der über zwanzig Arbeiter geschäftig herumwuselten. Vor seinem inneren Auge sah er schon sein Schloss und malte sich aus, wie er dort mit Katharina als seiner Frau leben würde. Wie sie im Speisesaal frühstückten oder ihre Kinder im Garten spielten. In solchen Momenten war er überglücklich.

Plötzlich bemerkte er das Auto von Herrn Jenssen. Sein Chauffeur parkte gerade auf dem Platz, wo einmal der Garten sein würde, und half dem Fabrikanten aus der Limousine. Jan wurde plötzlich heiß und kalt. Was wollte dieser Mann hier? Selbst wenn er sich freundlich gab, lag etwas in seinem Blick und seinen Gesichtszügen, das Jan Unbehagen bereitete. Der junge Mann spürte die Anspannung in seinem ganzen Körper.

»Moin, moin!«, rief Herr Jenssen laut und lief auf Jan zu, wobei er versuchte, auf dem Rasenstreifen zu balancieren, um seine auf Hochglanz polierten Schuhe nicht mit Schlamm zu bespritzen.

»Moin, moin!«, antwortete Jan.

Was wollte Jenssen hier? Hatte Katharina etwa mit ihren Eltern gesprochen? Oder hatten sie den Brief an sie abgefangen?

»Was soll das werden, junger Mann?«, fragte er.

Jan fühlte sich an seine Schulzeit erinnert. Damals hatte der Lehrer auch bei jeder Gelegenheit versucht, die Kinder bloßzustellen.

»Mein Haus«, antwortete er und zog die Hand zurück, die er automatisch ausgestreckt hatte. Entweder hatte Herr Jenssen sie nicht gesehen oder er gab keine Hände zum Schütteln.

»Davon habe ich gehört. Ein ganz schön großes Haus!«

»Eigentlich ist es ein Schloss!«

»Dafür ist es zu klein«, fand Herr Jenssen.

»Es wird größer als alle anderen Häuser hier«, antwortete Jan stolz.

Katharinas Vater lächelte freundlich, aber seine kleinen dunklen Augen blickten ernst.

»Wie heißt du noch mal?«

»Jan Jakobsen.«

»Vom Fischer Jakobsen?«

»Genau.«

Jenssen sah ihn weiter an, lächelte und nickte.

»Und wie bist du zu so viel Geld gekommen, dass du dir ein Schloss leisten kannst, wenn auch ein kleines?«

»Ich hatte Glück.«

Der Mann lachte.

»Mit Glück allein kommt man nicht zu so viel Geld.«

»Ich schon.«

Jan merkte sofort, dass der Unternehmer ihm nicht glaubte. Er hatte oft darüber nachgedacht, wie er den anderen seinen Reichtum erklären sollte, und eine Geschichte erfunden, die seinen früheren Nachbarn genügte. Aber er hatte nicht damit gerechnet, dass Katharinas Vater so misstrauisch sein würde. Seine Geschichte musste wasserdichter werden, so konnte er sie ihm nicht auftischen. Und bis dahin würde er einfach nichts erzählen. Schließlich war er nicht der Einzige, der während der Inflation sein Geld hatte vermehren können. Allerdings haftete Vermögen, das in der Krise erwirtschaftet worden war, auch ein Makel an, viele vermuteten, dass etwas nicht mit rechten Dingen zugegangen war. Und in seinem Fall hatte er gar kein Geld besessen, das er hätte vermehren können.

Jan lächelte, wenn auch etwas unsicher, aber er war fest entschlossen, diesem Mann zu beweisen, dass er ihm ebenbürtig war. Und er würde dem Unternehmer niemals die Wahrheit erzählen.

Als Jan nichts mehr sagte, fuhr Jenssen fort: »Ich habe dich schon mal gesehen, Jan Jakobsen. Bei meiner Tochter.«

»Ihre Tochter ist wunderschön und jeder Mann würde sich glücklich schätzen, sie zu heiraten.«

Der Satz klang einstudiert, und das war er auch. Jan hatte ihn oft gesagt, wenn er sich vorstellte, wie er um ihre Hand anhielt. Aber diese Schmeichelei reichte dem gewieften Jenssen nicht.

»Ja, sie ist schön, aber nicht nur das, sie ist auch klug. Klüger als du und ich zusammen. Sie zu bekommen, das ist nicht so einfach.«

»Das weiß ich.«

Jetzt konnte sich der reiche Unternehmer ein Lachen nicht verkneifen.

»Der stolze Gockel meint, er wüsste alles, nur weil er zu etwas Geld gekommen ist. Und wer weiß, wie er dazu gekommen ist.«

Jan wurde klar, dass der alte Jenssen nicht im Traum daran dachte, ihm seine Tochter anzuvertrauen.

»Nun, woher kommt das Geld, Junge?«, fragte er in einem väterlichen Tonfall.

Jan war so aufgeregt wie an dem Tag, als er allein nach Hamburg gefahren war. Er hatte einen dicken Kloß im Hals. Aber er ließ sich nicht einschüchtern, sondern schwieg weiterhin.

»Reicht das Geld für mehr als den Hausbau oder ist nach der Fertigstellung der letzte Pfennig aufgebraucht?«, erkundigte sich der Unternehmer nun mit einem listigen Grinsen.

»Natürlich reicht es. Ich bin doch nicht dumm, Herr Jenssen. Ich werde nicht mein ganzes Geld in das Schloss stecken.«

Der Unternehmer merkte, dass er dem Fischer keine weiteren Auskünfte entlocken konnte.

»Dann viel Glück«, sagte er, nickte ihm zum Abschied zu und stolzierte zu seinem Wagen zurück.

Jan biss sich auf die Lippe. Ihm war klar, dass es nicht einfach werden würde, Katharina von diesem Kerl zu bekommen. Er fühlte sich ihm unterlegen. Er konnte ihn sicher nur mit Katharinas Hilfe überzeugen. Doch sicherlich würde Jenssen freundlicher zu ihm sein, wenn das Schloss fertig war.

Aber der Unternehmer hatte einen wunden Punkt angesprochen. Jan hatte zwar wirklich in Hamburg eine Menge Geld gemacht, aber es würde nicht viel übrigbleiben, wenn das Schloss fertiggestellt war. Sein Ziel war es, Katharina und ihre Familie zu beeindrucken. Sie mit einem Märchenschloss zu beeindrucken, wie es nicht einmal sie selbst besaßen. Danach würde er weiterhin Geld verdienen müssen. Nach seinen Erfahrungen in der Großstadt hatte er sich bereit dafür gefühlt. Doch die Begegnung mit Jenssen verlieh ihm wieder das Gefühl, dass er im Geschäftsleben gänzlich unerfahren war und es mit den anderen nicht aufnehmen konnte. Schon gar nicht mit einem Kaliber wie Jenssen, der seit fünfundzwanzig Jahren nichts anderes tat, als Geld zu vermehren.

Während er die Limousine zwischen den Bäumen verschwinden sah, beschloss Jan, möglichst bald mit Katharina zu sprechen.

22

Gegenwart

»Schau mal, ist das nicht ein traumhafter Ausblick?«

Kira rief ihre Mitbewohnerin per Video an und zeigte ihr die Aussicht aus ihrem Zimmer.

»Ich bin nicht neidisch, nein, nein«, antwortete Marion, offensichtlich beeindruckt von der rauen Schönheit des Strandes.

»Du musst das nächste Mal mitkommen«, schwärmte Kira und zeigte ihr das wunderschön eingerichtete Pensionszimmer.

»Das nächste Mal? Willst du da einziehen?«

Kira lachte.

»Natürlich nicht. Aber du musst zugeben, es ist schön und kuschelig hier.«

»Kuschelig? Mit wem denn? Mit dem Fahrradraser?«, fragte ihre Freundin und sah sie schief an.

»Das sagt man doch so auf Deutsch, *kuschelig*.«

Kira merkte, dass sie etwas verlegen wirkte. Zu verlegen. Marion wusste gleich, was los war.

»Hast du? Nein. Du hast dich wirklich in ihn verknallt.«

»Was meinst du mit verknallt?«

»Jetzt tu mal nicht so, du musst mir alles erzählen.«

»Wir waren essen, er ist wirklich sehr nett und wir beide lieben es, in der Vergangenheit zu stöbern.«

»Und weiter?«

»Nichts weiter.«

»Was macht er beruflich?«

»Er arbeitet in der Firma seines Vaters.«

»Hast du einen Millionär an der Angel?«

»Weiß ich nicht. Ist man reich, wenn die Mutter einen grünen Porsche fährt?«

»Unglaublich, jetzt verstehe ich, warum du immer da bist. Hat er einen jüngeren Bruder?«

»Nicht, dass ich wüsste.« Kira schüttelte den Kopf und lachte. Sie liebte diese lockere, lustige Art ihrer Mitbewohnerin.

Mit ernster Stimme fuhr sie fort: »Aber da gibt es ein Problem.«

»Er ist verheiratet?«

Kira schüttelte den Kopf.

»Er ist schwul.«

Erneutes Kopfschütteln.

»Dann gibt es kein Problem.«

»Seinen Eltern gehört das Schloss! Das sind die Gegenspieler, die meine Urgroßeltern betrogen haben. Und er war auch nicht ganz ehrlich zu mir. Er hat mir zunächst verschwiegen, dass er zu der Familie gehört. Und vorhin hat er mir etwas für meine Nachforschungen geschickt, was er mir zunächst vorenthalten hat.«

»Okay, das ist natürlich komisch.«

»Ja, ich bin mir noch nicht sicher, ob ich ihm wirklich vertrauen kann. Ich dachte immer, die Reichen, denen kann man sowieso nie trauen. Sie denken immer nur an ihre eigenen Interessen. So hat man es mir in meiner Familie beigebracht. So hat es Oma mir weitergegeben. Und ich frage mich gerade, ob nicht alles darauf hindeutet, dass sie damit wirklich recht hatte.«

»Andererseits«, wandte Marion ein, »wenn du den Kerl heiratest, gehört das Schloss quasi wieder dir.«

Kira seufzte.

»Ich heirate ihn doch nicht wegen des Schlosses. Ich will auch gar nicht in einem Schloss wohnen. Aber irgendwann muss die Wahrheit ans Licht kommen. Und wenn es erst nach drei Generationen passiert.«

Nun schüttelte ihre Freundin den Kopf.

»Du bist Historikerin durch und durch, auch privat lebst du in der Vergangenheit.«

»Meinen Urgroßeltern ist großes Unrecht widerfahren, das hat nicht nur meine Großmutter beeinflusst, sondern auch mich ...«

»Angenommen, du bekommst das Schloss. Was willst du damit machen? Die Erhaltungskosten sind doch bestimmt enorm.«

»Es wird sich schon ein Weg finden, es zu nutzen.«

»Du kannst es an eine große Immobilienfirma verkaufen.«

»Es gibt noch andere Möglichkeiten. Doch zuerst muss ich beweisen, dass es meiner Familie gehört, und das ist nicht so einfach.«

Sie erzählte ihr von dem Artikel in der Illustrierten.

»Genug von der Vergangenheit«, sagte Marion. »Wann triffst du Mr. Rich?«

»Ich weiß nicht, ich muss es mir überlegen. Ich denke, ich werde heute erst einmal alleine weiterforschen. Ich möchte gerne bei der Gemeindeverwaltung vorbeigehen. Sie hatten das Schlösschen doch lange gepachtet. Vielleicht haben sie dort noch irgendwelche interessanten Unterlagen.«

Marion verdrehte die Augen.

»Unverbesserlich, du Schnüfflerin.«

Kira musste lachen. »Wünsch mir Glück!«

Nach dem Gespräch checkte sie ihren E-Mail-Eingang und sah, dass die Agentur sie endlich angeschrieben hatte. Sie hatten die Geburtsurkunde ihrer Großmutter also doch noch auftreiben können. Aufgeregt öffnete Kira die angehängte Datei. Sie überflog die Daten nur kurz. Ihr Blick wanderte sofort zum unteren Teil des Dokuments, wo die Angaben zur Mutter des Babys aufgeführt waren. Als Geburtsort wurde bei Immigranten nur das Land angegeben und kein Ort. Das war wie zu erwarten *Germany*. Dafür war der volle *Maiden Name* aufgeführt: »Anna Hinrichs«.

Eine Anna Hinrichs hatte Kira tatsächlich im Geburtsregister gesehen. So weit ergab auf den ersten Blick alles Sinn. Der Fischerjunge hatte ein Mädchen aus seinem Umfeld geheiratet, wie es damals üblich gewesen war. Nur Kathy passte nicht ins Bild.

Kira frühstückte ausgiebig und machte sich dann auf zum Rathaus. Es war so ärgerlich, dass sie als Familie nicht mehr von den Urgroßeltern aufbewahrt hatten. Ihr Vater hatte ihr vor einiger Zeit die abfotografierten Postkarten gesendet, um die sie ihn gebeten hatte. Doch das waren nur eine Handvoll Erinnerungen ohne große Aussagekraft. Wie traurig es war, dass das Leben eines Menschen so kurz war und alles, was ihm lieb und teuer war, von den eigenen Kindern weggeworfen oder verschenkt wurde. Mehr und mehr verblasste die Erinnerung an sie. Eine Generation dachte noch an sie, aber schon die Enkel wussten kaum noch den Nachnamen. Wie ihr Vater.

Bei diesen Gedanken wurde Kira richtig melancholisch. Umso mehr wollte sie ihnen wenigstens posthum helfen. Auf ihre Weise.

Geduldig wartete sie am Empfangstresen, bis sie an der Reihe war. Wenigstens war das junge Mädchen, das wahrscheinlich noch in der Ausbildung war, sehr freundlich und zuvorkommend. Sie kannte sich nicht aus und ließ sich dennoch nicht aus der Ruhe bringen. Mit einer unglaublichen Ruhe und Eleganz bediente sie die Telefonanlage und blätterte in einem dicken Ordner. Kira schaute auf das Namensschild: »Auszubildende Lena Olberding«. Sie hatte mit ihrer Vermutung recht gehabt.

Während Kira bewundernd zusah, wie sie mit ihren langen künstlichen Fingernägeln virtuos auf der Tastatur tippte, fragte die junge Frau mit dem streng gebundenen Pferdeschwanz:

»Wie kann ich Ihnen helfen?«

Freundlich erklärte sie ihr Anliegen. Die Mitarbeiterin sah sie mit ihren akkurat geschminkten Augen an. Kira überlegte, wie lange sie wohl brauchte, um sich morgens fertig zu machen. Lena Olberding wählte eine Nummer, aber offensichtlich antwortete am anderen Ende niemand. Sie legte auf und wandte sich wieder an Kira.

»Frau Miller, ich erreiche niemanden. Aber wissen Sie, was? Vielleicht kann ich Ihnen helfen.«

»Und wie?«

Beim Anblick der jungen Frau, die ein Spiegelbild der Tiktok-Generation war, kamen Kira Zweifel.

»Ich arbeite hier, bin im zweiten Lehrjahr.«

»Warum wollen Sie mir helfen?«

Lena Olberding seufzte und klimperte mit ihren übernatürlich langen, vermutlich künstlichen Wimpern.

»Außer ständig Leute ans Telefon zu vermitteln, gibt es hier nicht viel zu tun. Ihr Anliegen klingt nach Abenteuer, und ich liebe Abenteuer.«

Sie sagte das so ruhig und überlegt, dass Kira ihr kaum glauben konnte. Wieder klimperte sie mit ihren langen Wimpern.

»Und wie wollen Sie das machen?«, fragte sie.

Das Mädchen zeigte auf einen riesigen Schlüsselbund.

»Damit.«

Sie lächelte triumphierend.

Kira nickte. »Man sollte Menschen nie nach ihrem Äußeren beurteilen«, ermahnte sie sich.

»Um zwölf Uhr mache ich Pause. Kommen Sie doch vorbei, dann können wir ein bisschen suchen.« Bei diesen Worten zwinkerte sie ihr zu. Irgendwie war Tiktok-Lena Kira sympathisch.

Da sie noch Zeit hatte, unternahm sie einen Spaziergang zum Hafen und über den Deich. Nach etwas mehr als einer Stunde kehrte sie zum Rathaus zurück. Als sie wenig später mit der Auszubildenden durch die Kellerräume ging, musste sie schmunzeln.

»Lena, weißt du, wo wir suchen müssen?«

Da sie nun sozusagen Komplizinnen waren, war sie einfach zum Du übergegangen.

»Wir probieren einfach alle Räume aus. Du wirst schon wissen, wo wir richtig sind.«

Kira nickte. Lenas Erwartungen an sie waren hoch und sie fühlte sich geehrt, aber woher sollte sie das Ordnungssystem der Gemeinde kennen?

Die ersten vier Kellerräume waren voller Archivordner.

Kira überflog die Beschriftungen. Hier war nichts von Interesse dabei.

Der fünfte Raum war anders als die anderen. Als das Licht anging, sahen sie als Erstes eine Glasvitrine, in der altes Geschirr ausgestellt war.

»Was ist das?«, fragte Kira interessiert. Sie betrachteten es aus der Nähe.

»Keine Ahnung, ich war hier noch nie. Sieht aus wie aus einem Museum.«

»Guck mal, hier ist ein Schild aus den Achtzigerjahren, tausend Jahre Süderwiek!«

Sie betrachteten die Gegenstände genauer. Was Kira besonders auffiel, waren die alten Schüsseln und Tontöpfe, die ganz sicher nicht aus den letzten hundert Jahren stammten. Sie wirkten eher mittelalterlich. Wahrscheinlich waren es Ausgrabungsstücke. Weiter oben in der Vitrine standen alte Fotos mit jungen Männern und einem älteren Herrn. Daneben waren Schilder mit Erklärungen.

»Historischer Wattfund von Studienrat Dr. Carstens und den Helfern Mattis Frerichs, Hannes Lange und Jan Jakobsen.«

Ihr Urgroßvater Jan! War er das? Auf den alten Fotos konnte man die Gesichtszüge nicht gut erkennen. Aber er musste es sein.

»Hier steht, dass diese Typen und der bärtige Studienrat Töpfe aus alten Siedlungen gefunden haben«, fasste die junge Frau trocken zusammen.

»Lena, das Geschirr ist um die 700 Jahre alt. Stell dir vor, es steht direkt vor unserer Nase! Unsere Vorfahren haben es benutzt«, versuchte Kira, ihr zu erklären. »Das sind wahre Schätze und sie liegen hier im Keller herum. Unglaublich.«

»Ich hatte es mir irgendwie abenteuerlicher vorgestellt«,

erwiderte Lena. »Vor diesem Regal zu stehen, ist wie ein Klassenausflug ins Museum. Langweilig.«

Kira lachte und schlug vor: »Vielleicht kannst du ja im Internet surfen?«

»Kein Empfang.«

Kira zuckte bedauernd mit den Achseln und begann, die Gegenstände und Fotos mit dem Smartphone zu fotografieren. Lena betrachtete derweil die Beschriftungen der Aktenordner, um sich die Zeit zu vertreiben.

Plötzlich rief sie: »Kira, guck mal, hier steht: *Historisches um und über Süderwiek.*« Sie stand vor einem Regal mit Kartons und Ordnern. »Das muss von der Tausendjahrfeier sein«, vermutete sie.

Kira ging zu ihr. Tatsächlich, die Ordner enthielten verschiedene Dokumente aus der Vergangenheit. Außerdem fand sie Zeitungsausschnitte über die Feier. Sogar ein Heftchen war gedruckt worden, von dem hier noch etwa fünfzig Exemplare lagen.

Darin wurde auf wenigen Seiten von der Entstehung Süderwieks berichtet, von der Gegenwart in den Achtzigerjahren und von den Aussichten für die Zukunft. Auch über den Wattfund gab es einen Artikel, den Kira überflog. Da stand, dass der Studienrat nach Rungholt gesucht hatte, was er aber nicht gefunden hatte. Logisch, denn wie sie aus dem Internet wusste, waren erst im letzten Jahr bei der Hallig Südfall die Überreste der Kirche von Rungholt gefunden worden. Dr. Carstens hatte aber Überreste einer besiedelten Warft entdeckt, die wohl auch in der großen Flut untergegangen war, die Rungholt zerstört hatte.

Sie blätterte weiter. Gefeiert wurde damals im Schlösschen, wie sie auf dem Foto zum Begrüßungswort des Bürgermeisters sehen konnte. Und auch über das Schlösschen selbst gab es einen Artikel mit mehreren Fotos. Kira betrachtete ihn aufgeregt.

»Kira, ich muss jetzt gehen, außerdem tun mir die Beine vom Stehen weh«, erklärte Lena neben ihr.

Überrascht drehte sie sich zu ihr um. Sie fühlte sich wie früher auf dem Spielplatz, wenn ihre Eltern sie ermahnten, dass es Zeit sei, nach Hause zu gehen.

Doch Kira wollte Lenas Geduld nicht überstrapazieren. Sie nahm sich eines der übrig gebliebenen Hefte. So viele wie hier noch rumlagen, würde es sicherlich niemand vermissen.

Als sie das Rathaus verließ, stieß sie auf der Straße beinahe mit Inga zusammen, der Senior-Pensionswirtin.

»Was machst du denn hier?«, fragte Inga, nachdem sie sich begrüßt hatten.

Kira zuckte mit den Schultern. »In der Vergangenheit wühlen.«

Inga lächelte. »Das ist dein Job.«

»Schau mal, was ich gefunden habe«, sagte Kira und zeigte ihr die Broschüre.

Inge betrachtete diese interessiert und lächelte. »Ach ja, da war diese Jubiläumswoche. Tausend Jahre Süderwiek.«

»Warst du dabei?«, wollte Kira wissen.

»Klar. Mein Sohn war noch klein und es gab einen richtigen Jahrmarkt mit Autoscooter, Schießbuden und Zuckerwatte.«

»Hier steht, dass im Schloss gefeiert wurde.«

Inga überlegte.

»Nur das Bla-Bla-Programm mit dem Bürgermeister und so. Alles andere fand auf der Straße statt – hier.« Sie sah Kira an. »Warum ist dir das so wichtig?«

»Es gab zu diesem Fest wohl eine Ausstellung über Ausgrabungen aus den Zwanzigerjahren. Und bei diesen Ausgrabungen war mein Urgroßvater beteiligt, stell dir mal vor! Sie wollten damals Rungholt finden.«

»Rungholt? Dann musst du mit Noah sprechen, er ist der Rungholtexperte hier«, erwiderte Inga.

Noah, der Name versetzte ihr einen Stich. Irgendwie führten immer wieder alle Wege zu ihm. Aber Kira wollte unbedingt mehr wissen. Nachdem sie sich von Inga verabschiedet hatte, wählte sie daher seine Nummer.

23

August 1925

Hugo Jenssen stand mit seiner Zigarre im Durchgang seines Hauses und beobachtete seine Tochter, die im Salon saß und sich mit Emil, dem Sohn des Fabrikbesitzers Tillmann, unterhielt.

Würde sie auch ihn abblitzen lassen wie so viele zuvor? »Der Junge wäre wirklich eine gute Partie«, dachte er. »Sehr wohlhabend, nicht so attraktiv wie dieser Fischerjunge, aber nicht hässlich, ruhig und mit guten Manieren.« Alles Eigenschaften, die sich Hugo für seine Tochter wünschte. Vor allem aber hatte er nicht nur ein großes Gebäude vorzuweisen, sondern ein Unternehmen, das ihm jährlich ein stattliches Sümmchen einbrachte.

Der Fabrikerbe war ganz offensichtlich sehr angetan von Katharina und ihrer jugendlichen Lebensfreude. Seine Kathy passte so gar nicht zu den eher zurückhaltenden

Norddeutschen, aber genau das schienen die Männer an ihr zu lieben.

Und sie wusste genau, wie sie die Männer in ihren Bann ziehen konnte. Ihr unschuldiger Mädchenblick mit den großen Kulleraugen. Die vollen Lippen und der kurvenreiche Körper, das reichte aus, um Männerherzen höher schlagen zu lassen. Dazu kam die Gabe, das Ego der Männer anzusprechen, indem sie ihnen Honig um den Bart schmierte. Schon als Kind hatte sie auf diese Weise fast alles bekommen, was sie wollte. Vor allem von ihm, dem sonst so knallharten Unternehmer. Sie war die Einzige, die ihn um den Finger wickeln konnte, und das wusste sie auch. Man könnte sagen, sie war ihm überlegen.

In diesem Moment trat der alte Tillmann aus dem Salon zu ihm. Hugo bot ihm ebenfalls eine Zigarre an.

»Und, mein lieber Hugo? Wie laufen die Geschäfte? Ich habe gehört, Sie sind gut über die letzten Jahre hinweggekommen und konnten Ihr Unternehmen sogar vergrößern.«

»Ich konnte günstig einige Immobilien und Lagerhallen kaufen und zwei Firmen übernehmen, die kurz vor dem Konkurs standen, das ist richtig.«

»Die Leute stellen die Inflation gerne als etwas Schlechtes dar«, antwortete Tillmann. »Aber den klugen Unternehmern hat sie doch nicht geschadet. Man musste nur wissen, wie man im richtigen Moment investiert.« Er schlug ihm auf die Schultern. »Und den Arbeitern ging es doch auch gut, die hatten ja kein Erspartes, das sie hätten verlieren können. Am meisten weint der Mittelstand.«

Jenssen nickte artig, auch wenn ihm bei Tillmanns Worten ganz anders wurde. Seit Tagen schlief er schlecht. Es stimmte, dass er in den Inflationsjahren zunächst sein Kapital hatte vermehren können. Er hatte hier und da etwas in ausländische Währungen angelegt, hatte Immobilien gekauft, die er auch jetzt noch nutzen konnte, und ja, er hatte auch immer mal wieder seinen Angestellten den Lohn etwas verspätet gezahlt. Im Sommer 1923 reichten ein, zwei Tage, um damit Gewinn zu machen. Das alles hatte ihm zu mehr Wohlstand verholfen.

Außerdem hatte er zwei marode Firmen aufgekauft. Aber damit hatte er sich leider übernommen. Die beiden Unternehmen machten auch nach der Währungsreform weiterhin Verluste. Er hatte bereits nach möglichen Käufern gesucht, aber er fand keine. Er musste dringend investieren, sonst würde es böse enden. Leider gewährten ihm die Banken keinen Kredit. Die Geldhäuser waren vorsichtig geworden, und was hätte er ihnen in der momentanen Lage auch als Sicherheit bieten können?

»Haben Sie irgendwelche neuen Geschäfte im Sinn?«, fragte Tillmann, den er wohl hatte blenden können.

»Ach, ja ... wo Sie fragen«, gab Jenssen sich zurückhaltend. »Ich plane einige neue Investitionen. Wer weiß, unter Umständen gäbe es sogar die Möglichkeit, dass Geschäftspartner eine Kleinigkeit investieren könnten, um die Sache noch größer zu machen.«

»Das klingt interessant. Vielleicht können wir uns darüber später noch einmal unterhalten. Und wer weiß, vielleicht sehen wir uns in Zukunft ja öfter«, sagte Tillmann und deutete mit dem Kinn verschwörerisch in Richtung der Kinder im Salon.

Hugo Jenssen rang sich ein Lächeln ab. »Das würde mich freuen.«

Wieder warf er einen verstohlenen Blick zu Katharina. Sie strahlte den jungen Mann an, dass er in seinem Ohrensessel förmlich zerfloss. Aber das kannte Jenssen bereits. Würde sich diesmal mehr aus dem Treffen entwickeln als ein gebrochenes Männerherz?

Als sich die Gäste nach dem Mittagessen wieder auf den Weg machten – sie waren auf dem Weg zu einem Kurzurlaub in Dänemark – schwärmte Katharinas Mutter von Emil.

»Katharina, was hältst du von dem jungen Tillmann? Ist er nicht ein feiner junger Herr?«

Katharina schaute ihre Mutter an und lächelte. »Er war sehr angenehm gekleidet und sein Rasierwasser ...« – sie holte tief Luft, als würde sie den Duft einatmen – »... roch vorzüglich.«

Ihre Mutter lächelte und meinte: »Wenn das alles ist, was dir wichtig ist, mein Kind.«

Katharina zuckte die Schultern. »Besser, als nach Schweiß zu riechen, Mutter.«

»Rede nicht so vulgär«, ermahnte Wilhelmine sie, denn man sprach nicht über Körperflüssigkeiten.

Hugo Jenssen steckte sich eine neue Zigarre an. »Tillmann junior war ganz vernarrt in dich, Prinzessin.«

»Wirklich?«, fragte sie mit großen Augen, als würde sie ihm nicht glauben.

»Das war doch klar. Du hast sicherlich bemerkt, dass seine Stimme vor Aufregung fast zitterte, als er mit dir sprach. Aber wer ist nicht fasziniert von meiner Prinzessin?«

Katharina kicherte und gab ihrem Vater einen Kuss. Das wärmte sein sonst so kaltes Herz.

»Du müsstest nur von uns weggehen, nach Kiel.«

»Kiel wäre nicht so schön wie Hamburg, aber besser als unsere Einöde.«

»Wer weiß, vielleicht würde es dem Junior hier auch gefallen. Jedenfalls hat er unsere Natur bewundert.«

»Stimmt, er redet von nichts anderem als von seiner Vogelsammlung«, sagte Katharina.

Jetzt lachten alle.

»Ich war neulich auf der Baustelle dieses Fischers Jan Jakobsen«, warf Hugo Jenssen unvermittelt ein.

Katharina sah ihn an, aber sie wirkte völlig unbeteiligt, als würde er von einem unbedeutenden Nachbarn sprechen. Ließ der Fischer sie wirklich kalt? War er etwa doch nicht die größte Konkurrenz für den jungen Tillmann?

»Ich habe gehört, dass er ein Schloss baut«, sagte sie naiv.

»Ein Schloss? Nein, eher ein Schlösschen«, ergänzte die Mutter.

»Na ja, es soll ziemlich prunkvoll werden«, erwiderte Hugo Jenssen.

»Woher hat der junge Fischer nur das Geld?«, fragte die Mutter erstaunt, fast neidisch.

»Das habe ich ihn auch gefragt«, sagte Hugo beiläufig und zog weiter an seiner Zigarre. Dabei beobachtete er unter seinen dichten Augenbrauen jede von Katharinas Bewegungen. Sie sah überrascht zu ihrem Vater auf und ihre unbewusste Reaktion verriet ihm, dass sie den Fischer sehr wohl kannte. Und nicht nur das: Er schien ihr nicht gleichgültig zu sein. Diese Befürchtung hatte ihn schon seit dem Tag geplagt, an dem er sie vor dem Haus mit dem Kerl hatte reden sehen. Jetzt hatte er Gewissheit. Da war etwas zwischen den beiden. Sie führten etwas im Schilde. Und er musste herausfinden, ob es etwas Ernstes war.

Eines war sicher: Er konnte seine Prinzessin nicht einem Fischer anvertrauen, auch wenn der ein großes Schloss besaß.

Schließlich ging ihr Vater zurück an die Arbeit und ihre Mutter zog sich zurück, um sich auszuruhen. Katharina beschloss, einen Spaziergang zu machen. Zu ihrer großen Überraschung entdeckte sie unterwegs Jan. Er lud sie zu einer Spritztour in seinem Wagen ein und sie stieg sofort ein. Es war ihr egal, wenn sie jemand bei dem offenen Verdeck sah. Es war eine willkommene Ablenkung und sie wollte den Moment genießen.

Er sagte nicht, wohin die Fahrt ging, aber als sie auf die

Straße nach Husum einbogen, die durch den Wald führte, konnte sie es sich denken. Kurz darauf bog er in einen schmalen Weg ein und parkte vor einer imposanten Baustelle. Während sie zu dem Rohbau gingen, sagte sie: »Das ist also dein Bauprojekt. Warum baust du dieses Schloss?«

»Ich habe einmal vom Zug aus ein schönes Schloss gesehen. Es hat mir so gut gefallen, dass ich beschlossen habe, es nachzubauen. Und jetzt habe ich das Geld dafür.«

»Du baust es einfach nur so, aus einer Laune heraus?«, fragte sie provokativ.

»Du weißt, doch warum ich es baue«, sagte er.

»Nein, sag es mir«, antwortete sie verschmitzt. Sie strahlte ihn an, weil sie es nicht erwarten konnte, seine Antwort zu hören. Er hatte ihr zwar bereits alles geschrieben, aber sie wollte es aus seinem Mund hören.

»Für dich«, antwortete er knapp.

Sie trat einen Schritt auf ihn zu.

»Jan Jakobsen. Du bist ein verrückter Kerl«, sagte sie spontan.

Dann küsste sie ihn. Es war ihr egal, ob die Bauarbeiter sie dabei beobachteten. Jan genoss ihre Zärtlichkeit. Stolz führte er sie in den Rohbau und zeigte ihr die Pläne. Katharina war begeistert.

»Das wird toll, da können wir feiern und tanzen, so viel wir wollen. Oder?«

»Klar, so viele Feste, wie du möchtest.«

»Unendlich viele. Ich tanze so gern. Und meine Eltern können mir nichts mehr verbieten.«

»Nur ich«, sagte Jan lachend.

Katharina sah ihn an. »Nur du natürlich.«

Sie gab ihm wieder einen Kuss. Sie hatten nicht über Heirat gesprochen, und doch benahmen sie sich fast wie ein altes Ehepaar. Und Katharina musste sich eingestehen, dass ihr der Gedanke gefiel, Jan zu heiraten und das Leben zu führen, das sie sich immer gewünscht hatte. In grenzenloser Freiheit. Auch wenn sie sich sicher war, dass ihr Vater das nicht einfach so zulassen würde.

~

Anna hatte gesehen, wie Katharina in Jans Wagen stieg. Er wollte ihr nun wohl wirklich den Hof machen. Doch das Dienstmädchen hatte schon einige Gespräche der Hausherren mitgehört. Ihre Pläne für Katharina beinhalteten keinen Jan, egal wie reich er war, sondern einen Fabrikerben. Der war noch viel reicher als die Jenssens mit ihrem Kaufhaus und den paar Lagerhäusern. Außerdem hatte Anna Jenssen beobachtet. Er wirkte in letzter Zeit schwach, geradezu fahrig. Etwas stimmte nicht mit ihm. Sie hatte ihn am Telefon über ein nicht erhaltenes Bankdarlehen schimpfen hören. Plagten ihren Arbeitgeber etwa Geldsorgen?

Annas Herz war schwer, als sie zurück in die Küche ging, und sie seufzte. Wie konnte Katharina nur so schamlos mit diesem Tillmann flirten, während Jan ihr ein Schloss baute! Niemand bemerkte, wie es Anna ging – wie auch? Die Herrschaften waren nur mit sich selbst beschäftigt. Anna hatte für sie keine Bedeutung, sie war nur ein Schatten, der ihren Befehlen gehorchte. Noch nie hatte sie sich in ihrem Beruf so unglücklich und wütend gefühlt wie heute, denn ihr war auf eine besondere Weise bewusst geworden, wie selbstsüchtig die Herrschaften waren.

In der Küche bei Gerda war die Stimmung anders. Die Köchin war Ende vierzig und ledig. Seit ihrer Jugend hatte sie als Köchin gearbeitet. Gutes Essen war für sie wie Medizin. In diesem Haushalt war sie sehr glücklich, denn es gab nicht allzu viele Familienmitglieder, für die sie kochen musste. Außerdem unterhielt sie eine Affäre mit dem Chauffeur, die sie sehr genoss.

Gerda hatte bereits die Reste des Mittagessens aufgewärmt und wartete ungeduldig auf Anna.

»Heute haben wir beide auch ein Festessen«, schwärmte sie.

Sie zeigte auf die Reste des Lammbratens, die Kartoffeln und die grünen Bohnen, die sie so gut kochte wie keine andere. In diesem Moment bemerkte sie Annas schlechte Laune.

»Was ist los? Haben sie dich geärgert?«, fragte sie liebevoll.

Bei ihren freundlichen Worten kamen Anna plötzlich die Tränen.

»Was ist denn? War die Kleine oder die Alte böse?«

Anna schüttelte den Kopf.

»Liebeskummer?«, fragte Gerda sanft.

Annas Schweigen deutete sie als Ja.

»Hat er eine andere?«, fragte sie, setzte sich und schenkte ihr ein Glas Wasser ein.

Anna sah sie erschrocken an. Wie hatte sie das so schnell erfasst?

Gerda nickte mitfühlend. »Das kenne ich. Die Männer sind alle gleich. Es lohnt sich nicht, ihnen nachzuheulen. Alles Mistkerle. Lass uns lieber das Essen genießen, bevor es kalt wird.«

Anna atmete tief durch und versuchte, ihrem Rat zu folgen. Aber so einfach war es nicht. Am liebsten hätte sie ihr die ganze Situation erklärt, aber obwohl Gerda ein gutes Herz hatte, fiel es der Köchin schwer, ein Geheimnis zu bewahren. Auf keinen Fall durften andere erfahren, wer ihr das Herz gebrochen hatte. Sie zwang sich, zu essen.

»Siehst du, Essen hilft gegen Kummer«, sagte Gerda aufmunternd.

Sie sah Gerda an. »Bist du auch schon einmal enttäuscht worden?«

»Einmal, zweimal schon«, sagte sie. »Danach war mir klar, dass ich mich nicht fest an so einen Kerl binden wollte.« Sie biss in den zarten Braten.

»Meine Tante hat mir mal gesagt, ich solle für die Männer kämpfen wie im Krieg«, überlegte Anna laut.

Gerda lachte darüber.

»Nein, warum sollte ich für diese Idioten kämpfen? Lieber kämpfe ich für einen guten Braten!« Ihre Worte entlockten Anna ein Lächeln, aber ihr Herz war immer noch schwer. Schweigend aß sie ihren Teller leer.

Als sie wieder an ihre Arbeit gehen wollte, raunte Gerda ihr zu: »Der reiche Fischer ist es nicht wert, Mädchen. Auch wenn er ein Schloss baut.«

Erstaunt sah sie Gerda an. Wie hatte die Köchin sie durchschaut? Doch dann dämmerte ihr, dass sie wohl gesehen hatte, wie sie früher nach der Kirche mit Jan gesprochen hatte. Und vielleicht hatte sie ja auch einen ihrer Spaziergänge beobachtet.

An diesem Abend gingen Anna viele Fragen durch den Kopf, als sie versuchte, in dem schmalen Bett in der winzigen Dachkammer zu schlafen. Warum hatte Herr Jenssen Jan auf der Baustelle besucht? Zog er ihn doch als Schwiegersohn in Betracht? Sollte sie um Jan kämpfen? Gegen Katharina? Die war reicher, schöner und außerdem listiger. Und doch fiel es Anna schwer, einfach zuzusehen und sich geschlagen zu geben. Vielleicht war es tatsächlich mutiger, um ihn zu kämpfen.

Sie setzte sich auf ihr Bett und holte Jans Geschenk aus einer Unterhose, in die eine Tasche eingenäht war und die sie als Versteck benutzte.

Er hatte ihr diese sündhaft teure Kette geschenkt, nur weil sie einmal mit ihm nach Hamburg gereist war. Vielleicht war es mehr als ein Dankeschön. Vielleicht empfand er etwas für sie, die einfache Magd?

Sie hielt das Medaillon fest in der Hand, sodass es schnell ihre Körpertemperatur annahm. Der Gedanke, dass Jan vielleicht doch etwas für sie empfand, beruhigte sie. Die vielen Fragen in ihrem Kopf verstummten. Die Kette stand plötzlich für alles Gute und Erhabene.

Am nächsten Tag ging sie zur Kirche. Um den Hals, unter der Bluse versteckt, trug sie ihren neuen Talisman. Er gab ihr Kraft und sie war fest entschlossen, Jan nicht aus dem Weg zu gehen. Sie wollte um ihn kämpfen. Sie wusste zwar noch nicht, wie, aber sie würde kämpfen. Während des Gottesdienstes ließ sie ihn nicht aus den Augen. Jan saß mit seiner Familie ganz vorne. Er sah immer gut aus, ob im feinen Anzug wie heute oder in seiner alten Arbeitskleidung.

Nach dem Gottesdienst gingen alle nach draußen. Anna wartete vor der Kirche darauf, dass er ebenfalls herauskam. Als sie ihn sah, bekam sie weiche Knie. Sie hätte sich am liebsten umgedreht und wäre weggelaufen. Aber Jan ging ihr entgegen und lächelte. Also lächelte sie zurück.

»Moin, moin!«, rief er.

»Moin, moin!«

»Hat dir das Geschenk gefallen?«

Sie nickte etwas verlegen.

»Warum hast du es mir eigentlich gegeben?«

»Ohne dich hätte ich es nicht so schnell geschafft. Du hast mich an den richtigen Ort gebracht. So etwas vergesse ich nicht.«

Anna beobachtete ihn genau, aber mehr als Freundschaft konnte sie in seiner Miene nicht erkennen.

»Wie geht es mit den Bauplänen voran?«, fragte sie mit belegter Stimme.

»Es läuft. Es ist anstrengender, als ich dachte, aber es wird klappen. Ich habe gute Leute, die haben allerdings noch nie ein Schloss gebaut.«

Anna sah ihn kopfschüttelnd an.

»Was ist?«, fragte er.

»Was ist mit Katharina und dir?«

Sie war selbst überrascht von ihrer Direktheit. Jan war die Frage sichtlich unangenehm.

»Siehst du, ich wollte es dir schon die ganze Zeit sagen, aber irgendwie war bisher nicht der richtige Zeitpunkt.«

»Tja, jetzt weiß ich es. Ich verstehe nicht, woher kennt ihr euch?«

»Damals am Strand, erinnerst du dich?«

Seine Augen leuchteten plötzlich und dieses besondere Lächeln umspielte seine Lippen. Anna spürte, wie die Eifersucht in ihr aufstieg. Sie musste sich zusammenreißen.

»Und dann?«

»Haben wir uns immer wieder getroffen.«

»Liebst du sie?«

Er schaute erst zu Boden und dann, den Kopf immer noch gesenkt, zu ihr.

»Ja, das tue ich.«

Das war die Antwort, die sie befürchtet hatte. Der Kampf war verloren.

»Warum bist du dann so oft mit mir spazieren gegangen?«

»Weil ich dich auch mag, aber auf eine andere Art. Mehr wie eine Schwester oder eine gute Freundin.«

Die schönen Worte waren wie Schläge und sie hasste ihn dafür. Aber sie ließ sich nichts anmerken. Stattdessen lächelte sie freundlich.

Jan schien erst jetzt zu begreifen, warum sie ihm diese Fragen stellte.

»Bist du etwa ...«, setzte er an.

Doch Anna ließ ihn nicht ausreden, sondern behauptete: »Quatsch. Ich habe mich nur gefragt, warum du zwei Frauen gleichzeitig schöne Augen machst.«

Überrascht fragte er: »Ich habe dir schöne Augen gemacht?«

»Es hatte den Anschein.«

»Das tut mir leid.«

In seinem Blick konnte sie nichts außer Freundschaft erkennen. Anna fiel in sich zusammen. Wofür sollte sie hier kämpfen?

Sie riss sich ein letztes Mal zusammen und verabschiedete sich: »Ich wünsche dir alles Gute, Jan Jakobsen.«

Dann drehte sie sich um und ging.

24

Gegenwart

Noah war nervös, als er auf die Straße vor seinem Elternhaus trat. Er fragte sich, ob es eine gute Idee gewesen war, Kira zu bitten, ihn ausgerechnet hier zu treffen. Aber sie hatte ihm getextet, dass sie unbedingt mit ihm reden wollte. Also hatte er ihr spontan geantwortet, dass sie ihn abholen könne. Schließlich wollte er sie wiedersehen.

Doch im Nachhinein wusste er nicht einmal, was er von ihrer Nachricht halten sollte. »Ich muss unbedingt mit dir sprechen« – war das eine positive Nachricht? Oder hatten die Worte einen ernsten Unterton? Wie hatte sie wohl reagiert, als er ihr das Foto von der Karte geschickt hatte?

Er sah sich um und entdeckte sie am Ende der Straße.

»Moin!«, rief sie.

»Moin.«

Als sie vor ihm stand, konnte Noah nicht anders. Er musste sie küssen.

Sie ließ es zu, aber sie löste sich recht schnell aus seiner Berührung.

»Ich habe dich vermisst«, sagte er.

»Ich habe dich auch vermisst«, erwiderte sie. »Aber deshalb bin ich nicht hier.«

»Nicht?«

»Ich habe etwas entdeckt.« Sie wirkte aufgeregt.

»Komm, lass uns weitergehen«, bat er, denn er wollte nicht, dass seine Eltern plötzlich auftauchten.

»Du hast es schön hier.«

»Das Haus ist nicht meins, das gehört meinen Eltern.«

»Fast so groß wie ein Schloss.«

»Stimmt«, sagte Noah. »Ich habe meine schöne Wohnung am Hafen. Die würde dir bestimmt besser gefallen.«

Während sie weitergingen, fragte Kira: »Wie ist es, in so einem großen Haus aufzuwachsen?«

Noah zuckte die Schultern.

»Für mich war es immer normal. Hattet ihr kein Haus?«

»Nein, ich bin in einer kleinen Stadtwohnung aufgewachsen.«

»Hier auf dem Dorf hat fast jede Familie ein eigenes Haus. Das ist in der Gegend gar nicht so teuer. Aber es stimmt schon, unser Haus war immer größer als das meiner Mitschüler. Die haben irgendwann kapiert, dass meine Familie wohlhabender war. Das war auch eine Last, eigentlich hat mich in der Grundschule niemand zu sich nach Hause eingeladen.«

»In so einem Dorf, wo es fast nur Durchschnittsverdiener gibt, kann ich das verstehen. Vielleicht wäre es nichts Besonderes gewesen, wenn du in Hamburg oder München aufgewachsen wärst.«

»Klar, ich habe in London Wirtschaft und Marketing studiert und dort war es anders als hier.«

»Soso. Wirtschaft in London?«

»Das Klischee des Sprösslings einer Unternehmerfamilie, ich weiß.«

Sie lachte. »Ja, schon irgendwie.«

Nach einer Pause erzählte ihm Kira von der Vitrine mit den Funden.

»Ich kenne die Vitrine«, sagte Noah. »Die hatten sie nach der Tausendjahr-Feier noch eine Weile im Rathaus ausgestellt.«

»Inga sagte mir, dass du im Ort als Rungholt-Experte bekannt bist.«

Er lachte. »Na ja, als Geschichtsfan kommt man in dieser Gegend zwangsläufig mit dem Thema in Berührung. Experte bin ich sicherlich nicht. Außerdem kann man heute ziemlich sicher sagen, dass bei der Ausgrabung hier nicht wirklich Überreste von Rungholt gefunden wurden, sondern wohl von einer kleineren Siedlung oder gar nur von einem großen Hof. Es bleibt dabei, dass das eigentliche Rungholt sich vor Nordstrand befunden haben muss.«

»Wie dem auch sei«, sagte Kira. »Mein Urgroßvater war an den Ausgrabungen beteiligt.«

»Ach ja?«

»Er war einer der Fischer, die in den Zwanzigern diesen Fund gemacht haben.«

Noah nickte nachdenklich und versuchte, die Bilder von der Ausgrabung aus seinem Gedächtnis heraufzubeschwören, die er irgendwann einmal gesehen hatte.

»Und?«, fragte er und sah sie erwartungsvoll an.

»Weiter weiß ich nicht. Da musst du mir helfen. Ich werde das Gefühl nicht los, dass es eine Verbindung geben muss. Jan bei den Ausgrabungen, Jan wird reich und baut ein Schloss.«

»Die Verbindung wäre?«

Kira zuckte mit den Schultern.

»Vielleicht ist er durch den Fund reich geworden.«

»Das glaube ich nicht, dann müssten alle reich geworden sein, die bei der Ausgrabung dabei waren. Und du weißt doch selbst, dass man durch alte Töpfe nicht reich wird. Dazu hätten sie schon eine Truhe voll Gold finden müssen. Aber auch da hätten sie höchstens einen Finderlohn bekommen – es sei denn, sie hätten das Gold einfach behalten.«

Kira nickte. »Ja, aber es ist immer noch der beste Ansatzpunkt, den ich habe.«

»Also, ich glaube, dieser Studienrat hat einfach ein paar starken Männern Geld gegeben, damit sie für ihn graben. Das war's.«

»Wie konnte Jan dann das Schloss bauen?«

»Dass es ihm gehörte, ist immer noch eine Vermutung. Es gibt keinen Beweis dafür.«

Noah merkte selbst, wie ernst seine Worte klangen. Kira sah ihn mit großen Augen an.

»Du hast mir doch selbst das Foto von dieser Karte geschickt«, antwortete sie und ihr Tonfall wurde ebenfalls schärfer.

»Das ist auch kein Beweis. Es gibt keine Unterschrift und wir wissen nicht einmal, wer das geschrieben hat. Vielleicht war es sogar ihr Vater, der seiner Tochter mit dem Schlösschen eine Freude machen wollte.«

»Das liest sich für mich nicht so.«

Er zuckte mit den Schultern. »Oder es war ein unbekannter Dritter. Was weiß ich, vielleicht war der Architekt in Katharina verliebt. Sie hatte doch unzählige Verehrer.«

»Es wird schon irgendwo Beweise geben, ich muss sie nur finden. Wenn er über Nacht reich geworden wäre, hätten die Dorfbewohner bestimmt darüber geredet. Irgendjemand hätte sich an die Geschichte erinnert. Irgendwo muss doch noch mehr über Jan Jakobsen herauszufinden sein.«

»Ich habe davon, wie gesagt, noch nie etwas gehört. Und ich kenne mich gut mit der lokalen Geschichte aus.«

In diesem Moment hatte Kira eine neue Idee. Er merkte, wie sich ihr Gesicht aufhellte. »Man könnte einen Handschriftenvergleich machen. Wir vergleichen die Schrift auf dem Foto einfach mit Dokumenten von meinem Urgroßvater und von Hugo Jenssen.«

»Hast du denn etwas, das dein Urgroßvater geschrieben hat?«

Sie schüttelte den Kopf. »Leider nein.«

»Ich habe zwar alte Fotos gefunden, aber ich weiß nicht, wer sie beschriftet hat. Es könnte Katharinas Mutter, ihr Bruder oder sogar ihr Neffe gewesen sein.«

Kira seufzte.

»Wollen wir nicht lieber den Moment genießen?«, fragte Noah. »Vielleicht wirst du nie etwas Endgültiges herausfinden. Und dann?«

»Und was passiert mit dem Schlösschen?«

Noah wusste, dass seine Antwort ihr nicht gefallen würde, aber er gab sich trotzdem einen Ruck und sagte: »Mein Vater wird es verkaufen. Ich habe noch einmal mit ihm gesprochen, aber er lässt nicht mit sich reden. Wir können es nicht mehr aufhalten.«

»Kann es sein, dass du selbst Angst vor der möglichen Wahrheit hast, die deiner Familie finanziell schaden könnte?«, fragte sie und sah ihm direkt in die Augen.

»Kira, das ist völliger Blödsinn«, antwortete er, aber er merkte, wie er lauter wurde. Es wurmte ihn, dass sie mit ihrer Behauptung recht hatte. Zumindest ein wenig. Wenn die Firma in finanzieller Schieflage war, konnte er es der Familie nicht antun und weiter versuchen, den Verkauf zu verhindern, damit das Schlösschen den Dorfbewohnern erhalten blieb.

Er ärgerte sich darüber, dass es nicht möglich war, einfach den Moment mit Kira zu genießen. Die Geschichte mit dem Schlösschen stand ihnen zu sehr im Weg.

»Willst du nicht die Wahrheit wissen?«, fragte sie. »Das ist alles, was mich interessiert. Die Wahrheit.«

»Vielleicht findest du auch nichts heraus«, wandte Noah ein.

»Ich will es wenigstens versuchen.«

»Du wirkst wütend.«

»Ja, weil du mich nicht ernst nimmst.«

»Das stimmt nicht.«

»Nicht?«

»Kira, wir haben nichts gefunden, was irgendwas beweisen würde, und wir haben schon so viel gesucht. Falls dein Urgroßvater einen Schatz gefunden und behalten hätte – dann wäre er doch selbst nicht rechtmäßig ans Geld gekommen. Das hätte er bestimmt nicht veröffentlicht. Ich glaube einfach nicht, dass wir etwas finden werden, das deine Vermutungen bestätigt. Es ist ja auch nicht so, dass du Jahre Zeit hast, um die Wahrheit rauszufinden. Mein Vater wird das Schloss verkaufen, um die Firma zu retten.«

»Die Firma retten?«

Noah merkte, dass ihm zu viel herausgerutscht war. »Nun ja. Wir brauchen neues Kapital für Investitionen.«

»Wir?«, hakte sie nach.

»Kira, ich bin auch Teil des Unternehmens. Ich werde die Firma eines Tages übernehmen. Auch das ist eine Familientradition, die wichtig ist.«

»Ich dachte, du wärst anders, Noah. Nicht wie die anderen Reichen, die immer Angst haben, dass ihnen etwas weggenommen wird!«

Plötzlich sah sie ihn an, als wären sie Fremde. Noah wusste nicht, was er sagen sollte.

»Weißt du, Noah, ich glaube, wir haben uns in etwas verrannt. Wir sind zu verschieden und werden es auch immer bleiben. Ich gehe besser.«

Noah blieb wie angewurzelt stehen. Sie wollte gehen? Er wollte etwas erwidern, aber was? Dass sie bleiben sollte? Oder doch eher, dass sie wohl recht hatte? Ihm war die Information über die finanziellen Probleme der Firma einfach so herausgerutscht. Eigentlich hatte er es ihr gar nicht erzählen wollen, aber irgendwie erleichterte es ihn auch. Dennoch schmerzte es ihn, dass sie kein Verständnis dafür hatte, dass ihm das Familienunternehmen wichtig war. Das musste er sich eingestehen.

»Was hat eine größere Bedeutung für dich?«, fragte sie.

»Ich? Die Wahrheitsfindung? Oder dein Geld und deine Firma?«

»Kira, was soll die Frage?« Sein Magen zog sich zusammen. Es machte ihn nun auch wütend, wie abfällig sie vom Lebenswerk seiner Familie sprach. Trotzig sagte er: »Du redest immer von der Wahrheit. Aber was ist das überhaupt? Historiker bauen sich auch nur aus einzelnen Fundstücken eine Version davon zusammen, wie es früher mal gewesen sein könnte. Aber unser Familienunternehmen ist real, das ist die Wahrheit, die ich jeden Tag sehen kann.«

»Ich habe mich wohl geirrt«, sagte sie und ging, ohne sich noch einmal umzudrehen.

Noah sah ihr wortlos nach.

～

Kira war wütend. Diese Reichen! Warum sollten sie immer als Sieger vom Platz gehen? Noah war genauso wie die anderen. Er erzählte etwas von Arbeitsplätzen und vom Radfahren und betrieb Geschichtsforschung als Hobby. Aber wenn es ernst wurde, dann waren das nur leere Worte. Dann zählte nur der eigene Vorteil. Sie hatte sich so in ihm getäuscht, und das schmerzte sie.

Nein, so konnte sie es nicht stehen lassen. Sie musste wissen, was passiert war, und zwar alles. Sie würde die Wahrheit schon herausfinden, das war sie sich und ihrer Familie schuldig.

Zurück in der Pension las sie noch einmal die Broschüre über die Tausendjahrfeier und auch das Interview mit Katharina. Vielleicht würde sie dort mehr Informationen finden.

Sie fragte sich, welchen Trick sie angewendet hatten, um an das Schloss zu kommen. Entweder hatten sie ihren Urgroßvater mit etwas unter Druck gesetzt oder Katharina hatte ihn irgendwie dazu gebracht. Aber wie? Und vor allem, wie war er an das Geld gekommen?

Sie rief ihren Vater über Video an.

»Daddy, was glaubst du, wie man damals als armer Fischer zu Geld gekommen ist?«

Er kratzte sich am Kopf. »Diebstahl, Schwarzmarkt, Mafia? Mit ehrlicher Arbeit war und ist es auch heute noch schwer, in so kurzer Zeit an solche Summen zu kommen. Deine Großeltern waren ja noch jung, als sie ausgewandert sind. Wie viele Jahre kann er vorher gehabt haben, um an Geld zu kommen?«

»Er war 23, als er mit dem Bau begonnen hat«, warf Kira ein.

»Um so einen Palast zu bauen, braucht man sehr, sehr viel Geld. Das war damals nicht anders als heute.«

Aus dieser Perspektive hatte Kira es noch nicht betrachtet.

»Du meinst also, es war nicht ehrlich verdient?«, wollte sie wissen.

»Keine Ahnung, aber ich kann mir nicht vorstellen, dass

er ein paar Goldbarren auf der Straße gefunden hat. Und selbst wenn – die hätte er doch auch abgeben müssen. Wenn er ein Geschäft gehabt hätte, klar, damals war die Hyperinflation, da sind einige reich geworden, aber die hatten auch schon vorher was. Erst in der Nazi- und Nachkriegszeit hat man Lebensmittel mit wertvollem Geschirr oder Goldschmuck bezahlt.«

»Dann meinst du, er hat vielleicht eine Bank überfallen?«

Ihr Vater lachte auf. »Alles ist möglich.«

»Hast du deinen Großvater gekannt?«

Er schüttelte den Kopf. »Nein. Er ist gestorben, bevor ich geboren wurde.«

»Was hat er denn in den USA gemacht?«

»Er war Chauffeur.«

Kira nickte nachdenklich.

»Und deine Oma?«

»Sie war Näherin. Wenn sie in Deutschland Geld gehabt hätten, hätten sie doch etwas mitnehmen müssen.«

»Du glaubst auch nicht, dass ihnen das Schloss gehört hat?«, fragte Kira.

»Das kann ich mir nicht vorstellen«, antwortete er und kratzte sich an seinem Dreitagebart.

»Aber Oma hätte sich das nicht ausgedacht.«

»Vielleicht wollte sie dir nur eine spannende Geschichte erzählen.«

»Aber ich habe doch Fotos von Urgroßvater gesehen, er hat hier gewohnt.«

»Das bestreite ich auch nicht, aber dass er der Besitzer des Schlosses war, ich weiß nicht.« Ihr Vater überlegte und sagte dann mit einem sarkastischen Lächeln: »Vielleicht hat Opa das Schloss mit gestohlenem Geld gebaut und musste deshalb fliehen. Vielleicht war er ein Mafiagangster.«

»Wenn das stimmt, will ich es herausfinden.«

»Machst du auch noch etwas anderes, als in der Vergangenheit herumzustochern?«, fragte ihr Vater.

»Natürlich, ich lasse es mir gut gehen.«

»Allein? Oder hast du auch Freunde, mit denen du dich triffst?«

»Klar«, antwortete sie.

Ihr Vater erwiderte: »Das klingt nicht so überzeugend. Aber du bist erwachsen.«

»Okay, Dad, wenn dir noch etwas über deine Großeltern einfällt, ruf mich an, egal wann.«

»Ich sage es noch einmal, wühl nicht ständig in der Vergangenheit herum, sonst vergisst du die Gegenwart. Deine Oma hat auch nichts anderes gemacht, als über die Vergangenheit zu reden. Aber sie war alt. Du bist noch jung. Lebe im Hier und Jetzt.«

Kira nickte.

»Natürlich, Dad. Ich lebe in der Gegenwart, keine Sorge. Aber die Vergangenheit brauche ich schon, das ist schließlich mein Beruf!«

Nachdem sie sich verabschiedet hatten, blieb Kira nachdenklich zurück. Es war ihr noch nie in den Sinn gekommen, dass ihr Urgroßvater sein Geld mit illegalen Geschäften gemacht haben könnte. Was, wenn er wirklich ein Gangster gewesen und so zu Geld gekommen war, Katharina das herausgefunden und ihn damit erpresst hatte? Diese Möglichkeit erschien ihr gar nicht mehr so abwegig. Oder vielleicht eher Katharinas Vater, denn Jan hatte das Schloss ja sowieso für Katharina gebaut. Allerdings für sich und Katharina, und letztlich hatte sie es alleine bewohnt. Und Jan hatte Anna geheiratet. Also hatte ihm vielleicht doch Katharina das Schloss abgeluchst, aus Rache, weil er sie gegen eine andere ausgetauscht hatte?

Vielleicht hatten alle recht und sie sollte nicht zu sehr in der Vergangenheit wühlen. Wollte sie es wirklich wissen, wenn ihr Urgroßvater ein Krimineller gewesen war?

Kira grübelte noch lange darüber nach. Als sie endlich einschlief, verfolgten sie im Traum dunkle Limousinen und Männer mit Hüten und hochgeschlagenen Kragen.

25

Oktober 1925

» $\mathcal{B}$ leiben wir lieber bei diesen Ziegeln«, sagte Jan, als er sich mit dem Architekten auf der Baustelle traf, um den Fortschritt zu begutachten. Der Architekt hatte ihm mehrere Dachziegel zur Auswahl mitgebracht und pries das teuerste Modell in höchsten Tönen an.

Im Sommer waren die Bauarbeiten gut vorangekommen, aber bald würde der Winter hereinbrechen und dann mussten sie pausieren. Jan hatte Arbeiter aus der ganzen Umgebung angeheuert, um den Bau zu beschleunigen und den Rohbau bis zum Herbst abzuschließen. Seine Ausgaben schnellten in die Höhe und er musste Abstriche machen. Letztlich entschied er sich in fast allen Bereichen für die billigsten Materialien. Qualität war für ihn nicht so relevant wie das äußere Erscheinungsbild. Schließlich war er in einem winzigen Backsteinhaus mit nur zwei kleinen Zimmern und einem Reetdach aufgewachsen. Das Schloss war mehr, als er sich in seinen kühnsten Träumen vorgestellt hatte. Wichtig war, dass er Katharinas Vater überzeugen konnte und dass das Schloss von außen gut aussah. Und das tat es.

»Sind Sie sicher?«, hakte der Architekt nach und hielt ihm noch einmal den teuren Ziegel unter die Nase. »Sehen Sie nur, wie gut diese verarbeitet sind.«

»Die anderen Ziegel werden es auch tun«, bekräftigte Jan seine Entscheidung.

»Na gut«, antwortete der Architekt etwas eingeschnappt und ging zum Vorarbeiter, um sich mit ihm zu besprechen.

Voller Stolz betrachtete Jan sein zukünftiges Zuhause. Sollte der Architekt doch sagen, was er wollte, für ihn sah alles perfekt aus. Auch die Dinge, die man erst erahnen konnte. Die zwei Türme, die noch im Entstehen waren, die Fenster, die noch nicht eingebaut waren und der fehlende Dachstuhl. Es war schöner und größer als das Haus der Familie Jenssen, und das freute ihn besonders.

In diesem Moment hörte er ein Automobil vorfahren. Er drehte sich um und sah zu seinem Erstaunen die schwarze Limousine von Hugo Jenssen. Es war das zweite Mal, dass der Unternehmer sich die Baustelle ansah. Aber Jenssen war diesmal nicht allein. Seine Tochter begleitete ihn. Sofort spürte Jan, wie sich sein Puls beschleunigte. Er durfte sich nichts anmerken lassen.

Der kräftige Mann stieg zuerst aus. Diesmal gab es keine Pfützen, in die er treten konnte, denn in den letzten Wochen hatte es nur wenig geregnet. Katharina wartete, bis der Chauffeur ihr die Tür öffnete. Als sie aus dem Auto trat, lächelte sie verhalten, als würde sie Jan nur flüchtig kennen. Aber dann zwinkerte sie ihm unmerklich zu. Hatte Katharina ihren Vater hierhergebracht?

»Moin, moin, Jung!«

»Jung!« Jan versuchte, sich nicht zu ärgern. Er begrüßte die beiden freundlich, vermied es aber, zu zeigen, dass Katharina sein Herz dazu brachte, schneller zu schlagen.

»Ich sehe, du kommst gut voran«, sagte Jenssen anerkennend.

»Ja, bald ist Einweihungsfest. Sie sind herzlich eingeladen und Fräulein Katharina auch.«

Katharina lächelte schüchtern und rief: »Ach ja, Vater, ich war noch nie auf einem Einweihungsfest für ein Schloss.«

Sie sah ihn mit ihren großen Augen auf eine Weise an, dass es ihm offensichtlich schwerfiel, Nein zu sagen.

»Ich überlege es mir.«

Als hätte er schon zugesagt, gab ihm Katharina einen Kuss und rief: »Du bist der Beste, Vater!«

Herr Jenssen war davon offensichtlich geschmeichelt und Jan erkannte, dass Katharina ihn in der Hand hatte. Ihr Vater würde einer Heirat mit ihm zustimmen, wenn Katharina ihn darum bat, da war er sich sicher.

»Und wann willst du einziehen?«, erkundigte Jenssen sich.

»Das wird noch ein bisschen dauern.«

»Meine Tochter hat gesagt, dass du es für sie baust.«

Jan zuckte zusammen. »Hat sie das?«

Jenssen nickte.

Überrascht sah Jan sie an. Er hatte nicht erwartet, dass sie ihrem Vater jetzt schon davon erzählen würde. Aber andererseits zeigte es, dass sie keine Angst vor ihrem Vater hatte. Das gab ihm ein gutes Gefühl.

Dennoch fühlte er sich in Jenssens Nähe weiterhin unwohl. Er nahm seinen ganzen Mut zusammen und verkündete entschlossen: »Ich baue es für uns. Sofern sie möchte, versteht sich.«

»Katharina ist mein Ein und Alles. Deshalb muss ich sicher sein, dass du es ernst meinst.«

»Sie können hier jeden fragen. Ich bin ehrlich, tüchtig und habe das nötige Geld, um Katharina alles zu bieten, was sie bisher hatte.«

Dabei sah er Katharina an. Sie lächelte immer noch und schien ihm zuzustimmen.

»Dann wollen wir mal sehen, wie es mit deinem Bau weitergeht und ob du dein Wort hältst. Und ob du zur rechten Zeit um ihre Hand anhältst.«

Jan lächelte.

»Sie werden sehen, dass ich mein Wort halte, was den Bau und natürlich auch was Ihre Tochter betrifft. Ich werde alles tun, um sie glücklich zu machen.«

Obwohl der Vater nun auch lächelte, hatte Jan ein seltsames Gefühl. Innerlich war er auf der Hut. Etwas sagte ihm, dass man diesem Mann nicht trauen konnte. Aber Katharina mit ihrer quirligen Art machte ihm Mut und ließ ihn dieses Gefühl ignorieren.

Herr Jenssen nickte Jan noch einmal zu und ging mit seiner Tochter zu seinem Automobil zurück. Sie hatte sich an seinen Arm geklammert und plauderte fröhlich. Plötzlich drehte Katharina sich um und zwinkerte Jan strahlend zu.

Nachdenklich sah der junge Mann dem Mercedes hinterher, während er zwischen den Bäumen verschwand. Er benötigte einen Augenblick, bis er wirklich erfassen konnte, was gerade passiert war. Katharina war ganz offensichtlich von dem Schloss beeindruckt, das er für sie baute, und hatte sogar ihren Vater hergeschleppt. Sie wollte wirklich mit ihm in dem Schloss leben! Und ihr Vater? Der war misstrauisch. Aber Jan würde ihn schon überzeugen, wenn er bewies, dass man sich auf ihn verlassen konnte.

Sein Herz hüpfte vor Freude. Endlich war alles so, wie er es sich vorgestellt hatte. Er hatte das Gefühl, die ganze Welt gehöre ihm.

~

Katharina sah ihren Vater an, der neben ihr auf der Rückbank des Wagens saß.

»Papa, er baut das wirklich für mich.«

»Du bist eine Prinzessin. Du hast dieses Haus verdient. Aber bei diesem Fischer bin ich mir noch nicht sicher.«

»Ohne ihn bekomme ich das Haus aber nicht.«

»Willst du ihn wirklich heiraten?«

Sie zuckte mit den Schultern und meinte: »Warum nicht? Er sieht gut aus und ist jetzt reich.«

»Und?«

Sie biss sich auf die Zunge, aber sie war nur einen kurzen Moment verlegen: »Und liebevoll.«

Rasch drehte sie sich zur Seite und sah aus dem Fenster, um dem Blick ihres Vaters auszuweichen. Er durfte nicht wissen, dass sie bereits mit Jan intim gewesen war.

»Was sagen wir denn dem jungen Tillmann? Er hat gefragt, wann er uns wieder besuchen kann«, hörte sie ihren Vater sagen. »Du hast es offensichtlich nicht geschafft, ihm die Illusion zu rauben, dass er bei dir eine Chance hat. Er wird eines Tages viel mehr erben als dieser Fischer, dann kann er dir auch ein Schloss bauen.«

Als seine Tochter nichts erwiderte, seufzte ihr Vater.

Katharina wollte jetzt nicht weiter mit ihm über Jan reden. In Gedanken malte sie sich aus, wie das Schloss einmal von innen aussehen könnte. Ob Jan dafür auch schon Pläne hatte?

Da sie die Hausherrin sein würde, war es ja eigentlich selbstverständlich, dass er ihr zukünftiges Zuhause so gestaltete, wie es ihr gefiel. Sie musste sich unbedingt wieder mit ihm treffen, um ihn darauf anzusprechen. Sicherlich würde er sich über ein paar Ratschläge zur Innenausstattung freuen.

Sie schloss die Augen und träumte davon, wie sie durch einen Ballsaal tanzte. Dabei trug sie ein Kleid, das sie am Vortag in einer Illustrierten gesehen hatte.

∼

Es war eine Qual für Anna, die beiden zusammen zu sehen. In den letzten Tagen hatte Katharina angefangen, Jan regelmäßig auf der Baustelle zu besuchen. Anna musste sie als Anstandsdame begleiten.

»Schachbrettmuster sind gerade sehr in Mode«, erklärte Katharina bestimmt und zeigte Jan die Zeitschriften, in denen sie geblättert hatte. Und Jan antwortete wie ein treuer Hund: »Dann wird es eben ein Schachbrettboden.«

Anna hatte Mühe, ihre Eifersucht und den daraus resultierenden Groll auf die Liebenden zu zügeln. Doch natürlich hielt sie sich zurück. Jan grüßte sie zwar immer freundlich, aber ihre Anwesenheit war ihm sichtlich unangenehm.

Die Arbeiter tuschelten bereits über das ungleiche Paar. Und nicht nur sie, sondern das ganze Dorf. Katharinas Eltern schienen davon nichts mitzubekommen, zu sehr waren sie mit ihrer Arbeit und dem eigenen Leben beschäftigt. Mit den Dörflern hatten sie wenig zu tun. Hinzu kam, dass Katharina eine ausgezeichnete Schauspielerin war. Sie spielte allen genau das vor, was sie brauchten. Ihren Eltern die liebevolle Tochter, die immer auf ihre Eltern hörte, und Jan gab sie das Gefühl, dass er der Mann ihrer Träume war.

Anna beobachtete sie und fragte sich, ob sie die Einzige war, der Katharina ihr wahres Gesicht und ihre Launen zeigte. Manchmal tat ihr Jan leid, aber dann wünschte sie ihm wieder, dass er mit diesem schrecklichen Menschen unglücklich würde. Dann würde er merken, was er an ihr gehabt hätte. Gleich darauf schämte sie sich für diese Gedanken.

»Anna, wie viel Zeit haben wir noch?«, fragte Katharina.

»Keine mehr, deine Eltern sollten in einer Stunde vom Essen zurück sein.«

Sie seufzte.

»Ich muss gehen. Aber du musst mir versprechen, dass es dieser Boden sein wird.«

Katharina sah ihn an wie ein kleines Mädchen, das sichergehen wollte, dass es zum Geburtstag ein ganz bestimmtes Spielzeug bekam.

Er lächelte und nickte. »Natürlich.«

»Bis bald, mein zukünftiger Gatte«, sagte sie mit einem verführerischen Lächeln.

Jan lächelte voller froher Erwartung zurück.

Auf dem Nachhauseweg plapperte Katharina weiter und auch später, als sie sich bettfertig machte. Anna war gerade dabei, ihr Zöpfe zu flechten, als Katharina sie im Spiegel ansah und sagte: »Der arme Fischerjunge hat keine Ahnung, wie sehr Papa ihn hasst.«

Sie kicherte, als wäre es ein Witz.

»Irgendwie muss ich Papa überreden. Er sieht so gut aus und er baut dieses Schloss. Aber der junge Tillmann, der neulich da war, hat viel mehr Geld. Der wird mich vielleicht nicht so zum Singen bringen wie Jan, aber er hat eine ganze Fabrik.«

Sie erzählte das mit einer Leichtigkeit, als ginge es nicht um einen potenziellen Ehepartner, sondern darum, welches Kleid ihr besser stehen würde. Anna hätte ihr am liebsten eine Ohrfeige gegeben oder sie angeschrien. Aber sie konnte sich nicht einmal auf dem Absatz umdrehen und sie ihre blöden Zöpfe allein machen lassen.

Sie ahnte, dass Jan mit dieser Frau, die so unbeständig war wie das Wetter an der Nordsee, kein leichtes Leben haben würde. In einem Moment Sonnenschein und im nächsten Sturm.

Irgendwie musste Anna ihrem Ärger Luft machen. »Weißt du, was das Beste wäre?«, fragte sie. »Heirate einfach beide!«

»Vielleicht wird das eines Tages möglich sein«, sagte Katharina nachdenklich und bewunderte sich weiter im Spiegel.

»Stillhalten, sonst kann ich die Zöpfe nicht flechten«, ermahnte Anna und zog absichtlich an den Haaren, so fest sie konnte.

»Autsch, du tust mir weh!«, schrie Katharina.

»Tut mir leid, aber sonst halten sie nicht.«

Katharina warf ihr einen Blick zu, der Anna an Herrn Jenssen erinnerte. Ihre Augen waren zusammengekniffen, als wollte sie Blitze aussenden.

Schon seit einiger Zeit suchte Anna nach einer anderen Anstellung. Leider gab es in dieser Gegend kaum Angebote mit einer angemessenen Bezahlung. Aber wie sollte sie ihre Mutter allein lassen? Ihr Gesundheitszustand verschlechterte sich von Woche zu Woche. Sie hatte überlegt, ob sie ihre Mutter überreden könnte, mit ihr zu kommen. Vermutlich nicht. Einen alten Baum verpflanzt man nicht. Und wo sollte sie wohnen? Keiner würde ein Dienstmädchen mit Anhang akzeptieren. Doch hierzubleiben, war für Anna jeden Tag eine Qual.

Als sie das Zimmer verließ, um zu Bett zu gehen, hörte sie durch den offenen Spalt des Elternschlafzimmers ein Gespräch zwischen den Herrschaften. Frau Jenssen war sichtlich aufgebracht.

»Wie kannst du mit Katharina nur zu diesem Fischerjungen gehen!«

»Ich wollte wissen, wie weit er mit dem Bau ist«, versuchte ihr Mann sie zu beruhigen.

»Warum hast du unser Kind mitgenommen? Die Leute im Ort tuscheln bereits.«

»Um zu sehen, ob er es ernst meint, wenn er sagt, dass er Katharina heiraten will.«

»Und?«

»Er meint es sehr ernst und ich glaube, die beiden haben sich schon heimlich getroffen.«

»Unmöglich!«, rief sie empört. »Willst du mir vorwerfen, ich würde nicht auf sie aufpassen?«

»Nein, nein, meine Liebe, natürlich nicht. Du machst deine Sache wunderbar. Aber sie kamen mir irgendwie vertraut vor.«

»Was meinst du mit vertraut?«

»Ich glaube, sie haben sich vielleicht ein- oder zweimal irgendwo allein getroffen.«

»Unmöglich, ganz unmöglich!«, rief seine Frau.

»Reg dich nicht auf, unsere Katharina ist klug und anständig.«

»Und die ehrenwerte Familie Tillmann?«, fragte sie fast ängstlich.

»Das wird schon, das wird schon. Ich werde sie diesem Fischerjungen nicht geben. Ich habe noch einmal darüber nachgedacht. Aber es wäre schade, wenn wir das Schloss nicht bekämen.«

»Das Schloss brauchen wir nicht.«

»Aber unsere Kathy braucht ein Schloss. Außerdem würde es als Sicherheit taugen, um einen Kredit aufzunehmen.«

»Du und deine Geschäfte!«

»Ich sage ja nur ...«, versuchte ihr Mann sie zu beschwichtigen. »Aber du hast ganz recht, lass mich das Geschäftliche regeln, deswegen brauchst du dir keine Sorgen zu machen.«

»Wenn sie Tillmann heiratet, hat sie alles, was sie braucht, und noch mehr.«

»Ich habe einen Plan.«

»Was für einen Plan?«, zischte sie wütend.

»Lass das meine Sorge sein. Aber wozu braucht ein Fischer ein Schloss? Das ist schon im Märchen *Von dem Fischer und syner Fru* nicht gut ausgegangen.«

Anna schlich auf Zehenspitzen davon. Jenssen führte etwas im Schilde. Wollte er mit dem Schloss seine Geldsorgen lösen? Sie ahnte, dass die Sache für Jan nicht gut ausgehen würde.

Sollte sie ihn warnen? Schließlich spielte er bewusst mit dem Feuer. Und was sollte sie ihm sagen? Dass der Alte plante, ihm irgendwie das Schloss wegzunehmen? Sie hatte zu wenig in der Hand, um ihm von Intrigen zu erzählen, die sich nicht beweisen ließen. Er würde ihr nicht glauben und sie würde nur sein Vertrauen in sie zerstören. Aber vielleicht konnte sie noch mehr herausfinden.

26

Gegenwart

Das schlammige Watt glänzte in der Mittagssonne. Kira hatte das Gefühl, über den Meeresgrund zu laufen. Das letzte Mal hatte sie so einen warmen, glitschigen Schlick auf der Haut gespürt, als sie ein kleines Mädchen gewesen war und nach einem heftigen Sommerregen barfuß im Garten herumgetobt war. Hinter ihr auf dem Deich blökten Schafe. Der rotweiß-gestreifte Leuchtturm mit seinem Laternenhaus aus Messing war in der Ferne zu sehen. Um sie herum war nichts als eine unendliche Weite, schimmernder Meeresboden und Möwen. Sie kreisten über ihren Köpfen auf der Suche nach etwas Essbarem.

Ihre Beine fühlten sich wackelig an, als würde sie gleich einsinken. Sie musste sich konzentrieren, um nicht hinzufallen. Ganz anders Inga und ihr Partner Jasper. Sie waren erfahrene Wattwanderer und liefen wie auf einem Holzboden.

»Ist das nicht herrlich?«, rief die Senior-Pensionswirtin begeistert und atmete tief ein und aus.

»Wunderbar! Danke, dass ihr mich mitgenommen habt.« Jasper lachte. »Nicht weit von hier liegt die alte Warft. Das wird dich interessieren«, sagte er und zeigte mit dem Finger nach links.

Ein leichter Wind wehte vom Meer her und Kira war froh, dass sie ihr Haar mit einem Tuch zusammengebunden hatte.

»Haben die Männer damals auch Goldtaler gefunden oder ist einer von ihnen sehr reich geworden?«, erkundigte sich Kira.

Jasper schüttelte den Kopf. »Das gibt es nur im Märchen.«

»So etwas wäre sofort an die Öffentlichkeit gelangt«, ergänzte Inga.

»Vielleicht hat jemand etwas gefunden und es verheimlicht«, warf Kira in die Runde.

»Wie hätte er das machen sollen? Zur Bank bringen und umtauschen?«, fragte Inga. »So etwas kann man doch nicht einfach behalten. Zumal das schon sehr viel Gold hätte sein müssen.«

Kira nickte.

»Die Legende von einem großen Schatz in Rungholt ist nur ein Märchen«, fuhr Inga fort. »Und hier gab es erst recht keinen Schatz.«

Kira seufzte. Sie brauchte so dringend das passende Puzzlestück, um die Geschichte zu verstehen. Wie hatte ihr Urgroßvater das Geld auftreiben können, um ein Schloss zu bauen? Gerade noch hatte sie sich mit Noah wegen dieser Geschichte zerstritten. War es am Ende doch ein Hirngespinst? Dem sie nur geglaubt hatte, weil es ihre Großmutter erzählt hatte?

»Du glaubst, dein Urgroßvater hat den Schatz von Rungholt gefunden und damit das Schlösschen gebaut?«, sprach

Inga ihre Gedanken aus und sah sie dabei so verständnisvoll an, dass Kira sie am liebsten umarmt hätte.

»Es klingt unglaublich, ich weiß, aber ja, ich denke in diese Richtung. Ich bin eine unverbesserliche Spinnerin.«

»Dann bist du in bester Gesellschaft. Wir sind beide Spinner. Das Leben schreibt die verrücktesten Geschichten, das weiß ich aus eigener Erfahrung.«

»Warum sollte er das geheim halten?«, fragte Jasper.

»Weil man so einen Schatz nicht für sich behalten darf, der gehört der Gemeinde oder dem Land.«

»Heute ist das so, aber ob das damals schon so war? Oder er hat alles heimlich an einen Rungholt-Liebhaber verkauft«, überlegte Jasper laut. »Ich habe hier die verrücktesten Hobbyarchäologen getroffen. Einige sehr wohlhabend.«

Kira lächelte. Es fühlte sich gut an, dass sie sich nicht über ihre Gedanken lustig machten. Während sie weitergingen, beobachtete sie Inga und Jasper. Die beiden warfen sich immer wieder verliebte Blicke zu und Kira fühlte sich plötzlich einsam.

»Woher kommt denn deine Faszination für Rungholt?«, wollte Jasper wissen und riss sie aus ihren trüben Gedanken.

»Meine Großmutter war mein Ein und Alles. Sie erzählte mir immer von früher. Die Geschichte, dass meine Urgroßeltern ein Schloss besaßen, gefiel mir natürlich am besten. Das traurige Gesicht meiner Oma, wenn sie mir davon erzählte, hat mich so berührt, dass ich unbedingt die Wahrheit herausfinden wollte.«

Jasper nickte verstehend. Im Laufen hob er ab und zu eine Muschel auf. Er suchte nach Wattwürmern, aber ohne Erfolg. Irgendwie fühlte sich Kira dadurch besser, aber es machte ihr auch deutlich, dass sie bisher nichts vorweisen konnte.

»Vielleicht muss ich die Vergangenheit ruhen lassen. Ich weiß nicht, wo ich noch suchen kann«, überlegte sie laut.

»Ich bin mir sicher, dass deine Großmutter nie von dir erwartet hat, dass du das Schloss wieder in Besitz nimmst. Vielleicht wollte sie dir nur eine schöne Gutenachtgeschichte erzählen«, versuchte Inga sie zu trösten.

»Vielleicht«, wiederholte Kira.

Inga strich ihr mitfühlend über den Arm.

»Du bist für nichts verantwortlich, außer für dein Leben und das deiner Kinder, solange sie klein sind. Da du noch keine hast, also nur für dich.«

Kira nickte stumm.

»Wir haben nur dieses eine Leben und die Jahre vergehen viel zu schnell. Schau mich an, ich bin schon eine alte Frau. Aber ich fühle mich nicht so.«

Sätze wie diese hatte sie von ihren Eltern zuhauf gehört und meist mit den Augen gerollt. Aber aus Ingas Mund klangen sie ganz anders. Kira wusste, dass sie aus Erfahrung sprach. Sie sah es in ihren Augen.

Während sie weiter durchs Watt stapften, erzählten Inga und Jasper abwechselnd von den Gefahren der Gezeiten.

»Kaum vorstellbar, dass hier in ein paar Stunden alles unter Wasser steht«, sagte Jasper.

Inga gab ihm einen Kuss und sagte: »Das ist mein Wattexperte.«

Er lachte stolz. In seinem Blick lag eine Vertrautheit und tiefe Zuneigung, die sie neidisch machte.

»Wie lange seid ihr schon verheiratet?«, fragte Kira.

»Sind wir nicht, aber wir lieben uns seit fast fünfzig Jahren«, erklärte Jasper.

Inga kicherte.

»War es Liebe auf den ersten Blick?«

»Schatz, war es Liebe auf den ersten Blick?«, fragte Jasper.

Sie sahen sich an und Inga antwortete: »Auf den zweiten.«

Nach einer Pause sagte sie: »Im Nachhinein betrachtet,

sind doch die zwischenmenschlichen Beziehungen das, was zählt, oder?«

Jasper nickte und fügte hinzu: »Und gute Musik.«

Inga küsste ihn. Und wieder verspürte Kira eine Sehnsucht in sich.

»Da wären wir«, sagte Jasper stolz.

Kira sah sich um. Es war ein seltsames Gefühl, hier zu stehen, wo vor über sechshundert Jahren ein ganzer Landstrich untergegangen war. Von der alten Siedlung war nichts zu erkennen. Nur wenn man es wusste, konnte man erahnen, dass hier vielleicht einmal eine Warft mit Häusern gewesen war.

Kira seufzte und fasste den Entschluss, ihre Suche zu beenden. Sie blickte zum Himmel und sagte: »Oma, ich habe es versucht, wirklich. Aber jetzt muss ich mein eigenes Leben leben.«

Danach fühlte sie sich freier.

27

*N*oah konnte sich nicht auf die Arbeit konzentrieren. Er war extra früh nach Husum ins Büro gefahren. Wie immer mit dem Rad, um den Kopf freizubekommen. Doch kaum saß er im Büro, musste er wieder an Kira denken. Auch heute zog es ihm den Magen zusammen, wenn er daran dachte, wie sie über das Familienunternehmen gesprochen hatte. Das war ein Teil seines Lebens. Ein großer Teil. Aber das würde sie nie verstehen, weil sie aus einer anderen Welt kam.

Er merkte erst jetzt, wie sehr ihn ihre Behauptungen wurmten, dass seine Familie das Schlösschen gestohlen hätte. Wie hätte ein Fischer denn das Schloss bauen sollen? Jetzt, da er nicht mehr von seiner Zuneigung zu Kira geblendet war, wurde ihm umso klarer, dass ihre Theorie Unsinn war.

Wenn er wenigstens beweisen könnte, dass das Schlösschen seiner Familie rechtmäßig gehörte. Dann würde sie das Thema vielleicht ruhen lassen und er könnte sich wieder auf seine Arbeit konzentrieren und sie vergessen.

Sein Vater hatte ihm die Unterlagen zum Bau des

Schlösschens, die er ihm versprochen hatte, bisher nicht herausgesucht. Als Noah ihn noch einmal deswegen angeschrieben hatte, kam nicht einmal eine Rückmeldung. Vermutlich hatte er keinen Kopf dafür und auch kein Interesse daran – schließlich gehörte ihnen das Schlösschen bereits.

Noah überlegte. Wo würde man solche wichtigen Dokumente am ehesten aufbewahren? Am meisten Sinn ergab es für ihn, wenn sein Großvater diese in dem geheimen Kellerraum in seinem Haus verwahrt hätte. Oder etwa nicht? Irgendetwas musste er dort übersehen haben.

Um elf Uhr beschloss er, früher in die Mittagspause zu gehen und noch einmal zu seinen Eltern zu fahren. Sein Vater war auf einem Außentermin und auch seine Mutter war nicht zu Hause.

Schnurstracks lief er in den Keller und stellte noch einmal alles auf den Kopf. Er fand nichts. Irgendwo musste es etwas geben. Aber wo? Als er nach oben kam, war es draußen schon dunkel. Er lief ins Arbeitszimmer. Vielleicht war hier etwas. Möglicherweise hatte sein Vater sogar etwas gefunden und vor ihm versteckt?

»Noah, bist du das?«, hörte er plötzlich die Stimme seine Mutter.

»Ciao, Mamma, ja, ich bin hier oben.«

Sie ging zu ihm und fragte: »Was machst du in Papas Büro?«

»Ich suche nach einer Urkunde. Es muss doch ein Dokument geben, das besagt, dass das Schloss unserem Urgroßvater gehört hat. Oder etwas, das belegt, dass er es selbst erbaut hat. Ein Vertrag mit der Baufirma. Oder einen Plan des Architekten.«

Seine Mutter sah ihn an.

»Du meinst so ein altes Ding mit Stempel und so?«

Er nickte. »Irgendwas Altes. Ja, vielleicht mit Stempel, wer weiß.«

Seine Mutter überlegte und schmunzelte.

»Hast du eine Idee?«, fragte er überrascht.

»Ich hatte da vielleicht mal so was in der Hand.«

»Wo? Im Keller? Ich habe alles durchsucht.«

»Du hast in Ordnern gesucht, aber da wirst du ihn nicht finden. Katharina hatte einen alten Plan, er war schön gerahmt und hing jahrelang an ihrer Wand.«

»Wirklich?«

Seine Mutter nickte. »Ja. Könnte sein, dass der vom Schlösschen war, ich habe ihn mir nie genauer angeschaut.«

»Und wo ist der jetzt?«

Sie räusperte sich und antwortete mit einem spitzbübischen Lächeln: »Ich verrate es dir nur, wenn du mir versprichst, hier mit mir zu Abend zu essen.«

»Ich verspreche es, Mamma.«

»Dann komm.«

Sie ging vor ihm die Treppe hinauf ins Gästezimmer.

»Der Plan ist im Gästezimmer?«, fragte Noah erstaunt.

Viola schüttelte den Kopf. Sie führte ihn in das dazugehörige Badezimmer und zeigte auf ein Bild, das über der Toilette hing.

»Meinst du das?«

Im ersten Moment dachte Noah, seine Mutter hätte sich einen Scherz erlaubt. Dann ging er näher. Es war tatsächlich ein Hausgrundriss auf einem vergilbten Papier, der in einem wunderschön verzierten Goldrahmen hing. Der Plan trug den Stempel eines Architektenbüros *Wilhelm Holm & Partner*. Es schien sich um den Grundriss des Erdgeschosses des Schlösschens mit der markanten Eingangshalle und dem Ballsaal zu handeln.

»Seit wann hängt das hier?«, fragte Noah verblüfft.

»Wann haben wir das Bad renoviert? Vor ungefähr sieben Jahren?«

Noah betrachtete das moderne Bad, das im Design an den Stil der Zwanzigerjahre erinnerte, und schüttelte ungläubig den Kopf.

»Und wo war es vorher?«

»Im Keller zwischen dem alten Gerümpel. Der Innenarchitekt hatte die Idee, alte Dokumente aufzuhängen, das wäre modern und zeugt von Stil und Geschmack.«

Noah lachte und fragte: »Und warum habe ich das noch nie gesehen?«

»Wer geht schon ins Gästebad? Außerdem wohnst du schon lange nicht mehr hier.«

Noah fotografierte den Plan ab und wandte sich zum Gehen. Doch dann hatte er eine Idee. Er nahm den Bilderrahmen ab und ging damit ins Gästezimmer, wo er ihn aufs Bett legte.

»Was machst du?«, fragte seine Mutter.

»Ich will den Rahmen öffnen, vielleicht finden sich weitere Notizen auf der Rückseite des Plans.«

Vorsichtig löste er das Papier, mit dem der Rahmen zugeklebt war. Zu seiner Überraschung befanden sich mehrere Blätter hinter dem Passepartout. Behutsam nahm er sie heraus. Die zweite Seite zeigte das Obergeschoss des Schlösschens. Sofort fiel sein Blick auf eine Notiz am Seitenrand, die mit der Schreibmaschine getippt worden war.

»Wer ist Jan Jakobsen?«, fragte seine Mutter und deutete auf die Aufschrift, die *Jan Jakobsen, Süderwiek* als Bauherrn auswies.

Noah atmete laut hörbar aus.

»Nicht das, was du finden wolltest?«, fragte seine Mutter.

Er schüttelte den Kopf.

Dann sah er sich die dritte Seite an. Diesmal handelte es

sich nicht um einen Bauplan, sondern um eine Schenkungsurkunde. Ihm wurde schwindelig.

»Und was ist das?«, fragte seine Mutter.

»Eine Urkunde, die besagt, dass der eigentliche Bauherr, Jan Jakobsen, das Schlösschen an unsere Vorfahren verschenkt hat.«

»Jemand hat ein ganzes Schloss verschenkt? Das klingt verrückt.«

»Allerdings«, bestätigte Noah.

Das Datum der Unterzeichnung lautete 30. April 1926.

Noah verteilte die Dokumente mit zittrigen Händen auf dem Bett und fotografierte sie ab. Dann legte er sie wieder in den Rahmen und schloss diesen.

»Für heute habe ich genug gesehen«, sagte er.

»Warte, junger Mann. Du hast noch ein Versprechen einzulösen.«

Ein paar Minuten später saßen sie auf Barhockern in der Küche an der großen Kochinsel.

»Ich habe uns Polenta mit Tomatensoße gemacht«, sagte seine Mutter und stellte die großen Teller ab, aus denen es aromatisch dampfte.

»Mamma, du solltest öfter selber kochen. Das war köstlich!«

Er gab ihr einen Kuss.

»Sag mal, was macht denn die hübsche Kira?«, fragte sie.

Noah zuckte mit den Schultern.

»Keine Ahnung. Vielleicht ist sie wieder in Hamburg.«

»Oh, das tut mir leid«, sagte Viola mitfühlend und legte ihm einen Arm um die Schulter.

»Ach ja, egal. Es hat eben doch nicht gepasst mit ihr.«

»Und warum ist dir das mit den Urkunden so wichtig? Papa will das Schloss doch sowieso verkaufen.«

»Aber was ist, wenn uns das Schloss gar nicht gehört? Gebaut wurde es von Jan Jakobsen.«

»Du hast doch gerade vorgelesen, dass er es unserer Familie geschenkt hat.«

»Schon, aber wenn alles mit rechten Dingen zugegangen ist, warum wurde dann behauptet, unser Ururgroßvater hätte es gebaut? Und warum ist Jan Jakobsen mittellos nach Amerika ausgewandert?«

»Ist das wichtig?«, fragte sie.

»Für Kira schon.«

28

März 1926

Katharina und Jan tanzten völlig außer Atem den neuen Foxtrott. Als die Musik zu Ende war, seufzte sie laut auf. Schweißperlen hatten sich auf ihrer Stirn gebildet. Das hellblaue Kleid mit den kleinen Karos schimmerte, wenn sie sich bewegte. Sie war eine begnadete Tänzerin.

Obwohl auch Jan noch stundenlang mit ihr getanzt hätte, sah er immer wieder auf die Uhr. Es durfte nicht zu spät werden. Ihre Eltern waren an diesem Wochenende verreist. Deshalb waren sie kurzentschlossen für einen Tagesausflug nach Hamburg gefahren. Kaum waren sie in der Hansestadt angekommen und hatten einen Spaziergang über den Jungfernstieg absolviert, hatte Katharina ihn in ein Tanzlokal geschleppt, das schon am Nachmittag geöffnet hatte.

Als er ihr sagte, dass sie bald nach Hause fahren mussten,

war Katharina enttäuscht. Sie bettelte wie ein kleines Kind um einen weiteren Tanz und schmiegte sich an ihn. Jan umarmte sie. Es fiel ihm schwer, ihrem Flehen nicht nachzugeben. Am liebsten hätte er ihr jeden Wunsch erfüllt.

»Prinzessin, wir müssen bald gehen. Jetzt haben wir genug getanzt.«

»Komm, nur noch einen Tanz!«

Er wusste, dass sie ihn um den Finger wickeln wollte, wenn sie ihn wie ein kleines Mädchen mit ihren großen, strahlenden Augen ansah, und trotzdem fiel es ihm schwer, Nein zu sagen. Aber er wollte nicht zu spät nach Süderwiek kommen. Nachtfahrten über die Landstraße waren für ihn immer noch sehr anstrengend.

»Wir müssen.«

Er zuckte mit den Schultern.

»Dann noch einen Sekt.«

»Gut. Noch einen Sekt, aber dann fahren wir los.«

Er sah sie an. Katharinas Schminke war etwas verwischt, aber das machte sie noch verführerischer.

»Wie eine Filmschauspielerin«, dachte Jan.

»Wie hast du dich so schnell umgezogen und geschminkt?«, wollte er wissen.

Sie zuckte mit den Schultern und trank einen großen Schluck Sekt.

»Das macht mir Spaß.«

Er war verrückt nach ihr und konnte immer noch nicht glauben, dass sie sich unter all den Männern ausgerechnet für ihn entschieden hatte. Es war, als hätte er den Hauptpreis gewonnen. Jan sah, wie die anderen Männer sie anstarrten, selbst diejenigen, die in Begleitung waren. Ihre Lebensfreude und ihr Selbstbewusstsein machten sie zu einer einzigartigen Erscheinung. Sie benahm sich in diesem Lokal wie eine Diva.

Was für ein Gegensatz zu der liebenswerten und naiven Tochter, die sie in Gegenwart ihrer Eltern spielte.

Sie gab ihm einen Kuss und flüsterte: »Ich liebe dich.«

Sein Herz schlug schneller. Kurz nippte Jan an seinem Champagner. Im Gegensatz zu Katharina mochte er dieses Getränk nicht. Ein Bier war ihm lieber. Etwas nervös sah er wieder auf die Uhr.

»Wir müssen bald los. Schließlich ist es noch ein weiter Weg nach Hause.«

Sie machte ein trauriges Gesicht.

»Spielverderber. Komm, lass uns hier wohnen.«

»Jetzt, wo mein Schloss bald fertig ist, willst du nach Hamburg?«

Katharina kicherte.

»Hier sind die Tanzlokale so schön.«

»Wir machen unsere Tanzabende einfach zu Hause.«

»Jeden Abend?«

»Wenn du willst.«

Jan zuckte mit den Schultern und zog die Mundwinkel zusammen wie ein Vater, der seinem Kind noch ein Stück Kuchen erlaubt. Sie klatschte in die Hände, und er freute sich, dass er ihr eine Freude gemacht hatte.

Als sie nach Hause fuhren, war Katharina sehr still.

Er sah sie kurz an und fragte: »Na, bist du müde?«

Sie schüttelte den Kopf. »Ich denke nach.«

»Worüber?«

»Ich frage mich, ob du in Zukunft noch genug Geld für uns hast. Schließlich möchte ich in unserem zukünftigen Haus viele große Tanzveranstaltungen haben.«

»Mach dir keine Sorgen.«

»Liebling, als Fischer verdient man doch nicht so viel. Woher hast du das Geld?«, fragte sie und sah ihn wieder mit großen Augen an.

»Darüber brauchst du dir deinen hübschen Kopf nicht zu zerbrechen.«

Er nahm eine Hand vom Lenkrad und strich ihr übers Haar. Sie drehte den Kopf zur Seite und drückte seine Hand weg.

»Wenn ich dich bald heiraten soll, muss ich wissen, warum du kein armer Fischer mehr bist«, antwortete sie fast weinerlich.

»Sagen wir, ich hatte Glück und war sehr fleißig.«

»Das klingt so einfach. Wie?«

Jan lächelte immer noch. Er durfte nicht schwach werden. Warum wollte sie das auf einmal wissen? Genügte ihr nicht einfach das Geld?

»Hast du einen goldenen Fisch gefangen?«, fragte sie lachend.

»So ähnlich.«

Jan lächelte geheimnisvoll und starrte auf die dunkle Straße hinaus.

Sie sah ihn ungläubig an. »Du musst es mir erzählen.«

Es begann zu regnen. »Schatz, ich muss mich auf die Straße konzentrieren. Regen und Dunkelheit sind keine guten Partner.«

Katharina sagte nichts mehr. Jan mochte es nicht, wenn sie beleidigt war, dann ignorierte sie ihn, und das war für ihn schwer zu ertragen. Er seufzte, streichelte über ihren Arm, aber sie wandte sich ab und gab ihm damit zu verstehen, dass er in Ungnade gefallen war.

Zu Hause angekommen, warf sie ihm einen beleidigten Blick zu, drehte theatralisch den Kopf zur Tür und ging, ohne sich zu verabschieden. Aus dem nordischen Schmuddelwetter waren dicke, schwere Tropfen geworden. Katharina schritt trotzdem langsam zur Haustür wie eine Königin.

Jan sah ihr beunruhigt nach. Warum wollte sie unbedingt

wissen, woher sein Reichtum stammte? Hatte sie Angst, dass er bald wieder ein armer Schlucker sein würde?

Auf dem Nachhauseweg entdeckte er eine dunkle Gestalt, die schnellen Schrittes nach Hause ging. Als er an ihr vorbeifuhr, erkannte er Anna. Rasch bremste er. Ihr Hut und ihr Mantel waren ganz durchnässt. Etwas erschrocken sah sie ihn an, als er so plötzlich neben ihr hielt.

»Moin, Anna, steig ein«, sagte er. »Ich fahre dich nach Hause.«

Als wäre er ein Fremder, erwiderte sie schroff: »Nein, danke, ich laufe lieber.«

»Komm, es schüttet, du holst dir noch den Tod. Steig ein. Ich fahre dich nach Hause. Komm!«

Sie überlegte kurz und stieg dann doch ein.

Während sie neben ihm auf dem Beifahrersitz saß, sah sie geradeaus, als hätte sie Angst, ihn anzusehen.

»Geht es dir gut?«, fragte er.

»Ja, mir geht es gut«, behauptete sie.

Jan hatte das Bedürfnis, ihr etwas Nettes zu sagen.

»Es tut mir so leid, dass wir keine Freunde mehr sind. Du bist ein wirklich herzensguter Mensch.«

Anna wandte sich ihm zu. In ihrem Blick lagen Wut und Empörung.

»Du kannst mich hier rauslassen.«

»Warum, habe ich etwas Falsches gesagt?«

Anna seufzte und überlegte einen Moment. Als wäre der Damm gebrochen, begann sie: »Das hast du. Ich halte das nicht mehr aus. Was meinst du damit, ich sei ein herzensguter Mensch? Was bedeutet das für dich? Egal, auf jeden Fall bin ich nicht dumm. Aber bei dir, Jan, frage ich mich, ob du noch ganz bei Trost bist. Warum läufst du dieser Frau hinterher? Was findest du an ihr? Ist sie so außergewöhnlich?«

Jan war zunächst völlig überrumpelt. Doch dann hielt er

am Straßenrand und drehte sich zu ihr um. Er flüsterte mehr, als dass er es sagte. »Ich liebe sie.«

Anna hätte am liebsten losgeheult, denn sie sah, dass er es ernst meinte.

»Ich kann nichts dafür. Ich liebe sie einfach.«

Anna seufzte. Ihre Augen füllten sich mit Tränen. »Jan, sei vorsichtig. Trau dieser Familie nicht. Ich bitte dich. Ich ahne nichts Gutes bei ihnen. Du magst sie lieben, aber sie liebt dich nicht. Katharina ist nur auf Begierde aus und ihr Vater auf dein Schloss.«

Pikiert antwortete er: »Mach dir keine Sorgen.«

»Du kennst die Familie nicht, aber ich tue es. Sieh dich vor! Ich steige hier aus. Alles Gute, Jan Jakobsen.«

Mit diesen Worten verschwand sie in der Dunkelheit. Jan sah ihr verwundert nach. Ihre Sätze machten ihm Angst und er wusste nicht, ob er sie ernst nehmen sollte. Vielleicht war sie ja nur eifersüchtig. So wie Katharina wütend wurde, wenn er eine andere auch nur anlächelte. Aber Anna vertraute er, sie war klug und gutherzig. Sie würde das nicht einfach aus einer Laune heraus sagen. Selbst dann nicht, wenn sie eifersüchtig wäre.

Als Jan im Bett lag, schmerzte sein Magen. Er war müde, aber er konnte nicht einschlafen. Zu viele Herausforderungen waren zu bewältigen. Der Bau befand sich in der Endphase, das Geld wurde immer knapper. Die Summe, die der Architekt genannt hatte, hatte sich fast verdoppelt. Zu groß waren die Ausgaben und auch Katharinas Wünsche für die Innenausstattung.

Wie sollte er das Anwesen später unterhalten? Wie lange würde das Geld jetzt noch reichen, wenn er sein gesamtes Erspartes aufwand? Vielleicht würde ihm der Antiquitätenhändler wieder ein paar Aufträge beschaffen können? Aber jetzt hatte er einen Ruf, den er nicht beschädigen durfte.

Zum ersten Mal überkam ihn Angst. Aber das durfte niemand sehen. Schließlich war er der junge, erfolgreiche Jan Jakobsen. Der Mann, der es zu etwas gebracht hatte und das schönste und größte Haus weit und breit baute. Er brauchte das Schloss, um Jenssens zu beeindrucken.

Und wenn er ehrlich war, genoss er auch die Blicke der Leute. Es fühlte sich gut an, etwas Besonderes zu sein. Er hatte sich so daran gewöhnt, dass er niemals zu seinem Fischerleben zurückkehren wollte. Er brauchte dringend mehr Geld, und er hatte auch schon eine Idee, wie er es bekommen konnte.

Am nächsten Tag, als die Flut zurückging, zog er seine Stiefel an und ging mit einer Schaufel ins Watt. Er wollte noch einmal zu der Stelle gehen, an der er die Münzen gefunden hatte. Es war kalt, aber das störte ihn nicht. Er hatte auch keine Angst, dass ihn jemand sehen würde. Bei dem Wetter war sowieso niemand am Strand.

Zur gleichen Zeit saß Katharinas Vater mit seiner Pfeife in seinem Ledersessel und unterhielt sich mit seiner Tochter.

»Hat er dir wirklich nicht erzählt, wie er zu seinem Geld gekommen ist?«, fragte er.

Sie zuckte mit den Schultern.

»Nein. Er sagte, ich solle mir keine Sorgen machen.«

Diese Heimlichtuerei machte Hugo stutzig. Irgendetwas verbarg der Fischer, nur was?

»Warum willst du das unbedingt wissen?«, erkundigte sie sich.

»Ich muss wissen, wie der Mann, der um meine Tochter wirbt, sein Geld verdient«, antwortete er. Und das stimmte natürlich. Doch vor allem hatte er den Verdacht, dass etwas mit Jans Vermögen nicht mit rechten Dingen zuging. Und wenn dem so war, war das Wissen darum von großem Nutzen.

Noch konnte er seine Gläubiger mit Teilzahlungen hinhalten. Er hatte ihnen erzählt, dass er bald neue Einnahmen haben würde. Doch das würde nicht mehr lange gutgehen. Wenn er nicht bald einen Kredit bewilligt bekam, würde das Kartenhaus in sich zusammenfallen. Er musste jetzt klug vorgehen.

Er sah wieder zu seiner Tochter. Diese lächelte ihn an. Es war dieser Blick, der ihn sofort milder werden ließ. Er zog an seiner Pfeife. Ja, auch dieses Lächeln war der Grund, warum er es wissen wollte.

»Er verheimlicht uns etwas und ich denke, es ist gut, wenn du herausfindest, was es ist«, sagte er mit Nachdruck.

29

*J*n den nächsten Tagen ging Jan häufig zu der Stelle, an der er schon früher gegraben hatte, und grub stundenlang. Das Wetter war schlecht, es war kalt und regnerisch, aber das war ihm recht. So sah ihn niemand, wenn er sich am Strand herumtrieb. Am fünften Tag fand er ein paar Scherben, sonst nichts. Obwohl er mit Schlick und Schlamm bedeckt war, seine Kleidung durchnässt, bemerkte er die Kälte nicht. Der Drang, wieder etwas Wertvolles zu finden, war stärker. Wütend schrie er auf und warf die Scherben weg, die jeden Hobbyarchäologen glücklich gemacht hätten.

Enttäuscht und zornig ging er zurück in die Pension. Wer weiß, wie viele Tage er noch gegraben hätte, wenn ihm nicht eine schwere Grippe einen Strich durch die Rechnung gemacht hätte. Er war so schwach, dass er das Bett hüten musste.

Zu seiner Überraschung kam Katharina zu Besuch.

»Was machst du denn hier?«, fragte er heiser. »Du hast mich noch nie besucht. Machst du dir keine Sorgen, dass deine Eltern es herausfinden?«

»Mein Vater hat es mir erlaubt. Ich soll sehen, wie es dir geht.«

»Ganz gut«, behauptete er.

Doch er konnte ihr ansehen, dass er sie nicht überzeugen konnte. Katharinas Lächeln war anders als sonst, sie wirkte verstört. Es war Jan unangenehm, dass sie ihn in diesem Zustand sah. Er wusste, dass er blass, krank und verletzlich wirkte. An ihrem Gesicht konnte er erkennen, dass sie von seinem Anblick nicht angetan war und das gab ihm einen Stich. Er erinnerte sich an das, was Anna gesagt hatte.

»Macht dein Vater sich wirklich Sorgen um mich?«, fragte Jan.

»Eher nicht«, gab sie zu. »Ich denke, er macht sich Sorgen um mich. Er möchte einen Schwiegersohn, der seine Bauprojekte auch umsetzen kann. Das waren seine Worte.«

»Bald wird die Einweihung stattfinden«, versprach er und nahm ihre Hand. »Sag ihm das. Ich bin bald wieder gesund. Es ist nur eine Erkältung.«

»Etwas mehr als das ist es schon. Was ist denn passiert? Hast du das Verdeck deines Wagens offengelassen, als du gefahren bist?«, wollte sie wissen.

Er versuchte, zu lachen, musste aber husten. Sie zog ihre Hand zurück.

»Nein, nein, ich war draußen am Strand und bin nass geworden.«

»Warum badest du denn bei dieser Kälte?«

Jan war schwach, erschöpft vom Fieber und müde, und so vergaß er alle Vorsicht und platzte heraus: »Ich suche einen Schatz.«

»Einen Schatz?«

»Ja, den Schatz von Rungholt.«

»Ist das nicht nur ein Märchen?«

»Vielleicht. Und dennoch gab es früher wohlhabende

Kaufleute in unserer Bucht. Ich war bei einer Ausgrabung. Dort habe ich kostbare Münzen gefunden. Die habe ich verkauft und den Erlös angelegt. Aber der Mann, an den ich sie verkauft habe, würde mir noch mehr abkaufen. Er ist ein reicher Sammler. Seine Leidenschaft ist die Geschichte.«

»Du hast also wirklich einen kleinen Schatz gefunden?«

Er nickte und lächelte. »Einen sehr kleinen, aber ich habe ihn weise investiert.«

»Mein Vater dachte schon, du hättest einen Millionär entführt und um sein Geld erpresst.« Sie lachte laut auf.

Jan lächelte. »Jetzt kennst du also mein Geheimnis.«

Sie zuckte mit den Schultern. Jan musste wieder husten und Katharina rückte noch ein Stück weg von ihm.

»Ich muss jetzt nach Hause. Ich wünsche dir gute Besserung«, sagte sie.

Katharina winkte ihm zu und eilte hinaus. Er hörte den Motor eines Wagens anspringen. Anscheinend hatte der Chauffeur ihres Vaters sie hergefahren. Jans Augenlider wurden schwer und fielen schließlich zu. Vor dem inneren Auge sah er Katharina, die mit ihm über die Schwelle ihres gemeinsamen Hauses schritt. Es würde alles gut werden, weil er sie heiraten würde.

Dann fiel er in einen traumlosen Schlaf.

Katharina war froh, nach Hause zu fahren. Sie fühlte sich nicht wohl in der Gegenwart von Kranken. Hoffentlich hatte sie sich nicht angesteckt, so viel, wie er gehustet hatte. Diese Verletzlichkeit, die Jan zeigte, gefiel ihr nicht. Er war immer so ein gut aussehender Mann gewesen. Doch heute hatte sie Ekel empfunden. Wenn ihr Vater sie nicht geschickt hätte, hätte sie die Türschwelle sicher nicht übertreten.

Was er ihr erzählt hatte, klang abenteuerlich. War das der Fieberwahn oder hatte er tatsächlich einen Schatz gefunden? Wie es aussah, behielt ihr Vater recht, dass an Jans Vermögen etwas sonderbar war. Sie störte es nicht. Ein Mann, der Schätze im Watt ausgrub, hatte etwas Verwegenes, fand sie. Wie ein Pirat. Wenn er sich dabei nur nicht den Tod holte.

Wieder musste sie an Jan auf seinem Krankenlager denken. Sie mochte den gesunden Jan lieber. Dass er verletzlich sein konnte, störte sie. Sie dachte an den anderen Fischerjungen und überlegte, ob sie ihn aufsuchen sollte. Vielleicht morgen, wenn das Wetter besser war.

30

Gegenwart

 ach ihrer Rückkehr nach Hamburg warf sich Kira mit aller Energie in ihre Arbeit. Für ihren Professor sollte sie einen riesigen Stapel neuer Veröffentlichungen sichten und vorsortieren. Daneben vergrub sie sich in ihre eigenen Bücher für die Masterarbeit. Das half ihr, die Ereignisse in Süderwiek zu vergessen.

In ihrer wenigen Freizeit unternahm sie lange Spaziergänge am Wasser. Stundenlang schlenderte sie an der Alster und der Elbe entlang. Manchmal blieb ihr Blick an einem der verliebten Pärchen hängen, die händchenhaltend an ihr vorbeigingen. In solchen Momenten musste sie an Noah denken. Seine Berührungen und die Nähe. Die romantischen Spaziergänge am Strand. Für kurze Zeit hatte sie sich bei ihm angekommen gefühlt. Ein Sommermärchen, das sich schnell als Illusion entpuppt hatte. Er stammte aus einer anderen Welt als sie. Und sie war wohl einfach dazu bestimmt, als Einzelgängerin zu leben.

Dennoch schmerzte sie der Gedanke an ihn. Mehr als sie wollte. Er hatte sich nicht wieder bei ihr gemeldet. Keine einzige Nachricht in mittlerweile drei Wochen. Kein Versuch, noch einmal etwas zu erklären oder ins rechte Licht zu rücken. Jetzt hatte er ja ihre Nummer. Es war wohl nur ein weiterer Beweis dafür, dass er keinen Charakter besaß.

Als Kira an diesem Abend nach Hause kam, traf sie auf eine euphorische Marion, die sich gerade in ein eng anliegendes rotes Kleid quetschte.

»Ah, super, dass du da bist. Kannst du mir mit dem Reißverschluss helfen?«

»Natürlich.«

Während ihre Freundin die Luft anhielt und sie den Verschluss hochzog, fragte Kira: »Hast du ein Date?«

»Ja, mit Kai.«

»Schon wieder? Das ist ja schon das zweite Mal hintereinander.«

Vor Kurzem hatte Marion begonnen, regelmäßig eine Dating-App zu benutzen. In den letzten Wochen hatte sie jede Woche drei, vier Dates gehabt. Aber bisher hatte sich nie ein zweites Treffen mit den Männern ergeben.

»Sogar schon das dritte«, bekannte Marion mit einem spitzbübischen Grinsen. »Gestern habe ich ihn auch getroffen.«

»Deswegen das schicke Kleid?«

Marion nickte. Sie drehte sich um.

»Wie sehe ich aus?«

Kira konnte nicht anders, als anerkennend zu pfeifen.

»Ein bisschen komisch komme ich mir schon vor«, meinte Marion. »Du bist im Liebeskummer-Modus und ich lerne endlich einen tollen Typen kennen. Das ist doch voll die Ironie.«

»Ist schon okay. Genieß deinen Abend. Mir geht es gut.«

»Du siehst aber nicht so aus.«

»Quatsch. Ich bin nur im Stress wegen meiner Masterarbeit. Ich will, dass sie gut wird.«

»Ich könnte Kai fragen, ob er ein paar nette Single-Freunde hat. Vielleicht können wir auf ein Doppel-Date gehen.«

Kira winkte ab. »Nein. Lieber nicht. Ich mag solche arrangierten Treffen nicht.«

»Man kann nicht immer darauf warten, dass der Traummann vom Himmel fällt. Ein bisschen was muss man auch dafür tun.«

Kira dachte: »Oder dass der Traummann dich mit dem Fahrrad über den Haufen fährt«, und musste bei dem Gedanken schmunzeln.

»Außerdem«, fuhr Marion fort. »Dein letzter Traummann hat sich als genau das herausgestellt: ein Traum. Beim ersten Windhauch hat er sich in Luft aufgelöst.«

»Stimmt. Aber das ist in Ordnung. Ich habe allein genug zu tun. Ich komme auch so zurecht.« Kira sagte das mit großer Bestimmtheit, um sich selbst zu bestätigen, dass sie es genau so fühlte. Oder zumindest bald wieder fühlen könnte, wenn die Trauer um den geplatzten Traum eines Tages vergangen war.

Sie schüttelte den Gedanken ab und befahl grinsend: »Und jetzt geh und genieß dein Rendezvous.«

Marion nahm ihre Freundin in den Arm und drückte sie fest an sich. Dann ging sie fröhlich nach draußen.

Am nächsten Morgen trat Kira verschlafen in die Küche. Es war ungewöhnlich ruhig in der Wohnung. Normalerweise saß

Marion um diese Zeit bereits am Küchentisch und aß ihr Müsli. Kira warf einen Blick in den Flur und sah, dass Marions Tür offenstand. Das Zimmer war leer. Ihre Mitbewohnerin war heute Nacht anscheinend gar nicht nach Hause gekommen.

Kira seufzte und ließ sich mit ihrer Kaffeetasse auf den Küchenhocker sinken. Nun verlor sie auch noch Marion.

Nach dem Frühstück machte Kira sich auf den Weg zur Uni. Sie hatte noch Arbeit für ihren Professor zu erledigen. Die würde sie hoffentlich auf fröhlichere Gedanken bringen oder wenigstens ablenken.

An der Universität verzog sie sich sofort in ihr Mini-Büro, in das kaum ein Schreibtisch passte. Ein *Kabuff*, wie die deutschen Mitstudenten es nannten. Hier hatte sie wenigstens ihre Ruhe. Sie hatte kaum Platz genommen, als es an der Tür klopfte.

Sie hob den Kopf. Es kam selten vor, dass sich jemand in ihr Zimmer verirrte. War es ihr Professor?

Sie öffnete die Tür. Vor ihr stand eine Dame um die siebzig. Sie wirkte ernst, hatte weißes kurzes Haar und war dezent geschminkt. Sie trug einen dunkelgrünen Parka und Turnschuhe, als würde sie gerade vom Gassigehen mit ihrem Hund in Hamburg-Eppendorf kommen.

»Guten Morgen, sind Sie Kira Miller?«, fragte die Dame und sah sie erwartungsvoll an.

Kira nickte verdutzt. Die Dame sprach mit skandinavischem Akzent.

»Mein Name ist Eriksen. Hilda Eriksen.«

Kannte sie diese Frau? Waren sie sich schon einmal begegnet? Wie kam sie hierher?

Die Dame lächelte jetzt. »Darf ich?«, fragte sie und deutete in den Raum.

Wortlos ließ Kira sie eintreten.

»Wie kann ich Ihnen helfen?«, fragte sie, während sie inmitten des kleinen Zimmers standen, das mit Ordnern und Kisten vollgestopft war.

»Die Frage ist eher, wie ich Ihnen helfen kann«, sagte die Frau und blickte sie geheimnisvoll an.

»Wobei?«, fragte Kira.

»In Bezug auf das Schlösschen in Süderwiek.«

Kiras Augen weiteten sich. »Ich fürchte, ich kann Ihnen nicht ganz folgen.«

»Ich brauche etwas Zeit, um das zu erklären.«

Kira wollte ihr den Besucherstuhl anbieten, doch darauf lag ein Stapel Bücher aus der Universitätsbibliothek. Hastig nahm sie sie, legte sie auf ihren überfüllten Schreibtisch und bedeutete Frau Eriksen, Platz zu nehmen.

»Kennen wir uns aus Süderwiek?«

Die Dame schüttelte den Kopf.

»Sie kennen mich nicht, aber ich weiß alles über Sie.«

»Das klingt bedrohlich«, wandte Kira freundlich ein.

»Ist es nicht.« Zum ersten Mal umspielte ein Hauch von Lächeln ihre Lippen. »Mein Vater und Ihr Urgroßvater haben vor langer Zeit Geschäfte miteinander gemacht.«

»Sie meinen Jan Jakobsen?«

Die Frau nickte.

»Sie müssen wissen, dass mein verstorbener Vater eine große Leidenschaft hatte, schon als kleiner Junge liebte er die nordischen Sagen. Er ist in Dänemark aufgewachsen, als Spross einer reichen Familie. Aber als Kind hat ihn das Leben in Herrenhäusern auch eingeschränkt. In seiner Fantasie träumte er von den Geschichten der Wikinger, die ja an der Grenze unserer beiden Länder ein paar Häfen hatten. Und auch die Rungholt-Saga faszinierte ihn. Als er selbst die Familienunternehmungen leitete, hat er nebenbei eine beträchtliche Sammlung historischer Artefakte zusammengestellt.«

Kira räusperte sich.

»Ehrlich gesagt, verstehe ich gar nichts.«

»Ihr Urgroßvater hat vor vielen Jahren bei den Ausgrabungen in einem Ort namens Süderwiek einen Krug mit Geldstücken aus unterschiedlichsten Ländern gefunden, die meisten aus Gold. Sie mussten von einem reichen Händler stammen, der weit über die Grenzen der Nordsee hinaus Handel betrieben hat. Der historische Wert ist unermesslich. Er hat sie meinem Vater verkauft. Deutlich über dem eigentlichen Materialwert.«

»Also doch!«, entfuhr es Kira.

»Sie haben selbst schon Nachforschungen dazu angestellt?«, fragte Hilda Eriksen.

»Ja, allerdings fehlen mir noch einige wichtige Informationen.«

»Ich habe vielleicht die eine oder andere. Ihr Urgroßvater hat damals mit einem Antiquitätenhändler zusammengearbeitet. Nun ja, vielmehr war es wohl ein, wie sagt man? Ein Dealer? Oder Hehler? Mein Vater hat sich häufig an diesen Mann gewendet, denn, wie soll ich sagen ... Er wusste, wie man Kunstgegenstände beschafft, die eigentlich ins Museum gehören. Jedenfalls hat dieser Händler wohl Ihrem Urgroßvater geholfen, seinen Verkaufserlös später noch einmal erheblich zu vermehren. So kam er zu einem kleinen Vermögen.«

Die Frau ließ sich keine Rührung anmerken, sie fuhr fort wie ein Schweizer Bankdirektor: »Seit mein Vater gestorben ist, seit Jahrzehnten, überlegen wir, was wir mit seiner Sammlung anstellen sollen. So recht lassen sich die Sachen nicht verkaufen, weil bei vielen Stücken die Herkunftsgeschichte unklar ist.«

Kira hatte Schwierigkeiten, ihr zu folgen. Zu viele Informationen strömten auf sie ein, und zu abenteuerlich war die ganze Situation.

»Ich verstehe immer noch nicht, wie Sie auf mich aufmerksam geworden sind«, warf sie ein. »Und was Sie von mir wollen.«

Hilda Eriksen machte eine dramatische Pause, legte die Hände übereinander und fuhr dann fort: »Wissen Sie, nach dem Krieg, der für meinen Vater sehr prägend war, begannen wir, verstärkt mit Immobilien zu handeln, und hier schließt sich der Kreis. Ich habe gehört, dass in Süderwiek, dort wo die Ausgrabungen stattfanden, eine alte Immobilie verkauft werden soll.«

»Das Schlösschen!«

»So wird es wohl genannt, ja. Es ist eine wunderschöne Immobilie mit historischem Wert, die doch eigentlich wieder in den Originalzustand gebracht werden sollte, wie wir finden. Meine Firma beziehungsweise die Firma meiner Tochter will das schöne Schloss in Süderwiek kaufen.«

Kira traute ihren Ohren kaum.

»Unser Gedanke ist, das Gebäude als Museum der nordischen Geschichte zu betreiben. So könnte die Sammlung meines Vaters endlich der Öffentlichkeit zugänglich gemacht werden. Natürlich sind wir allesamt keine Kunstprofis, wir handeln mit Häusern. Für so eine Unternehmung bräuchten wir jemanden vom Fach, der die Leitung des Museums übernehmen könnte. Sie machen doch gerade Ihren Masterabschluss, habe ich gehört. Wann wären Sie verfügbar?«

»Für einen Job?«, stammelte Kira.

Die Dame nickte.

»So in zwei oder drei Monaten.«

»Das ist wunderbar.« Zum ersten Mal, seit sie vorhin vor der Tür gestanden hatte, lachte Hilda Eriksen.

»Ich verstehe immer noch nicht, wie Sie überhaupt von mir erfahren haben«, sagte Kira.

»Ich war in Süderwiek. Habe in der Pension Meerblick

übernachtet. Die junge Historikerin aus den USA hat dort einen guten Eindruck hinterlassen«, sagte die Dame und zwinkerte ihr zu.

»Aber woher wissen Sie das von meinem Urgroßvater?«

»Mein Vater hat in seinen Tagebüchern sehr akribisch alles verzeichnet, was mit seinem Hobby zu tun hatte. Außerdem hat er uns Kindern immer die verrücktesten Geschichten von seinen Wikingerschätzen erzählt.«

»Wie meine Großmutter«, rutschte es Kira heraus.

»Abenteuergeschichten am Kaminfeuer sind doch die besten Gutenachtgeschichten«, sagte Hilda Eriksen. »Und in der Pension Meerblick haben sie mir erzählt, dass Sie Nachforschungen zu Rungholt und zum Schlösschen angestellt haben, das angeblich von Ihrem Großvater gebaut worden sein soll – da habe ich eins und eins zusammengezählt.«

Sprachlos sah Kira sie an und fragte sich, ob sie träumte.

Die alte Dame erhob sich. »Das war jetzt viel, was ich erzählt habe. Hier ist meine Karte. Lassen Sie uns in ein paar Tagen telefonieren und die nächsten Schritte besprechen.«

31

April 1926

Die Einweihungsfeier lag nun eine Woche zurück. Sie war ein durchschlagender Erfolg. Jenssen hatte gar nicht anders gekonnt, als Jan zu dem wunderbaren Anwesen und der ebenso beeindruckenden Feier zu gratulieren. Vor den Augen aller. Es war also kein Fehler gewesen, so viel Geld in den Gala-Abend zu investieren, auch wenn er schmerzlich an den Rest seines Ersparten gehen musste.

Diese Woche hatte er den Verlobungsring bei seinem alten Mentor in Hamburg gekauft – er war der Einzige, der eine Ratenzahlung akzeptierte, aber er musste den Wagen als Sicherheit angeben. Dabei hatte er den Antiquitätenhändler unverfänglich gefragt, ob er nicht in Zukunft wieder den einen oder anderen Auftrag für ihn erledigen und vielleicht sogar den Ring auf diese Weise abbezahlen könnte.

Die Antwort des Händlers war nicht die erhoffte: »Ich

melde mich bei dir.«

Nun saß Jan in seinem Automobil und fuhr die Auffahrt zum Jenssen-Anwesen hinauf. Vor der Tür hielt er an. Er legte die Hand auf die Schmuckschatulle in seiner Jackettasche und holte tief Luft. Er war bereit, dem alten Jenssen in die Augen zu sehen.

Selbstbewusst stieg er aus dem Auto und nahm die drei Stufen zur imposanten Eingangstür, als sei es für einen Fischerjungen wie ihn das Gewöhnlichste auf der Welt. Die Köchin öffnete und führte ihn zum Arbeitszimmer des Hausherrn. Jan war froh, dass es nicht Anna war, die ihn hereinführte. Vielleicht machte sie gerade Besorgungen.

»Jan Jakobsen, was verschafft mir die Ehre?«, fragte der Alte, als er ihm einen Platz auf dem Sofa in der Zimmerecke anbot.

Jan zog es vor, in der Raummitte stehen zu bleiben.

»Können Sie sich das nicht denken?«, fragte er.

»Jung, du bist doch jetzt ein Mann der feinen Gesellschaft! Du musst schon aussprechen, was du willst!«

Schon wieder dieses Jung!

Jan schluckte seinen Ärger hinunter und erwiderte: »Natürlich. Ich komme, weil ich um die Hand Ihrer Tochter anhalten möchte.«

Jenssen stand am Fenster, die Hände hinter dem Rücken verschränkt, und sah hinaus. Er nickte.

»Ich habe zwei Voraussetzungen. Einmal natürlich muss Katharina zustimmen. Sie ist eine moderne Frau und wir sind hier ja nicht auf dem Husumer Viehmarkt.«

»Sie wird zustimmen«, erwiderte Jan selbstsicher.

Wieder nickte Jenssen, bevor er sich zu Jan umdrehte. »Das bringt uns zu meiner zweiten Forderung. Ich möchte eine Sicherheit von dir.«

»Eine Sicherheit?«

»Ein Zeichen, dass du es ernst meinst. Du hast es weit gebracht, Jan Jakobsen, das muss ich dir lassen. Das Haus hast du fertiggestellt. Aber woher weiß ich, dass du wirklich für meine Katharina sorgen kannst?«

»Ich werde gut für sie sorgen, keine Angst«, sagte Jan, und versuchte, sich seine Nervosität nicht anmerken zu lassen. Konnte er den Unternehmer überzeugen?

»Soso. Dann überschreibe mir als Sicherheit dein Haus.«

»Bitte, wie?«

»Meinst du es wirklich ernst mit Katharina?«

»Natürlich!«

»Dann sollte das doch kein Problem sein. Und wenn du dich mit deinen Unternehmungen übernehmen solltest, kann ich für den Unterhalt der Immobilie aufkommen. So weiß ich, dass meine Katharina nie Not leiden muss.«

»Das wird sie nicht.«

»Dann unterschreib die Schenkungsurkunde. Sie bleibt eine Weile bei mir, und wenn ich sehe, dass du auch nach der Hochzeit noch genug Geld hast, zerreißen wir sie wieder.«

Jenssen ging hinter seinen Schreibtisch und zog eine Schublade auf.

»Ich wusste, dass du kommen würdest, Jan. Also habe ich die Urkunde bereits vorbereitet. Hier.«

Er legte das Dokument vor ihn auf den massiven Eichenholztisch.

»Unterschreibe, dann organisiere ich das Treffen mit Katharina. Warum zögerst du? Ist es dir doch nicht ernst?«

»Nein, das ist es nicht ...«

»Dann unterschreib hier. Ich werde in den nächsten Tagen ein Treffen mit Katharina organisieren, bei dem du hoffentlich einen überzeugenden Ring mitbringen wirst. Du weißt, dass sie einen guten Geschmack hat.«

Jan machte einen Schritt vor. Zögerlich nahm er den Füllfederhalter, den Jenssen ihm reichte.

»Wenn sie Nein sagt, können wir die Urkunde zerreißen«, meinte Jenssen mit einem Achselzucken. »Aber bis dahin bleibt sie als Sicherheit bei mir.«

Jan beugte sich vor und unterschrieb.

Drei Tage später, am Samstag, ließ Jenssen Jan eine Nachricht in die Pension bringen, dass er am Nachmittag Katharina sehen könnte. Als er am Anwesen ankam, fiel ihm der schwarze Maybach auf, der in der Einfahrt parkte. Hatte Jenssen ein neues Auto gekauft? Aber das Fahrzeug wirkte selbst für ihn fast etwas zu protzig.

Jan klingelte an der Pforte, und zu seiner Überraschung war es diesmal der Hausherr persönlich, der ihm öffnete.

»Ah, der Fischer, komm in mein Arbeitszimmer, Jung«, sagte Jenssen und führte ihn durchs Haus. Im Arbeitszimmer angekommen, ließ er die schwere Holztür hinter ihnen krachend zufallen.

»Was ist mit Katharina?«, fragte Jan.

»Du wirst sie gleich sehen. Bitte sehr«, antwortete Jenssen und deutete auf die große Fensterfront. Er lief zu einem Vorhang und schob diesen zur Seite.

Als Jan nach draußen blickte, sah er Katharina mit einem Mann. Sie liefen angeregt plaudernd durch den Garten. Der Mann war älter als Katharina, sicherlich schon über dreißig. Alles an ihm, sein Anzug, seine Haltung ebenso wie sein gestutzter Schnurrbart zeigten, dass er wohlhabend war.

Während sie durch den Garten spazierten, lächelte Katharina ihn immer wieder mit großen Augen an. Das war der Blick, mit dem sie ihn auch oft angesehen hatte. Jan war wie erstarrt.

»Du bist so ruhig«, sagte Jenssen. »Ich wollte dir noch

eine Nachricht schicken, dass es heute doch nicht passt. Ein Unternehmer aus Berlin ist überraschend zu Besuch gekommen. Das hatte wohl meine Frau eingefädelt, wie konnte ich das nur vergessen?«

Er blickte Jan voller Überlegenheit an. Wie schon bei ihrer ersten Begegnung. Oh, wie er diesen Blick hasste.

»Aber wie sich herausstellte, hat Katharina meiner Frau ausdrücklich die Erlaubnis erteilt, ihr weitere Rendezvous zu vermitteln. Wie es scheint, ist es mit der großen Liebe zu dir doch nicht so weit her.«

Die letzten Worte versetzten Jan einen Stich. Er wollte es nicht glauben. Was hatte der Alte hier für ein perfides Spiel eingefädelt! Unbedingt musste er von ihr die Wahrheit hören.

Jan schob Jenssen zur Seite und stürmte aus dem Raum. Wütend lief er durchs Foyer und öffnete verschiedene Türen, bis er im Salon eine Tür fand, die auf die Terrasse führte.

»Katharina!«, rief er, als er nach draußen rannte.

Sie drehte sich um und sah ihn erschrocken an. Ihr Blick ließ ihn erschaudern. Es war derselbe Blick, mit dem ihr Vater ihn ansah.

»Was willst du hier?«, fragte sie unwirsch.

Jan wusste nicht, was er sagen sollte. Er fühlte sich so klein in diesem Moment.

»Gibt es ein Problem?«, fragte ihr Begleiter.

»Nein, nur ein ehemaliger Verehrer. Es tut mir leid, dass du das mitbekommen musst.«

Ein ehemaliger Verehrer? Jan erstarrte.

»Ich kann mich gerne darum kümmern, wenn der Mann dich belästigt«, sagte ihr Begleiter.

»Aber nein, er wird sicherlich sofort gehen«, sagte Katharina.

Noch einmal blickte sie Jan mit ausdruckslosen Augen an. Er konnte es nicht länger ertragen. Sein Magen zog sich zusammen. Der Ring in seiner Jackettasche fühlte sich unendlich schwer an. Mit trockener Kehle drehte er sich um und ging zurück ins Haus. Dort wartete Hugo Jenssen bereits.

»Wo ist die Urkunde?«, presste Jan mit dem letzten bisschen Würde heraus, das er aufbringen konnte.

»Aber Jan. Die Urkunde ist gut verwahrt. Ich werde sie dir sicher nicht anvertrauen. Weißt du, Jung. Ich habe ein paar Nachforschungen betrieben. Es kam mir die ganze Zeit sonderbar vor mit deinem Vermögen. Katharina war es dann, die mir die nötigen Hinweise gab. Sie war sichtlich erschüttert, dass du deinen Wohlstand auf Hehlerware aufgebaut hast. Deshalb sucht sie sich lieber einen anständigen Mann.«

»Es ist mein Haus! Sie können es mir nicht wegnehmen! Ich werde sagen, dass Sie mich zur Unterschrift genötigt haben!«

»Jung, du weißt, dass ich auch viele Kontakte in Hamburg habe. Ich habe mich dort ein wenig umgehört. Ich weiß genau, mit wem du wann und wo Geschäfte gemacht hast. Willst du wirklich, dass ich der Polizei einen Tipp gebe, woher dein Reichtum gekommen ist?«

»Sie sind ein Verbrecher!«, rief Jan aus.

Jenssen erwiderte nichts, sah ihn nur mit einem schiefen Lächeln an und schwieg. Dann machte er einen Schritt auf Jan zu und klopfte auf sein Jackett, dort, wo die Schmuckschatulle verwahrt war und für eine kleine Beule im Stoff sorgte.

»Aber vielleicht kannst du wenigstens den Ring wieder einlösen, damit du das schöne Automobil nicht auch noch verlierst, Jung.«

Jan schob Jenssen von sich und stürmte zum Ausgang. Er würde sich von diesem Halunken nicht noch einmal als Jung bezeichnen lassen.

In ihrem bescheidenen Zuhause saßen Anna und ihre Mutter am Kamin und strickten.

»Ich kann gar nicht glauben, dass wir bald Großstadtmädchen sein werden«, sagte ihre Mutter und kicherte unsicher.

»Mutti, das wird schon, meine alten Herrschaften sind ganz feine und anständige Leute, ganz anders als die Jenssens. Ich bin so froh, dass ich dort nicht mehr arbeiten muss. Die Krautmanns haben nicht nur Arbeit für mich, sondern auch für dich. Du kannst der Köchin helfen. Wir können sogar bei ihnen wohnen.«

Ihre Mutter lächelte.

»Aber ich kann mir nicht vorstellen, von hier wegzugehen. Das haben dein Vater und ich mit unseren eigenen Händen gebaut. Und er ist hier auf dem Friedhof begraben.«

Anna streichelte ihrer Mutter über die Schulter.

»Es wird uns dort besser gehen, das verspreche ich dir. Und wir können immer zu Besuch herkommen.«

Plötzlich wurde es im Zimmer dunkler und Anna sah hinaus. Vom Meer her kündigten sich dunkle Wolken an.

»Ich sehe nach den Tieren, es wird gleich regnen.«

Als Anna ihren Mantel anziehen wollte, bemerkte sie, dass dieser fehlte.

»Mutter, hast du meinen Mantel gesehen?«

»Nein, wann hast du ihn denn das letzte Mal angehabt?«

Anna überlegte, dann fiel es ihr wieder ein.

»Vorhin am Strand. Es war so warm, da habe ich ihn ausgezogen.«

»Schatz, wo bist du nur mit deinen Gedanken!«

Anna schaute noch einmal hinaus.

»Ich laufe schnell zum Strand und hole ihn«, sagte sie.

»Zieh meine Wollweste an. Es sieht nach Sturm aus.«

Anna nickte und nahm die dicke graue Wollweste, die ihre Mutter immer überzog, wenn sie nach den Tieren sah. Dann rannte sie nach draußen. Es war rau und windig. Von der warmen Frühlingssonne war nichts mehr zu spüren. Anna seufzte und rannte auf den Deich zu. Von oben sah sie eine einzelne Person auf der anderen Seite umherirren. Ungewöhnlich bei diesem Wetter.

Hatte die Person auch etwas verloren? Von Weitem sah Anna ihren Mantel. Als sie in diese Richtung lief, ging die Person immer näher ans Wasser, bis sie mit den Füßen im Wasser stand. Aber die Person schaute nicht nach unten, sondern in die Ferne. Der Wind und die dunklen, fast schwarzen Wolken störten sie nicht. Es war ein Mann. Und er kam ihr bekannt vor.

Er lief weiter in die Wellen hinein, die im immer gleichen Rhythmus auf den Sand schwappten. Der Wind trieb sie höher und höher. Das alles störte den Mann nicht. Er stand da, als wäre es ein heißer Sommertag und als würde er am Horizont nach etwas Ausschau halten.

Inzwischen stand er bis zu den Knien darin. Sein seltsames Verhalten machte Anna Angst. Sie lief auf ihn zu und rief: »Suchen Sie etwas?«

Der Mann drehte sich erschrocken um. Sein Gesicht war tränennass.

»Jan!«, rief Anna überrascht. »Was machst du da?«

Er wandte sich wieder dem Wasser zu. Sie war zwei Meter hinter ihm. Zum Glück trug sie Gummistiefel.

Jan antwortete nicht.

Was sollte sie tun? Ihn stehen lassen?

»Jan, suchst du etwas?«

Er drehte sich wieder um und sah sie an, als wäre sie eine Fremde. Es war beängstigend. Als wäre es nicht der Jan, den sie kannte. Etwas musste passiert sein.

»Jan, sprich, was ist los?«

Er wandte seinen Blick wieder dem Meer zu. Anna

bemerkte, dass er schluchzte wie ein kleines Kind.

»Was ist passiert?«

»Anna, es ist vorbei, alles ist vorbei«, brachte er hervor, als sie näher kam.

In diesem Moment begriff sie, dass er sich das Leben nehmen wollte. Panik packte sie und sie rannte zu ihm, obwohl ihr das kalte Wasser in die Stiefel lief. Jan schien sie nicht wahrzunehmen.

Vorsichtig griff sie nach seiner Hand, die noch kälter war als das Wasser. Sie fühlte sich fast leblos an.

»Komm.«

»Es ist vorbei«, wiederholte er.

»Was ist vorbei?«, fragte sie.

Er wandte ihr den Kopf zu.

»Mein Leben ist vorbei.«

»Nein, dein Leben ist nicht vorbei«, sagte sie ruhig und versuchte zu lächeln, obwohl ihre Lippen vor Kälte zitterten. Sie mussten raus aus den Wellen. Ihre Stiefel waren voller Wasser und sie spürte ihre Zehen kaum noch. Und Jan stand schon viel länger hier.

»Jetzt komm.«

Wie ein kleines Kind ließ er sich ein paar Schritte zurückziehen.

Dann fiel er mitten im Wasser auf die Knie und schluchzte herzerweichend. Anna kniete sich zu ihm. Er sah sie an und sie ergriff seine großen Hände, die vor Kälte fast durchsichtig waren.

»Ist jemand gestorben?«, fragte sie.

Nach einer Weile beruhigte er sich ein wenig.

»Du hattest recht.«

»Womit?«, wollte sie wissen.

»Die Jenssens.«

»Was ist mit ihnen?«

»Sie haben mir alles genommen.«

»Wie, alles genommen?«

Wie ein kleiner Junge wischte er sich mit dem Ärmel über die Augen.

»Ich bin so dumm, so dumm. Du hast mich gewarnt, und ich war so dumm.«

Er schlug sich mit der Faust gegen die Stirn.

»Komm, wir gehen erst mal an Land, mir ist schon ganz kalt.«

Jan sah sie an, als sähe er sie zum ersten Mal. Doch dann folgte er ihr aufs Trockene. Dort ließ er sich erschöpft auf den Boden sinken. Anna holte ihren Mantel, setzte sich zu ihm und legte den Mantel quer über seine und ihre Schultern. Dann nahm sie seine Hand in ihre und bat: »Erzähl mir bitte: Was ist passiert?«

»Ich habe Katharina erzählt, wie ich zu Geld gekommen bin, und damit haben sie mich erpresst.«

»Wie bist du denn zu Geld gekommen?«

Jan sah sie mit roten Augen an und seufzte. Dann erzählte er von dem Fund bei den Ausgrabungen, von den dubiosen Geschäften mit dem Händler, auf den sie ihn aufmerksam gemacht hatte.

»Aber sie haben doch keine Beweise?«

»Doch, dieser Teufel hat ermittelt. Ich hätte den Fund dem Museum geben müssen. Jenssen hat gedroht mich anzuzeigen, wenn ich versuche, mir das Haus zurückzuholen.«

Anna atmete tief durch.

»Das hört sich nicht gut an. Aber es ist nicht ausweglos.«

»Es ist ausweglos. Ich habe alles verloren.«

Anna sah ihn ernst an.

»Jan Jakobsen, es ist doch nur ein Schloss, nur ein Gebäude. Ich bezweifle, dass du darin glücklich geworden wärst.«

»Sie hat mich hintergangen. So böse hintergangen.«

»Das hätte sie früher oder später sowieso getan. Sie hat dich von Anfang an nicht als gleichwertig angesehen. Katharina braucht immer etwas Neues, so ist sie. Sicherlich wärst du mit ihr nicht lange glücklich geworden, selbst wenn sie dich geheiratet hätte.«

Er biss sich auf die Lippen.

»Du hast mich gewarnt, und ich war so dumm, so unglaublich dumm.«

Er tippte sich an die Stirn.

Anna griff nach seiner Hand und hielt nun beide Hände fest.

»Jan, nichts ist vorbei. Wir sehen uns die Geschichte mit dem Schloss in Ruhe an. Und wenn es wirklich verloren ist, dann ist es doch nur ein Haus aus Steinen und Ziegeln. Du bist schlau, Jan. Du kannst wieder von vorne beginnen. Wir sind jung und haben das Leben noch vor uns. Wir werden es schaffen!«

Das sagte sie mit solcher Zuversicht, dass Jan ihr glaubte. Es waren ganz offensichtlich die Worte, die er gebraucht hatte. Wie ein kleiner Junge, dem man ein Pflaster auf die Wunde klebte, damit es nicht mehr wehtat.

»Vertraust du mir, Jan?«, fragte sie.

Er nickte.

»Es wird alles gut werden«, sagte sie bestimmt.

Als wäre der Himmel auf ihrer Seite, hatte der Wind wenige Augenblicke später alle Wolken auf die andere Seite geschoben. Rechts war alles dunkel und links strahlte die Sonne. Es war ein surreales Bild. So verwirrend wie Jans Seele in diesem Moment.

Jan umarmte Anna und wollte sie nicht mehr loslassen.

»Du bist ein Geschenk des Himmels!«, rief er.

Zum ersten Mal seit langer Zeit empfand Anna Hoffnung.

32

Gegenwart

Kira stand im Ballsaal und half den Handwerkern, die gerahmten Bilder aufzuhängen. Es waren Schwarzweiß-Fotos, die das Leben vor hundert Jahren widerspiegelten. Menschen aus der Region bei der harten Arbeit. Dann Fotos mit langen Schlangen vor den Schiffen, die die Auswanderer aus Bremen und Hamburg nach Amerika bringen sollten. Die Zustände in Ellis Island wurden gezeigt und das ärmliche Leben der Einwanderer in New York. Kira hatte die Besitzer des Schlosses gefragt, was sie von einer Sonderausstellung zur Geschichte der US-Auswanderer aus der Nordsee-Region halten würden.

»Kira, Liebes«, hatte Hilda Eriksen geantwortet, »es ist dein Museum. Du allein bist für die Verwaltung des Schlösschens zuständig. Du wirst schon wissen, was die beste Ausstellung für die Eröffnung ist.«

Kira trug eine Latzhose und hatte ihre Locken zu einem Pferdeschwanz gebunden.

»Mehr nach links, nicht nach oben!«, gab sie Kommandos.

Plötzlich hörte sie hinter sich eine Stimme.

»Klopf, klopf!«, rief Helene und kam mit einem Korb herein. Die beiden Frauen umarmten sich.

»Zeit für eine Kaffeepause«, verkündete die Pensionswirtin.

In der Mitte des Raumes breitete sie eine Decke aus und holte Kuchen und eine Thermoskanne aus dem Korb.

»Du bist ein Schatz!«, rief Kira.

Helene sah sich um.

»Es sieht schon sehr beeindruckend aus. Ich freue mich auf die Ausstellung.«

»Ich bin so aufgeregt, meine erste Ausstellung, und dann auch noch im Schloss meiner Vorfahren. Ich fühle mich wie eine Prinzessin vor ihrem Debüt.«

Helene lachte, drückte ihr eine Kaffeetasse in die Hand und fragte: »Wie kommt ihr voran?«

»Sehr gut. Die Räume mit der ständigen Ausstellung sind alle schon fertig. Der Ballsaal macht sich auch, wie du siehst. Das klappt alles bis zur Eröffnung. Beim Marketing hängen wir noch etwas hinterher, aber das müssen wir nun verstärkt angehen.«

Da Kira noch zum Rathaus musste, bot Helene ihr nach dem Picknick im zukünftigen Museum an, sie mit dem Auto mitzunehmen. Auf der Hauptstraße setzte sie sie ab. Kira überquerte gerade die Straße, als sie ein Fahrrad hinter sich bremsen hörte.

Sie drehte sich um.

»Noah?«

Er saß drei Meter von ihr entfernt auf seinem Fahrrad und sah sie an. Er schien genauso verunsichert wie sie selbst.

Um die unangenehme Stille zu durchbrechen, sagte sie: »Wie ich sehe, hast du mittlerweile gelernt, wie man eine Fahrradbremse richtig benutzt.«

Jetzt musste er lächeln. »Ich gebe mir Mühe.«

»Wie geht es dir?«

Noah zögerte kurz, bevor er antwortete: »Gut, super. Äh, gut.«

»Das ist doch schön«, sagte sie und merkte gleich, wie blöd das klang. Aber ein weiterer schlagfertiger Spruch fiel ihr nicht ein.

»Und dir?«, fragte er.

»Auch gut.«

Ihr Blick fiel auf die zwei großen Sporttaschen, die er auf seinem Gepäckträger festgebunden hatte.

»Ziehst du um?«, fragte sie im Spaß. »Sieht ja aus, als hättest du deinen gesamten Haushalt dabei.«

Zu ihrer Überraschung nickte er. »Ich komm gerade von meinen Eltern. Habe noch ein paar letzte Sachen geholt, jetzt muss ich schnell nach Hause, alles in die Koffer packen. Nachher geht es los. Ein Studienkumpel aus London hat mir einen neuen Job vermittelt.«

»In London?«

Wieder nickte er.

»Verrückt«, sagte sie. »Ich ziehe gerade her und du ziehst weg.«

»Wenn du willst, gebe ich dir die Adresse meiner Vermieterin, sie hat noch keinen Nachmieter.«

»Vielleicht komme ich darauf zurück. Noch wohne ich bei Helene in der Pension, aber ich muss mir noch was Eigenes suchen.«

Wieder schwiegen sie einen Moment. Dann sagte er: »Na gut, dann will ich dich nicht weiter aufhalten.«

»Ich dich auch nicht.«

Noah stieg wieder auf und fuhr an. Aufgewühlt lief Kira weiter. Sie dachte, sie hätte ihn hinter sich gelassen. Aber so cool, wie sie sich gefühlt hatte, war sie wohl doch nicht. Es schmerzte immer noch, ihn zu sehen. Wahrscheinlich war das normal. Irgendwann würde sie gänzlich über ihn hinwegkommen.

Plötzlich hörte sie wieder das Fahrrad hinter sich.

»Kira?«

»Ja?« Sie drehte sich um.

»Ein paar Minuten habe ich noch.«

»Soll heißen?«

»Irgendwie ist es komisch, wenn wir so auseinander gehen. Darf ich dich noch auf einen letzten Kaffee einladen?«

Sie zuckte mit den Schultern und sagte: »Klar.«

Sie setzten sich in das kleine Café am Hafen, ganz in der Nähe seiner Wohnung. Während sie auf die Getränke warteten, sagte er: »Du siehst gut aus.«

»In der Latzhose und mit der Wuschelfrisur?«, fragte sie lachend.

»Nein, ehrlich. Der Look steht dir.«

»Du siehst auch gut aus. Hast dich verändert. Aber positiv.«

»Du meinst, weil ich geübt habe, wie man bremst.«

Wieder lachten sie.

»Kira, ich muss dir etwas sagen.«

Sie sah ihn fragend an.

»Du hattest die ganze Zeit über recht. Das Schloss hat eigentlich deinem Urgroßvater gehört. Er hat es offensichtlich erbaut, um meiner Urgroßtante Katharina zu imponieren. Und kurz nach der Fertigstellung hat er meinem Ururgroßvater eine Schenkungsurkunde unterschrieben. Warum, weiß ich nicht. Jedenfalls ist es anscheinend nie zu einer Hochzeit der beiden gekommen.«

Kira sah ihn an. »Woher weißt du das?«

»Weil ich die Schenkungsurkunde gefunden habe. Deine Geschichte hat mir keine Ruhe gelassen. Das heißt, eigentlich dachte ich, wenn ich weitersuche, finde ich vielleicht Unterlagen, die unsere Familie entlasten. Aber es war genau anders herum. Jan Jakobsen hat wirklich das Schlösschen erbaut.«

»Ich weiß.«

Noah nickte. »Klar, du bist ja jetzt die Museumskuratorin. Nun ja, diese Erkenntnis hat mich nicht mehr losgelassen. Ich habe dann noch gezielt einige Nachforschungen gemacht. Tatsächlich konnte unser Familienpatriarch 1926 einen Kredit aufnehmen, für den er das Schlösschen als Sicherheit angegeben hat. Und er hat es mit diesem Geld wohl geschafft, das Unternehmen wieder auf Erfolgskurs zu bringen. So konnte die Familie weiterhin im Luxus leben. Und dann bin ich im Familienarchiv auf eine Familie Eriksen aus Dänemark gestoßen.«

»Die Familie Eriksen, die das Schlösschen gekauft hat?«, fragte Kira überrascht.

Er nickte. »Der alte Jenssen hat Unterlagen aufgehoben, mit denen er Jan Jakobsen wohl belasten wollte. Daraus schließe ich, dass mein Ururgroßvater sich das Schlösschen auf unlauterem Wege angeeignet hat. Allerdings ist die Schenkungsurkunde echt und das Ganze lässt sich nicht beweisen. Ich habe mit meinem Vater darüber gesprochen, aber er ließ nicht mit sich reden, er brauchte das Geld aus dem Verkauf, um die Firma zu retten. Ein befreundeter Anwalt meinte auch, dass man bei der Beweislage keine Chance hätte. Aber ich wollte das so nicht hinnehmen. Deshalb habe ich die Familie kontaktiert, die unsere Nachforschungen sehr interessant fanden. Wie sich herausstellte, suchten sie nach einer Möglichkeit, die Fundstücke auszustellen. Und so haben sie das Schlösschen gekauft und ich habe dich für die Leitung des Museums empfohlen.«

»Und mir hat Hilda erzählt, die hätten ihr in der Pension Meerblick was von mir vorgeschwärmt«, warf Kira verblüfft ein.

»Das haben sie bestimmt auch, als die Eriksens dort waren. Und sie haben dich ja auch nicht nur deshalb eingestellt, weil ich dich empfohlen habe, sondern weil du sie überzeugt hast. Aber ich hoffe, dass ich für dich wenigstens ein Stück weit die Gerechtigkeit wiederherstellen konnte.«

»Du überraschst mich, Noah«, sagte Kira mit bewegter Stimme. Sie legte ihre Hand auf seine und er umschloss ihre Finger. Seine Hände waren warm und fühlten sich unheimlich gut an.

»Danke, dass du das für mich getan hast«, sagte Kira.

»Das war doch das Mindeste. Wenigstens ein bisschen Gerechtigkeit.«

»Ich hätte es, ehrlich gesagt, nicht erwartet. Aber ich finde es schön.«

Vorsichtig zog sie ihre Hand zurück.

»Nun, ich habe mir überlegt, was ich an deiner Stelle tun würde. Da kommt der Gerechtigkeitskämpfer in mir zum Vorschein. Mein italienischer Urgroßvater war im Zweiten Weltkrieg Partisan.«

Sie lächelte ungläubig.

»Was ist?«, fragte er. »Habe ich dich wieder überrascht?«

»Ja«, gab sie zu. »Entschuldigung, falls ich dich falsch eingeschätzt habe.«

»Schon okay. Irgendwo hattest du ja auch recht. Ich habe erst mal alles, was die Familie von mir wollte, einfach so hingenommen, ohne es zu hinterfragen. Ich freue mich zwar, dass durch diesen Verkauf erst mal die Finanzen entspannt sind, aber ich habe auch gemerkt, dass ich mal eine Zeit ohne das Familienunternehmen brauche.«

»Deshalb gehst du nach London?«

Er nickte.

»Irgendwie gibt es da einige Parallelen zwischen der Vergangenheit und der Gegenwart, findest du nicht auch?«, fragte er.

»Wie meinst du das?«

»Na ja, so wie es meine Nachforschungen ergaben, hat sich mein Ururgroßvater durch seine Unternehmungen während der großen Inflation verschuldet. Dann hat er wohl das Schlösschen als Sicherheit benötigt, um neue Kredite aufzunehmen, zumindest geht das aus alten Unterlagen hervor. Jetzt ist die Firma wieder in Schieflage geraten, und das Schlösschen wurde benötigt, um Kredite auszulösen.«

Kira musste unwillkürlich lächeln. »Ich glaube, deshalb bin ich Historikerin geworden. Weil ich verstehen will, wie Vergangenheit und Gegenwart zusammenhängen und sich beeinflussen.«

»Und denkst du, dass wir dazu verdammt sind, die Fehler unserer Vorfahren zu wiederholen?«

Sie dachte einen Moment nach. »Ich hoffe nicht.«

»Ich auch.«

Sie sahen sich einen Moment an, dann blickte Kira verlegen auf ihre Kaffeetasse, die inzwischen leer war. Es war an der Zeit, Lebewohl zu sagen.

»Noah, ich wünsche dir, dass du die neuen Erfahrungen in London machst, die du dir erträumst.«

»Und ich wünsche dir, dass du mit deinem Museum glücklich wirst.«

»Ganz bestimmt«, sagte sie.

Er sah auf die Uhr. »Ich muss leider los. Ich nehme den

Zug um halb sieben von Husum nach Altona und weiter zum Flughafen.«

»Das ist in einer Stunde.«

»Ja.«

Kira sah ihm hinterher, wie er mit dem Fahrrad die Straße entlang zu seiner Wohnung fuhr. Die Begegnung hatte sie aufgewühlt. Sie schämte sich jetzt ein bisschen, dass sie ihn so falsch eingeschätzt hatte. Genauso gut hätte er die Schenkungsurkunde ignorieren können. Rechtlich konnte Kira diese sowieso nicht anfechten, das war ihr klar.

Seine Worte gingen ihr noch lange nach. Waren sie dazu verdammt, immer wieder dieselben Fehler zu begehen, die schon die Generationen vor ihnen begangen hatten? Offensichtlich hatte ihr Urgroßvater zunächst nicht erkennen können, wer die richtige Partnerin für ihn war und sich stattdessen auf diese irrwitzige Idee mit dem Schlösschen gestürzt. Hatte sie den passenden Partner für sich auch zu spät erkannt?

---

33

*N*oah stand mit den zwei Koffern, die er in Windeseile fertig gepackt hatte, auf dem Bahngleis. Er war außer Puste, aber gerade noch rechtzeitig. Seine Mutter hätte ihn gerne zum Gleis begleitet, aber auf die Schnelle keinen Parkplatz gefunden. So hatte sie ihn auf dem Bahnhofsvorplatz abgesetzt und er war durch die kleine Halle zu den Bahnsteigen gehastet.

Ein Schaffner pfiff und er lief schnell zum nächstbesten Eingang des Regionalexpresses. Als er die Stufen durch die Tür genommen hatte, wandte er sich noch einmal um. Das also würde er nun hinter sich lassen. Seine Heimat. Und all die Begegnungen.

»Können Sie bitte den Weg freimachen?«, schnauzte ihn eine Dame mit Designer-Köfferchen an.

Noah seufzte und machte ein Schritt voran.

~

Kira lief durch die kleine Bahnhofshalle in dem roten Backsteingebäude. Zum Glück war der Husumer Bahnhof überschaubar. Dennoch sah sie, dass es mehrere Gleise gab und zwei rote Regionalzüge dastanden. Welcher war der richtige? Sie sah sich um, ihr Blick fiel auf eine große Uhr. Bereits eine Minute vor halb sieben! Sie würde es nie schaffen, Noah auf dem Gleis abzupassen, bevor der Zug abfuhr. Außer, wenn er verspätet war. Das war ihre einzige Chance!

Sie rannte zur nächsten Tafel, auf der die Abfahrten aufgeführt waren. In diesem Moment erklang eine Ansage aus den Lautsprechern: »An Gleis 5 bitte zurücktreten, Türen schließen selbsttätig, Vorsicht bei der Abfahrt.«

Ausgerechnet heute war die Bahn im Zeitplan! Was hatte sie sich bei dieser Aktion nur gedacht?

Während sie im Rathaus gewartet hatte, war ihr klar geworden, dass sie Noah so nicht gehen lassen konnte. Die Gefühle für ihn waren durch das Wiedersehen zurückgekommen. Das heißt, eigentlich war sie sich sicher, dass sie nie weg gewesen waren. Sie hatte sie einfach nur verdrängt. Und sie musste unbedingt noch einmal mit ihm reden. Vielleicht fühlte er ja genauso wie sie? Helene hatte ihr das Auto geliehen und sie war sofort nach Husum gefahren.

Und nun war Jan auf dem Weg nach London. Sollte sie nach Hamburg fahren und versuchen, ihn am Flughafen abzupassen? Kira spürte, wie sie der Mut verließ. Solche Aktionen benötigten Spontaneität. Bloß nicht zu lange darüber nachdenken!

Sie sah dem Zug hinterher, der aus dem Bahnhof rollte, immer noch unsicher, wie sie weiter vorgehen sollte. Seufzend setzte sie sich in Bewegung, ohne darauf zu achten, wo sie hinging. Stattdessen sah sie immer nach hinten. Plötzlich stieß sie gegen einen Mann, der auf einem Koffer saß.

»Hey, Sie! Sie können doch nicht laufen und gleichzeitig träumen!«, rief er.

»Entschuldigung, aber ...«, stammelte sie.

Als sie in sein lächelndes Gesicht sah, fiel ihr beinahe die Kinnlade herunter. »Noah?«, rief sie erstaunt.

»Ich wäre fast im Gleisbett gelandet«, behauptete er.

»Bist du nicht im Zug?«

Er schüttelte den Kopf. »Bin kurz eingestiegen. Aber dann ist mir eingefallen, dass ich noch etwas vergessen habe. Und du? Was machst du hier?«

»Ich wollte dir noch etwas sagen.«

»Ach ja?«

»Noah Jenssen, ich mag dich.«

Er nahm ihre Hände in seine und strahlte.

»Ich mag dich auch. Sehr sogar«, hauchte er.

Als Kira sich vorbeugte und ihm einen Kuss gab, blieb die Zeit stehen. Noah zog sie zu sich und sie setzte sich auf seinen Schoß. Irgendwo in der Ferne hörte sie Jugendliche applaudieren und pfeifen.

»Und was hast du vergessen?«, fragte sie, als sich ihre Lippen lösten.

»Ich muss mir noch ansehen, was du aus dem Schlösschen gemacht hast.« Er machte eine Pause und sein Blick schien bis in ihr Innerstes zu dringen. »Kira, ich will dich nicht mehr gehen lassen. Was sagst du dazu?«

Sie lächelte ihn an. »Wusstest du, dass wir im Schlösschen auch einen Marketing-Experten suchen? Ist zwar nur eine Teilzeitstelle ...«

»Ich könnte mich auf die Stelle bewerben«, sagte er.

»Mach das. Ich werde die Bewerbung in Ruhe prüfen.«

»Ach ja?«

Sie nickte. Dann küsste sie ihn wieder.

EPILOG

Juni 1928

an und Anna standen auf dem Deck des großen Dampfers. Neben ihnen tummelten sich Hunderte von Einwanderern, die vor Freude in die Hände klatschten, als sich am Horizont die Silhouette von New York mit der Freiheitsstatue und zahlreichen hohen Häusern abzeichnete.

Für alle außer Jan war es das gelobte Land. Die Menschen um ihn herum lachten und hoben ihre Kinder hoch, damit auch sie die hohen Gebäude sehen konnten. Jan zitterte am ganzen Körper. Anna hielt seine Hand und sah ihn lächelnd an.

»Bald sind wir da«, flüsterte sie ihm ins Ohr.

Er wandte seinen Blick ihr zu und beobachtete sie, während sie nach vorne blickte und sich auf die neue Zukunft freute. Sie war seine treibende Kraft. Im Gegensatz zu früher war sie voller Zuversicht und Freude. Die letzten Monate nach dem Tod ihrer Mutter waren eine weitere Herausforderung für sie gewesen. Wie sehr hätte sie sich gewünscht, dass ihre Mutter wenigstens noch bei ihrer Hochzeit hätte dabei sein können. Aber das war ihr nicht vergönnt.

Nach einer intensiven Trauerzeit war es Anna gewesen, die die Idee hatte, einen Neuanfang zu wagen. »Was hält uns jetzt noch hier?«, hatte sie zu ihm gesagt. »Du wirst sehen, es wird für uns leichter werden, wenn wir nach unserer Hochzeit all das Schwere hinter uns lassen und an einem Ort noch einmal von vorne beginnen, wo uns nichts zurückhält. Keine alten Lasten. Niemand, der dich schief anschaut, weil du das Schloss gebaut und wieder verloren hast. Was geschehen ist, ist geschehen. Es soll uns nicht mehr belasten.«

Ihre Stärke und Klugheit beeindruckten Jan. Wieder einmal bemerkte er, wie schön sie war. Das war ihm früher nie so richtig aufgefallen. Sie war nicht wie Katharina, die sofort alle Aufmerksamkeit auf sich zog. Aber wenn man länger hinsah, bemerkte man ihr ebenmäßiges Gesicht, ihre perfekte weiße Haut. Sie wirkte zart und zerbrechlich und war doch eine der stärksten Personen, die er kannte.

Die ganze Zeit war sie an seiner Seite gewesen und er hatte nicht bemerkt, wie schön sie war, äußerlich und innerlich. Wie eine Rosenknospe, die erst erblühen musste.

Ihm wurde warm ums Herz. Er drückte ihre Hand und streichelte sie sanft mit dem Daumen. Anna drehte sich zu ihm um und sah ihn so liebevoll an, dass ihm ganz warm ums Herz wurde. Dann wandte sie den Kopf wieder nach vorn, Richtung Ellis Island.

»Zusammen schaffen wir das«, flüsterte sie und führte seine Hand über ihren gewölbten Bauch.

Sie lächelte ihn an und Jan wusste, dass sie recht hatte.

Sein altes Leben war ein ferner Traum.

NACHBEMERKUNG

Hattet ihr Spaß bei der Reise an die Nordsee? Den Ort Süderwiek gibt es nicht wirklich, er ist völlig meiner Fantasie entsprungen. Dafür gibt es in der Gegend um Husum, Nordstrand und Sankt Peter-Ording viele echte, bezaubernde Orte, die mir als Vorbilder für diesen Ort gedient haben. Wenn ihr mehr über Süderwiek und seine Bewohner erfahren möchtet: In den Romanen »Das Lied der Wellen« und »Die Brandung der Erinnerung« erzähle ich mehr von den Geheimnissen dieses wundervollen Örtchens.

Und da ich in letzter Zeit immer wieder nach Rezepten zu meinen Büchern gefragt wurde, habe ich für euch ein eBook mit zahlreichen Nordsee-Rezepten zusammengestellt. Alle Neuabonnenten meines Newsletters erhalten das »Nordseeträume-Kochbuch« und andere Rezeptsammlungen kostenlos unter: https://bit.ly/2T0Q0fw

Mein Dank gilt meinen großartigen Testleserinnen – Sandra, Eva, Simona, Alice, Kati, Katharina, den Bloggerinnen Kitty vom kitty411buecherblog und Franziska von Buechertatzen – sowie meiner Lektorin Christiane und Alexandra, die das Korrektorat übernommen hat. Besonders danken möchte ich auch euch – den Leserinnen und Lesern. Für euch ist dieser Roman entstanden.

Eure Ella